ALAN BURT AKERS

Die Werwölfe von Kregen

Dreiunddreißigster Roman
der Saga
von Dray Prescot

Deutsche Erstausgabe

Fantasy

WILHELM HEYNE VERLAG
MÜNCHEN

HEYNE SCIENCE FICTION & FANTASY
Band 06/4642

Titel der amerikanischen Originalausgabe
WERWOLVES OF KREGEN
Deutsche Übersetzung von Thomas Schlück
Das Umschlagbild schuf Frank Frazetta
Die Karte zeichnete Erhard Ringer

Umschlaggestaltung mit einem Motiv
von Vicente Segrelles/Norma
durch Atelier Ingrid Schütz, München

Redaktion: Friedel Wahren

Printed in Germany 1989
Satz: Schaber, Wels
Druck und Bindung: Ebner Ulm

ISBN 3-453-03904-1

Für Simone de Wolfe
und die ›Hundred Henchfolk‹

EINLEITUNG

Dray Prescot schildert seine kregischen Abenteuer auf Kassetten, die er mir während seiner gelegentlichen Besuche auf der Erde zukommen läßt. Auf jener bemerkenswerten und buntscheckigen Welt, die vierhundert Lichtjahre entfernt ist, hat er eine bemerkenswerte und buntscheckige Karriere hinter sich, deren vorläufiger Höhepunkt die Wahl zum Herrscher von Vallia war. Jeder der Bände seiner Chronik ist so eingerichtet, daß er einzeln gelesen werden kann. So ist *Die Werwölfe von Kregen* zwar der 33. Band in der Saga, kann aber von jedem, der mit den bisherigen Schilderungen nicht vertraut ist, ohne weiteres zur Hand genommen und mit Vergnügen gelesen werden. Natürlich läßt sich die Freude an den Schilderungen durch eine gewisse Vertrautheit mit den faszinierenden Details von Dray Prescots Geschichte noch steigern — aber jeder Leser, der sich zum erstenmal mit diesem Werk befaßt, hat die Freude des Kennenlernens noch vor sich.

Das Inselreich Vallia, zerrissen von inneren Kämpfen, bedroht von Invasoren, ist allmählich auf dem Weg der Erstarkung. Prescot kehrt von der Insel Pandahem in den Süden zurück, um bei diesem Bemühen zu helfen. *Die Werwölfe von Kregen* ist das erste Buch eines neuen Zyklus von Abenteuern um diesen Kampf und den Beginn der Neun Unaussprechlichen Flüche gegen Vallia. Unter dem zwiefarbenen vermengten Licht der Sonnen von Scorpio muß Prescot wie immer den Wegen folgen, die das Schicksal ihm weist.

Alan Burt Akers

sonnen
untergang-
meer
nord-
turismond
wloclef
cyphrenmeer
unwirtliche
gebiete
vallia
binnenmeer
womox
marschmeer
meer
der schwerter
valka-
süd-
turismond
hobolings
walfarg
donengil
zim strom
pandahem
chem
chem-me
äusserer
ozean
loh
süd-lohisches
meer
ozean des
zweifels

gesthes
mehzta
chuliks
untal
südlicher
ozean
ebiete
hamal
ilfar
hyrklana
zir

KREGEN

1

Grauer Nebel teilte sich vor dem Bug des schmalen Bootes, wallte uns naß um die Gesichter, befeuchtete unsere Abendmäntel wie mit Diamantensplittern. Schlanke Dunstfinger reckten sich über dem Kanal zum gegenüberliegenden Ufer, wo sich die steinerne Rückfront einer Villa dunkel vor der Nacht erhob.

Wir waren eine stumme Gesellschaft und wurden nur von leisem Wasserplätschern begleitet. Dann sagte Seg: »Eine verdammt gespenstische Nacht, mein alter Dom, das kann ich dir sagen.«

Seg Segutorio ist einer der wenigen mutigen Männer auf zwei Welten. Bei seinen Worten schmiegte sich seine Frau Milsi enger an ihn und hakte den Arm unter den seinen. Delia antwortete mit einem silbrigen Lachen, wie ich es an ihr liebte, und wollte schon eine bissige Bemerkung über die Art und Weise machen, wie leicht manche Menschen an Ghuls und Gespenster und die kregischen Entsprechungen von nächtlichen Erscheinungen glaubten — da meldete sich plötzlich der junge Fortin, der mit seinem Bootshaken am Bug aufpaßte.

»Seht doch, dort am Ufer!«

Wir schauten hinüber. Auf dem Treidelpfad bewegte sich mit unsicheren Schritten ein Mann, der einen Mantel trug. Ich war im Begriff, den jungen Fortin mit einem Anflug von Sarkasmus zu fragen, was wir denn dort anschauen sollten, da wirbelte eine geduckte schwarze Masse durch die Luft.

Der Mann hatte keine Chance. Schreiend und zappelnd sank er in den Schlamm.

Eine riesige zottige Gestalt beugte sich über ihn. Dem ersten Eindruck karmesinroter Augen, gelber Hauer, eines dicken verfilzten Fells, einer Raubtiergestalt voller dämonischer Energie folgte das laute Knacken von Knochen.

Die Menschen in dem schmalen Boot begannen einen Höllenlärm zu machen, und das Monstrum hob den Kopf und starrte uns direkt an. Rauchige rote Augen versprühten einen bösen Blick. Die gelben Reißzähne und schwarzen Lefzen schimmerten von Blut, das in dem vagen Licht sehr dunkel wirkte.

Seg griff sich an die Schulter, um den großen lohischen Langbogen nach vorn zu ziehen, faßte aber ins Leere. Wir hatten uns für die Vergnügungen des Abends herausgeputzt und trugen Rapiere und linkshändige Dolche. Damen und Herren brauchen gewöhnlich keine Langbogen oder Kriegsschwerter und Schilde, wenn sie auf den Straßen und Kanälen Vondiums, der Hauptstadt des vallianischen Reiches, unterwegs sind.

Kregens erster Mond, die Jungfrau mit dem Vielfältigen Lächeln, warf ihr verschwommenes rosafarbenes Licht auf das schiefergraue Wasser. Nebeltentakel wallten herbei, um dieses Licht zu umschließen. Die Luft schien dunkler zu werden.

»Steuert zum Ufer!« brüllte ich.

Naghan der Steuermann, ein alter Freund, legte sofort das Ruder herum und ließ uns zum Ufer gleiten. Fortin sorgte dafür, daß wir nicht zu heftig aufprallten, und schon sprangen Seg und ich an Land.

Der arme Kerl war tot, das Untier hatte ihm die Kehle zerfetzt.

»Ruft die Wache!« forderte Delia.

»Seht ihr das verdammte Ungeheuer irgendwo?« fragte Seg und schaute in die Runde.

In der unbestimmten rosaroten Beleuchtung, durchzogen von verwirrenden Schatten, war von dem zotteligen Ungeheuer nichts mehr auszumachen.

Bootsmaat Dormvelt setzte die Silberpfeife an den Mund und stieß hinein. Die Stadtväter, vom Presidio mit der Aufgabe betraut worden, viele Bereiche des täglichen Lebens in Vondium zu beaufsichtigen, hatten eine Stadtwache beantragt, die man zur Aufrechterhaltung von Gesetz und Ordnung brauchte. Die Pallans, die Staatsmitglieder, die für ihre verschiedenen Bereiche zuständig waren, hatten zugestimmt. Erfreut registrierte ich nun, wie schnell die Wache auf Dormvelts Pfeifen reagierte.

Kein Vergleich zu der fröhlichen, herumtobenden, gelassenen Wache von Sanurkazz, die bei einem Problem unweigerlich zu spät erschien, und dann noch mit Schwertern, die in den Scheiden angerostet waren. Hier und jetzt eilten erfahrene Soldaten herbei mit kräftigen Lanzenwaffen und Laternen und zwei Werstings an metallverstärkten Lederleinen.

»Was ist, Koters?« fragte der Anführer, der am Hut gelbe und weiße Federn trug.

Dann erblickte er mich.

Er verkniff es sich wohlweislich, mir die umständliche volle Ehrerbietung zu erweisen, die einem freien Manne zuviel sklavische Unterwürfigkeit abgenötigt hätte.

»Majister!«

»Lahal, Tom die Zehen«, antwortete ich, denn ich hatte in dem Mann einen alten Chugur aus der Armee wiedererkannt. Als Chugur hatte er noch immer Schwert und Schild bei sich. Seine Männer beleuchteten den Toten mit Laternen.

»Eine üble Sache. Hast du ein monströses Tier fortlaufen sehen?«

»Nein, Majister.« Tom die Zehen ließ das Schwert gegen den Schild klappern. »Larko! Wenn du es nicht schaffst, die verflixten Werstings in der Gegenwart des Herrschers stillzuhalten, mußt du ...«

»Ich weiß nicht recht, Tom — schau sie dir doch an! Sie drehen förmlich durch.«

Werstings sind bösartige schwarzweiß gestreifte Jagdhunde, von denen man annimmt, daß sie sich für den Dienst als Wach- und Jagdhunde zähmen lassen. Die meisten Menschen aber sehen sie lieber aus der Ferne, ahnen sie doch mit einem sechsten Sinn, daß die Hunde nur so tun, als wären sie gezähmt, um dann bei der erstbesten Gelegenheit in die vertraute Wildheit zurückzufallen. Die beiden Werstings neben dem Toten hoben die Lefzen, so daß die Reißzähne sichtbar wurden. Tief in der Kehle knurrten sie ihr gutturales Unbehagen hinaus. Es war ein drohender Laut. Sie hatten die Nackenhaare aufgestellt.

Larko zog heftig an den Leinen, und ich hatte das Gefühl, daß er im nächsten Augenblick auf den Absätzen durch den Schlamm gezogen worden wäre.

»Der Geruch des Ungeheuers regt sie auf«, erklärte Delia. »Laßt uns der Fährte folgen!«

Bei Delia konnte man sich wirklich immer darauf verlassen, daß sie schneller als andere auf den Kern einer Sache kam.

Tom die Zehen, der sich sehr starr und aufrecht hielt, schniefte und schnaufte. »Majestrix! Meine Dame! Du bist für die Gefahr nicht richtig gekleidet oder bewaffnet …«, brachte er schließlich hervor.

Delia, die nicht nur Herrscherin von Vallia ist, sondern über viele andere Reiche Kregens gebietet, wußte für diesen erfahrenen alten Soldaten genau die richtige Antwort.

»Du siehst das völlig richtig, Tom. Deshalb könnt ihr mutigen Burschen getrost in die Gefahr ziehen, ich werde mich hinten aufhalten, wenn auch unwillig. Bist du damit zufrieden?«

»Delia!« sagte ich und schaute Tom an, der sich auf die Unterlippe biß, auf der Stelle kehrtmachte und seinen Männern einen mürrischen Befehl gab. Natürlich war er als Deldar Anführer dieser Patrouille und verstand sich wie alle Männer seines Ranges darauf, die Stimme zu erheben.

So zogen wir hinter den Werstings her, die nun, nachdem der zurückhaltende Druck von den Leinen genommen worden war, gar nicht mehr so bereit schienen, der beunruhigenden Witterung zu folgen. Sie setzten sich in Bewegung, hielten inne und erzeugten tief in der Kehle unangenehme leise Geräusche.

»Die lassen das nicht mit sich machen«, verkündete Larko. Er versuchte die Tiere förmlich mitzuzerren, die nun ihrerseits Widerstand leisteten. »Das sieht meinen Werstings so gar nicht ähnlich. Los, mach schon, Polly, komm mit, Fancy! Stellt mich vor dem Herrscher und der Herrscherin nicht bloß!«

Es lag aber auf der Hand, daß die Werstings alles andere lieber getan hätten, als der Fährte zu folgen.

Da wir nicht vorankamen, traf ich die offensichtliche Entscheidung.

Die Stadtväter hatten in jedem Bezirk Häuser für die Umwandlung in Patrouillenstationen vorgesehen, in denen die Wachtrupps postiert waren. Seit der Zeit der Unruhen, die Vallia ziemlich zerrissen hatten, führten die meisten Menschen ein Leben, das sich wesentlich von dem friedlichen, vermögenden Dasein unterschied, das sie aus der alten Zeit kannten. Unruhige Geister taten sich hervor, Männer und Frauen, die das Leid gestählt hatte und die von der Welt im allgemeinen und den Mitmenschen im besonderen forderten, was sie als das Ihre ansahen. So war sogar in Vondium eine Wache erforderlich. Wir waren nicht in voller Kriegsausrüstung losgezogen; ganz so schlimm standen die Dinge denn doch nicht.

»Tom«, sagte ich, »am besten meldest du dich jetzt in deiner Wachstation. Du siehst selbst, wir schaffen es nicht, die Werstings dazu zu bringen, daß sie das Ungeheuer verfolgen. Sag dem Hikdar, er soll alle bekannten Tiergehege, Zoos und Arenen sofort überprüfen — wir müssen herausfinden, wo das Ungeheuer entsprungen ist. Bei Vox! Der Eigentümer wird einiges erklären müssen, das kannst du mir glauben!«

»Quidang!«

»Gib allen Patrouillen Bescheid; sie sollen die Augen

offenhalten — nun ja, ich muß dir nicht sagen, was du zu tun hast. Schau dir nur noch mal die Kehle dieses armen Teufels an. Wir müssen das Biest finden, und zwar schnell!«

Delia legte mir eine Hand auf den Arm.

»Ich nehme an, du willst jetzt losziehen ...«

»Nur bis der Präfekt alarmiert ist und unsere Suchtrupps ...«

»Und Marion kann warten?«

Das war wirklich ein Problem der Etikette.

Während ich noch über die Konsequenzen nachdachte, meldete sich Seg zu Wort: »Hat jemand das Ungeheuer erkannt? Ich nicht.«

»Ich — ich auch nicht.« Offenbar hatte niemand eine Vorstellung, welche Art von Tier sich da so ungeheuerlich an dem armen Kerl vergangen hatte.

Ein Mantel wurde über den Toten geworfen, den die Wache dann anhob und zum Wachhaus fortbrachte. Die Werstings waren sichtlich erleichtert, den Ort des Geschehens verlassen zu dürfen.

Ich umfaßte Delia und sagte: »Nur so lange wie unbedingt nötig, mein Schatz. Marion wird das schon verstehen.«

»Ja. Das meine ich auch.«

»Hmm — das bedeutet, daß es ihr nicht gefallen wird. Nun ja, natürlich nicht. Aber wenn sie den Abend erst eröffnen will, wenn der Herrscher und die Herrscherin eingetroffen sind, muß sie auch akzeptieren, daß ich der Herrscher bin und meine Pflichten habe.«

»Milsi, Liebste«, sagte Seg, »wenn du Delia begleiten könntest, folgen Dray und ich so schnell wie möglich nach.«

»Ach?« fragte ich, während Milsi sofort verständnisvoll zustimmte.

»Ganz recht, mein alter Dom.«

Manchmal gibt es gegen Seg Segutorio, den Mann mit der wilden schwarzen Mähne und den kühnen blauen Augen, keine Argumente. Wenn ich mir vornahm, eine scheinbare Allerweltssache in Angriff zu nehmen und den Mord zu melden und dafür zu sorgen, daß die Jagd auf den Täter eingeleitet wurde, wollte er mit dabei sein — für alle Fälle ...

Mit einem wunderbar beherrschten Hauch von Unwillen stellte Delia klar, was niemand bestritt:

»Der Präfekt wird genau das tun, was du jetzt vorhast, Dray.«

»Genau das erwarte ich von ihm. Trotzdem ...«

»Na schön. Dann zieh los. Aber bleib nicht zu lange!«

Der Nebel umwallte uns feucht und dicht und verschluckte nach kurzer Zeit die Damen und ihre Eskorten, die in das schmale Boot zurückkehrten.

Wassergeruch befiel uns, versetzt mit jenem seltsamen Brodem der Kanäle Vallias. Einige Angehörige der Wache achteten auf einen Abstand von mindestens sechs Fuß bis zu den Ufern und interessierten sich nicht im geringsten für das schiefergraue Wasser. Andere gingen bis dicht heran, ohne sich einen Gedanken zu machen. Die ersten waren keine Kanalmenschen, letztere mochten auch keine Vens sein, konnten aber von dem Wasser trinken, ohne zu sterben.

Das Boot verschwand im Nebel.

Seg und ich und die anderen machten sich auf den Weg zur Wachstation.

»Das rätselhafte Ungeheuer macht mir Sorgen, Dray«, sagte Seg kopfschüttelnd. »Du kennst mich, mein alter Dom — zuweilen vermag mich ein riesiges großes Ungeheuer zu erschrecken. Dieses aber ist irgendwie anders.«

»Wir finden bestimmt bald heraus, welcher Idiot das Wesen freigelassen hat. Die neuen Gesetze verbieten Veranstaltungen mit wilden Tieren, das weißt du. Also, sollte ich einen Burschen finden, der sich damit vergnügt hat, Tiere zu foltern und im Namen des Sports womöglich zu töten — kein Wunder, daß das Wesen angriffslustig war. Wahrscheinlich leidet es Hunger und Durst, ist völlig verängstigt und würde sich gegen jeden wenden, der ihm über den Weg läuft.«

»Stimmt. Gefährlich ist es, das weiß Erthyr!«

Wir verweilten nicht lange im Wachhaus. Der kommandierende Hikdar nahm bei unserem Auftauchen sofort Haltung an und begann zu handeln. Berittene Boten wurden in die anderen Bezirke geschickt, Suchtrupps zogen los, und ein Mann erhielt Auftrag, den Präfekten zu alarmieren, damit er das Oberkommando übernahm. Nachdem dies alles geschehen war, schlug Seg vor, wir sollten uns zu der Party begeben.

»Ja. Und ich gebe zu, daß ich mich darauf freue.«

»Ich brauche dringend etwas zu trinken, das kann ich dir schriftlich geben.«

»Da kann ich dir nur zustimmen. Außerdem möchte ich gern Strom Nango ham Hofnar kennenlernen.«

Seg verzog das Gesicht.

»Schon wie sich der Name anhört, hier in Vondium — irgendwie seltsam.«

»Aye.«

»Nun ja, wenn Marion entschlossen ist, ihn zu heiraten, gibt's nichts daran zu deuteln. Hat eine Frau erst einmal einen Entschluß gefaßt, bringt niemand sie davon ab.«

»Mein guter Seg, du schließt doch nicht etwa Dame Milsi in diese gewagte Verallgemeinerung ein?«

Er hatte den Anstand, den hübschen Kopf in den Nakken zu werfen und vor Lachen zu brüllen.

»Durchaus möglich, daß du dir einbildest, mich damit erwischt zu haben, mein alter Dom, aber ich sage dir eins: Ich kann dir nicht sagen, wer von uns dabei der eifrigere war.«

Ich will ehrlich sein — es freute mich von Herzen, daß mein Klingengefährte endlich eine Dame gefunden hatte. Dame Milsi, identisch mit Königin Mab von Croxdrin, die somit Seg den Titel und Namen ›König Mabo‹

vermacht hatte, war für ihn genau die richtige Frau, eine prächtige Dame, eine großartige Königin, ein Mädchen, an dem jeder Mann seine Freude gefunden hätte. Sie war so vernünftig gewesen, ein Auge auf Seg zu werfen und sich große Mühe zu geben, ihn zu erobern. In nächster Zeit würden wir Vorsorge treffen müssen, sie zum Heiligen Tauftauch am Zelph-Fluß nach Aphrasöe zu bringen, in die Schwingende Stadt. Das Bad in der magischen milchigen Flüssigkeit würde ihr nicht nur ein tausendjähriges Leben bescheren, sondern zugleich die Fähigkeit, sich innerhalb kürzester Zeit von Krankheiten und Verwundungen zu erholen.

Das schmale Boot holte uns ab, und wir stiegen an der Stelle an Bord, wo das rätselhafte Ungeheuer sein Opfer gerissen hatte. Wir stießen ab und glitten nahezu lautlos durch den Kanal.

Eskortendienst leisteten heute zwölf Mann des Zweiten Regiments der Schwertwache des Herrschers. In ihrem Kreise waren interessante Unterschiede zu beobachten. Das SWH-System bildete junge Offiziere aus, die irgendwann einmal in der regulären Armee eingesetzt werden würden, wie auch einen Trupp erfahrener Kämpfer, die in das Wachkorps übernommen werden sollten. So fanden sich in der zwölfköpfigen Gruppe hart blickende Veteranen, die schon hundert Kämpfe überstanden hatten, neben milchgesichtigen Jünglingen, die erst am Anfang ihrer soldatischen Karriere standen.

Die karmesinroten und gelben Uniformen schimmerten angenehm im Lampenschein, die Waffen funkelten hell. Der Rest der diensthabenden Schwadron wartete bestimmt schon bei Marions Villa, wo ihrem Verlobten ein Fest gegeben wurde.

Während der angenehmen Bootsfahrt suchte mich ein vages Unbehagen heim, das Gefühl, daß ich jetzt eigentlich nicht hier stehen, sondern mich draußen in den Straßen und Gassen der Stadt herumtreiben müßte, das Schwert in der Hand, auf der Jagd nach dem monströsen, unheimlichen Tier. Ich bekam diesen beunruhigenden Gedanken einfach nicht aus meinem dicken Voskschädel heraus.

Seg schien es ähnlich zu gehen. »Hätte ich jetzt meinen Bogen bei mir…«, knurrte er, hob die Schultern und fuhr fort: »Ich komme mir so verdammt nutzlos vor.«

Weiter vorn tauchten Lichter auf, ihr warmgelber Schein fiel auf den Kanal. Der Nebel dünnte aus. Das schmale Boot wurde geschickt in den engen Raum zwischen zwei anderen Booten gelenkt und verlor an Fahrt.

Nath Corvus, der Jiktar der diensthabenden Schwadron, schnalzte mißbilligend mit der Zunge: »Bei Vox! Da wird jemand rote Ohren bekommen!«

Seg schaute mich von der Seite an, und ich mußte ein wenig lächeln.

Die Männer vom Wachkorps waren ungemein stolz auf ihre Dienstaufgaben und reagierten sauer auf jede eingebildete Kränkung des Herrschers oder der Herrscherin. Für Jiktar Nath schien festzustehen, daß man dem Boot des Herrschers eine Anlegestelle direkt an der Pier hätte reservieren müssen. Nun ja, solche Dinge empfinde ich als überflüssigen Unsinn, doch mußte ich den von mir erwarteten Ernst, der meinem Amt entsprach, zur Schau stellen. Hier und jetzt schien mir aber nicht so ein Fall zu sein.

»Machen wir uns an einem solchen Abend darüber keine Gedanken, Nath. Es handelt sich um eine Art Vorhochzeit. Und erinnere deine Jungs noch einmal daran, was ihnen blüht, sollten sie sich betrinken.«

»Oh, aye, Majister, daran erinnere ich sie noch einmal!«

Trunkenheit galt im Herrschaftlichen Wachkorps Vallias nicht als Verbrechen. Beim ersten Vorfall landete der Übeltäter vor seinem Jiktar und wurde feierlich verwarnt. Nach dem zweiten Verstoß war Schluß. Der Idiot wurde entlassen — nicht unehrenhaft; vielmehr wurde er einfach in eine andere reguläre Einheit versetzt. Bei der Wache wurde aus geselligen Anlässen getrunken, doch kam es praktisch nie zu Exzessen.

Geschickt hüpften wir über die dazwischenliegenden Boote und betraten die Steinpier. Hier hatte die diensthabende Schwadron Aufstellung genommen und bildete ein Spalier aus rotgelbem Stoff und Stahl und Bronze. Keck bewegten sich die Federn im Fackellicht. Die Piken waren in Habacht-Stellung erhoben.

Mit dem gebotenen Ernst marschierten Seg und ich zwischen den Männern hindurch zum Säuleneingang von Marions Villa. Hier trat uns die Hausherrin zur Begrüßung entgegen, wie es sich geziemte. Seitlich warteten die zahlreichen Gäste. Delia und Milsi, die einen atemberaubenden Anblick boten, standen zwei Schritte vor den übrigen, was für die beiden wahrlich angemessen war. Ich bin der letzte Mensch auf zwei Welten, der vergißt, daß meine herrliche Delia, meine Delia aus Delphond, meine Delia aus den Blauen Bergen, eine Herrscherin ist.

»Lahal, Majister! Lahal und Lahal!«

»Lahal, meine Dame Marion. Lahal euch allen!«

Die Grüße wurden gerufen, die Menschen begrüßten uns, und es dauerte nicht lange, da konnten wir die Villa betreten und uns den Getränken zuwenden, die wir im Sinn hatten.

Aber ehe es soweit war, trat Dame Marion herbei, schaute zu mir auf und sagte: »Majister, darf ich dir Strom Nango ham Hofnar vorstellen?«

»Lahal, Strom«, sagte ich sehr höflich und ohne zu lächeln, aber nicht verschlossen und nicht abweisend. »Lahal, du bist uns in Vallia und Vondium sehr willkommen.«

»Lahal, Majister. Ich danke dir. Ich bringe dir eine Botschaft des Herrschers.«

»Gut! Nedfar und ich sind alte Gefährten. Ich hoffe, es geht ihm gut und er kostet sein Leben voll aus.«

»O ja, Majister. Voll.«

Ich schaute mir Nango ham Hofnar an und mußte zugeben, daß er zu wissen schien, was er wollte. Er war nicht sonderlich groß, überragte Dame Marion aber um Haupteslänge. Das dunkle Haar trug er über der Stirn kurzgeschnitten. Die klobige Form der Lippen und Wangen verriet eine gewisse Selbstsicherheit. Dieser Mann konnte mir noch nützlich sein.

Er trug eine graue Hose und ein blaues Hemd, über die Schultern hatte er sich ein kurzes hellgrünes Cape geworfen, das reichlich mit goldener Litze besetzt war. In Hamal wäre dieser Abendanzug durchaus am Platz gewesen. Unter Vallianern wirkte der Mann ausgesprochen fremdländisch und exotisch.

Außerdem trug er Rapier und Main-Gauche.

Seit einigen Perioden wurden die ursprünglich sehr strengen Regeln der Wachsamkeit bei meinen Gardisten doch etwas großzügiger ausgelegt; sie ließen inzwischen Unbekannte in meiner Gegenwart Waffen tragen, wobei man diese Personen allerdings gut im Auge behielt, bei Krun.

Die anwesenden Vallianer hatten sich ebenfalls für den Abend herausstaffiert. Der normale Vallianer wird zu solchen Anlässen beruhigende Pastellfarben wählen und Gewänder, in denen man sich bequem bewegen und ausstrecken kann. Eingeladen war zu einer Art Verlobungsfeier, und die Gäste erschienen in einer verblüffenden Vielzahl von Farben. Natürlich gehörte dies alles zu den Freuden und der Freiheit solcher Anlässe. Meine Delia verblüffte mich, indem sie eine auffällige scharlachrote Robe trug, die reichlich mit Gold bestickt war — ein großer Unterschied zu den laypom- oder lavendelfarbenen Kleidern, die sie sonst bevorzugte. Milsi prangte orangerot neben uns. Sie und Delia hatten sich eng angefreundet, Zair sei Dank, und Milsi ließ sich in Garderoben-Protokollfragen gern von der Herrscherin beraten.

Unweigerlich waren im Kreis der Gäste nur wenige blaue Roben auszumachen. Grün war vertreten, durchaus. Vallianer haben nichts gegen die grüne Farbe. Während ich nun langsam den Blick über Strom Nango gleiten ließ, sagte ich mir, daß Marion vermutlich taktvoll darauf gedrängt hatte, er möge ein andersfarbiges Hemd anziehen, woraufhin er nur gelächelt und gesagt hatte, daß er generell blaue Hemden trage, weil sie ihm stünden.

Nach kurzem Gespräch wurde der Strom fortgeholt, um anderen Leuten bekanntgemacht zu werden, und Delia stellte mich zur Rede. Wir standen vor einem mit Leinentüchern gedeckten Tisch, auf dem sich die Speisen häuften.

»Na? Was war los?«

»Nichts. Seg und ich haben nichts weiter getan, als die nötigen Maßnahmen einzuleiten — dann sind wir gegangen.«

»Ich habe noch nichts berichtet, Milsi und ich hielten es für das beste. Wozu die Feier verderben?«

»Ganz recht.«

»Und was hast du für einen Eindruck von dem hamalischen Strom?«

»Ein harter Brocken. Unauslotbare Abgründe. Offenbar hat er sich mit Nedfar angefreundet, obwohl er im Krieg gegen uns gekämpft hatte.«

Delia rümpfte die Nase. Sie weiß durchaus, wie gefährlich es für sie ist, so etwas in der Öffentlichkeit zu tun. Es gelang mir aber, mich zu beherrschen.

»Wir haben die Hamalier in ehrlichem Kampf besiegt, der Krieg ist vorbei, jetzt sind wir Freunde. Du hast Prinz Nedfar auf dem hamalischen Thron gesetzt und ihn zum Herrscher gemacht. Und sein Sohn Tyfar und unsere Tochter Lela sind ...«

»Zair allein weiß, wo die beiden stecken.«

»Marion dürfte also wissen, was sie tut.«

Ich warf Delia einen Blick zu, von dem ich hoffte, daß

er eine gewisse Überzeugungskraft vermittelte. »Sie ist keine Schwester der Rose.«

»Aber eine des Schwertes.«

»Ah.«

»Und wir können hier nicht ewig so zusammenstehen, während Marion ihrem Künftigen ein Begrüßungsfest gibt. Das gehört sich nicht. Dort sehe ich den alten Nath Twinglor, der mir ein dreihundert Perioden altes Exemplar von den ›Gesängen der Neun Goldenen Himmel‹ versprochen hat. Wenn er mir einen guten Preis macht, lasse ich ihm dafür einige seiner anderen Laster durchgehen. Zieh los und sei ein bißchen freundlich zu Sushi Vannerlan, die dort ganz allein steht.«

»Um Zairs willen — nein«, ächzte ich.

Mit vollem Ernst fuhr Delia fort: »Ortyg, Sushis Mann, kam vor kurzem ums Leben. Er fiel bei einem Kampf, den Drak nur knapp gewinnen konnte. Es wäre sicher angemessen.«

Unser ältester Sohn Drak war nach wie vor im Südwesten Vallias bemüht, die Verluste wettzumachen, die wir hinnehmen mußten, als Vodun Alloran, der ehemalige Kov von Kaldi, auf verräterische und gemeine Weise seinen Eid vergaß und sich zum König von Südwest-Vallie ernannte. Das Lärmen der Gäste umtoste mich, der Geruch von Speisen stieg mir angenehm in die Nase, während ich mich Sushi Vannerlan näherte und darüber nachdachte, daß ich mich ganz und gar nicht schämte, nicht gewußt zu haben, daß Jiktar Ortyg Vannerlan im Kampf gefallen war.

Ich hatte mich nämlich bis vor kurzem in Pandahem aufgehalten und wußte, daß ich noch einiges von dem nachzuholen hatte, was sich während meiner zwangsweisen Abwesenheit ereignet hatte.

Sushi war eine schmächtige Frau von lebhafter Art. Sie hatte sich Lippen und Wangen rot angemalt, die zu ihrem dunklen Haar einen lebhaften Kontrast bildeten. Ihre Augen funkelten und ließen erahnen, daß sie feuchter waren als normal. Ihr Kleid war leuchtend rot. Das Haar trug sie ein wenig hochgekämmt, aber durchzogen von Goldfäden und Perlen. Ich glaube, es gelang mir, die notwendigen Worte würdevoll und ernst über die Lippen zu bekommen. Ortyg, ihr Mann, war ein verdammt guter Kavalleriekommandeur gewesen, und es tat mir für uns alle leid, daß er nicht mehr lebte.

»Sushi!«

Die Stimme, schwer und männlich, ertönte hinter meiner Schulter. Sushi zuckte zusammen und errötete dermaßen heftig, daß ihr Make-up darüber trocken und aufgesetzt wirkte. Sie blickte an mir vorbei.

»Ortyg! Psst — dies ist der ...«

»Egal, wer es ist — es soll ihm nicht gelingen, dich mir wegzunehmen!«

Als ich den Namen Ortyg hörte, hatte ich im ersten Augenblick das Gefühl, ihr Mann könnte von den Toten auferstanden sein. Dieser Abend mit seinen Nebelschwaden und dem verschwommenen Mondschein weckte ein vages Unbehagen in mir. Die Schnelligkeit und Tödlichkeit, mit der das zottige Ungeheuer zugeschlagen hatte, schienen irgendwie nicht von dieser Welt zu sein. Und nun rief Sushi den Namen ihres toten Mannes ...

Energisch drehte ich mich um.

Der Mann war wie seine Stimme — schwer und maskulin. Er trug die Arbeitsuniform eines Kavallerieregiments. Seine Rangabzeichen wiesen ihn als Hikdar aus, der zwei Streifen errungen hatte. Sein Schnurrbart war borstig, die Augen dunkel, die Lippen voll und bestimmt. Sein Lächeln war erstaunlich.

»Ortyg! Bitte ...«

»Schon gut, schon gut, Sushi! Ich weiß, ich bin spät dran; aber es gab ein Durcheinander in der Stadt, und ich mußte beinahe mit ausrücken.« Er schaute mich nicht an. »Mein Jiktar hat mir aber freigegeben, möge Vox ihm ewig die Schuhe und Sporen putzen!«

Während des Sprechens rückte er vor, an mir vorbei,

und schaute noch immer Sushi an. Ich machte ihm Platz. Die Szene amüsierte mich. Außerdem tat dieser forsche Kavallerist für Sushi genau die Dinge, die sie brauchte und die ich ihr, obwohl ich Herrscher war, nicht geben konnte.

Er legte ihr den linken Arm um die Hüfte und drehte sich dann, zusammen mit ihr, zu mir herum. Sein Gesicht war triumphierend gerötet.

»Sushi gehört mir, mein Junge, daß du das nicht vergißt!«

Ich trug eine ziemlich blöde Abendrobe von derselben scharlachroten Farbe, wie sie auch meine Delia angelegt hatte — sie hatte sich das ausgedacht. Neben diesem altgedienten Kavalleristen in seiner kargen Uniform wirkte ich wie ein Lackaffe. Die beiden Streifen auf seiner Brust zeigten an, daß er sich im Kampf zweimal hervorgetan hatte.

Er erblickte mich.

Offenkundig wußte er nicht, wer ich war, doch veranlaßte ihn mein Gesicht, daß ich krampfhaft zu einem Lächeln zu zwingen suchte, zum Zurückzucken.

»Bei Vox! Sushi — wer ...«

»Ich versuche dir das die ganze Zeit zu sagen, du Fambly! Nimm Haltung an, mein Lieber!« Sie schaute mich an und sprach lauter weiter, ohne daß ihre Stimme ein Zittern verriet.

»Majister«, sagte sie, »gestatte mir, dir Ortyg Voman vorzustellen, Hikdar im Fünfzehnten Lanzenträgerregiment. Ortyg, du stehst vor deinem Herrscher.«

»Autsch!« sagte Hikdar Ortyg Voman aus dem Fünfzehnten Lanzenträgerregiment.

Ich mußte lachen.

Dann streckte ich die Hand aus. »Gib mir die Hand, Hikdar Ortyg. Ich kenne die Fünfzehnte. Daß du mir gut auf Sushi aufpaßt!«

»Quidang, Majister!«

Ich überließ die beiden ihrer Schnäbelei und machte

mich auf die Suche nach einem weiteren Getränk. Die Feier war wirklich prachtvoll angelegt. Marion hatte als Stromni keine Kosten gescheut. Ich schätzte die Zahl der Gäste, die sich in den Sälen und auf den Galerien ihrer Villa tummelten, auf vier- bis fünfhundert. Wein strömte reichlich. Speisen ließen die Tische durchhängen. An strategischen Stellen untergebrachte Orchester ließen Melodien in die heiße Luft aufsteigen, ohne daß sie sich gegenseitig ins Gehege kamen.

Für mich war klar, daß Marion, Stromni Frastel von Huvadu, nicht allein in der Lage gewesen war, diesen Luxus zu bezahlen. Zwar hatten sich Vondium und Vallia schon ein wenig von den gnadenlosen Kriegen erholt, die das Land verwüstet hatten. Wenn es sein mußte, konnten wir ein hübsches Fest auf die Beine stellen. Marions Stromnat Huvadu aber lag hoch im Norden, nördlich des Hawkwa-Territoriums im Nordosten. Es erstreckte sich nur wenig südlicher als Evir, die nördlichste vallianische Provinz. Das ganze riesige Gebiet jenseits der Berge des Nordens war für die Vallianer verloren: dort herrschte ein Emporkömmling, der sich König von Nord-Vallia nannte. Immer wieder fiel er in das Hawkwa-Gebiet ein, so daß wir dort eine große Armee unterhalten mußten, die seinen Angriffen Widerstand leistete.

Mit anderen Worten: Marion kam an ihre Besitztümer, an ihren Reichtum nicht heran. Mir wollte scheinen, für die Zerstreuungen des Abends hatte Strom Nango, der Hamalier, bezahlt.

Ich erfuhr von Delia, daß sein Stromnat in den Schwarzen Bergen von Hamal lag, im mächtigsten Reich auf dem Kontinent Havilfar südlich des Äquators. Entweder war er selbst vermögend, oder er leistete sich einen Wechsel auf die vermutete reiche Zukunft. Marions Mann, der verstorbene Strom, hatte kürzlich selbst noch eine reiche Erbschaft gemacht. Sollte sich Nango irgendwann einmal in Huvadu niederlassen, nachdem wir das Kovnat zurückerobert hatten, würde er es dort nach dem angenehmen Klima Hamals ziemlich kalt finden.

Sollte Marion sich entschließen, im Hamal zu leben, würde sie mit der Hitze schon fertigwerden. Sie war eine prächtige Frau, nicht zu groß, mit ausgeprägter Figur, eine starke Persönlichkeit, die mit Dummköpfen nichts anzufangen wußte. Sie hatte eine Art, die zuweilen mißverstanden wurde und Menschen, die ihre guten Seiten nicht sofort zu erkennen vermochten, schnell gegen sie einnahm. Ich wünschte ihr und Nango alles Gute und schlenderte los, um etwas frische Luft zu schnappen.

Andere Gäste nickten mir lächelnd zu, wenn ich an ihnen vorbeikam; ich ließ mich aber in keine Gespräche verwickeln. Lachend lief eine Gruppe Mädchen vorbei, die sich offensichtlich gegenseitig Streiche spielten. Ich prostete ihnen zu und erhielt sehr hübsch anzuschauende Antworten. Es waren Jikai-Vuvushis, Schwestern des Schwerts, wahrscheinlich aus Marions Regiment. Sie huschten laut aufkreischend fort und hatten im Augenblick wirklich nicht viel Ähnlichkeit mit den eisenharten Kämpferinnen, die sie auf dem Schlachtfeld waren.

Draußen, unter einem Säulenvorbau, wo sich das verschwommene rosafarbene Licht der Jungfrau mit dem Vielfältigen Lächeln schräg über die Bodenfliesen ergoß, entdeckte ich das gelassene Gesicht des Harfenspielers Thantar. Er war nicht aufgrund von Umständen blind, wie sie auf der Erde vielen Harfenspielern zustießen, sondern hatte in seiner Jugend einen Unfall erlitten. Er trug eine lange gelbe Robe, und sein Jünger hielt sich, das Instrument tragend, einige Schritte hinter ihm. Er würde uns später am Abend mit seinen Liedern und Geschichten erfreuen. Er umfaßte mit der rechten Hand einen Stab, die Linke ruhte auf dem blonden Schopf eines kleinen Jungen, der ihn führte und für ihn die Rolle seiner Augen übernommen hatte.

»Lahal, Thantar.«

»Lahal, Majister.«

Offenbar kannte er meine Stimme.

»Es freut mich sehr, dich hier zu wissen. Du hast ein neues Lied für uns neben den alten Lieblingsliedern?«

»So viele, wie dir recht sind, Majister!« Seine Stimme tönte voll und rund wie ein Gongschlag. Ein prächtiger Bursche, Thantar der Harfenspieler, in Vondium berühmt.

Am Rand der Terrasse, wo sich die Mondblüten der rosafarbenen Strahlung öffneten und ihr berauschendes Aroma verbreiteten, entstand plötzlich Unruhe. Ich schaute hinüber.

Dort wandte mir eine Gruppe Gäste den Rücken zu und torkelte seitlich fort. Ihr lautes Rufen spitzte sich zu schrillem Geschrei. Ein Mann trat durch eine Lücke zwischen den Menschen; er kam aus dem terrassenförmig angelegten Garten dahinter. In den Armen hielt er einen jungen Burschen.

Das abgehärtete, erfahrene Gesicht Hikdar Nath Corvus' war verkniffen vor Kummer und Zorn. Auf den ledrigen Wangen waren keine Tränen zu sehen, doch verrieten der Glanz seiner Augen und die geblähten Nasenflügel, daß er litt.

In seinen Armen lag einer der jungen Burschen, ein Soldat, dessen helle rotgelbe Uniform auf das scheußlichste mit Blut und Schmutz beschmiert war. Der Junge trug keinen Helm mehr, das braune Haar schimmerte im Laternenschein und schwankte im Rhythmus von Naths Schritten hin und her.

»Seht!« brachte Nath Corvus hervor.

Die Kehle des jungen Soldaten war eine einzige rote Masse, von der sich das Auge mit Grausen abwandte.

2

Wir suchten — o ja, wir suchten!

Marions Villa lieferte ausreichend Waffen, um in uns die Zuversicht zu wecken, daß wir das gigantische Ungeheuer stellen und ihm das grausame Handwerk legen konnten. Wir leuchteten mit Laternen in Büsche und unter Arkaden, wir peitschten auf die Äste ein. Wir brüllten und hämmerten Töpfe und Pfannen gegeneinander.

Von dem unsäglichen Ungeheuer fanden wir keine Spur.

Die Wache des zuständigen Bezirks weitete die Suche auf die umliegenden Straßen und Gassen aus. Seg und ich waren fest davon überzeugt, daß das Ungeheuer sich irgendwo versteckt hatte, längst gesättigt von einem Opfer, dem er sich hatte widmen können, ohne gestört zu werden.

»Ich möchte nicht, daß die ganze Stadt in Panik gerät«, sagte ich zu dem Präfekten, der sich in Marions Villa in meiner Nähe gehalten hatte.

»Völlig richtig, Majister. Wir werden die Suche mit äußerster Vorsicht fortsetzen, doch glaube ich, daß wir erst wieder eine Spur finden werden, wenn das Scheusal erneut zuschlägt.«

Der Präfekt war Pachak, ein gewisser Joldo Nat-Su, der nur zwei Arme besaß. Seine unteren beiden Gliedmaßen hatte er vor längerer Zeit bei einem Kampf verloren. Er stand in den Diensten Naghan Vankis, des herrschaftlichen Oberspions. Es war mir vernünftig erschienen, einem Manne Naghan Vankis das Amt des Stadtpräfekten anzuvertrauen. Er hatte seine Truppe gut im Griff und trug den Ehrentitel eines Chuktars.

»Ich glaube, du hast recht, Joldo, so sehr mir das auch widerstrebt. Verflixt!« entfuhr es mir. »Ich kann es nicht zulassen, daß solche Raubtiere durch Vondiums Straßen streifen. Das wäre unerträglich.«

»Wenn wir auf der Hut sind«, sagte Delia auf ihre beruhigende und praktische Art, »dann können wir zuschlagen, wenn das Geschöpf das nächstemal auftaucht, und es wieder in den Käfig stecken.«

»Ah«, sagte Präfekt Joldo. »Ich kann es nur wiederholen: Bisher haben meine Männer niemanden gefunden, der gestehen will, ein Käfigtier verloren zu haben.«

»Die Angst vor den Folgen«, sagte Seg.

Er drückte Milsi an sich, und ich sagte mir, daß wohl kein Mann und keine Frau den Partner aus dem Auge lassen würde, bis das Ungeheuer wieder sicher hinter Gittern steckte — oder getötet worden war.

Marions Feier hatte ein vorzeitiges Ende gefunden. Die meisten Gäste waren bereits gegangen. Unsere Zahl war sehr geschrumpft — eine kleine Gruppe, die sich in einem Salon zusammenfand, um die Ereignisse des Abends zu besprechen.

Strom Nango blieb schweigsam; er machte keine Anstalten, sich in den Vordergrund zu schieben oder seine Ansichten kundzutun — ein Umstand, der uns gefiel. Wir alle — er eingeschlossen — wußten, daß er hier gewissermaßen eine Probezeit zu bestehen hatte.

Lord Farris beugte sich im Sitzen vor und sagte: »Ich stelle dir jeden Soldaten zur Verfügung, den wir haben, Joldo. Ich bin der Ansicht des Herrschers. Wir dürfen solche Dinge in der Stadt nicht zulassen.«

Farris, Kov von Vomansoir, war Justicar-Crebent oder Crebent-Justicar des Herrschers. Er verwaltete Vallia, wenn Drak und ich nicht im Lande waren. Er stand in einer unbeugsamen Loyalität zu Delia und verdiente mein Vertrauen; solche Männer brauchte Vallia dringend.

Immer wieder kauten wir die Ereignisse und Möglichkeiten durch und wandten uns schließlich allgemeinen Themen zu.

Plötzlich schlug Thantar der Harfenspieler eine Saite an, und wir verstummten.

Er saß seitlich auf dem Stuhl, und das Licht einer Samphronöllampe betonte die dunkle Höhlung seiner blinden Augen. Die Harfe, die er spielte, war ziemlich klein und ruhte zwischen seinen Knien; ein kunstvoll geformtes Instrument, wohl zwei- bis dreihundert Jahre alt. Er benutzte die Musik zur Begleitung seiner Worte und unterlegte schwärzere Passagen mit traurigen Akkorden und Augenblicke des Handelns oder der Liebe mit perlenden Tonreihen.

»Du willst uns entzücken, Thantar?« fragte Delia. »Wir stehen in deiner Schuld, weil du Stromni Marions Einladung angenommen hast. Dazu kann man ihr wirklich nur gratulieren.«

Marion freute sich sichtlich über diese kleine Rede, die Delia in vollem Ernst gesprochen hatte, weil sie Thantar ernst nahm. An den vornehmeren kregischen Höfen werden große Künstler nicht gebeten aufzutreten — unabhängig davon, was sie in den barbarischen Ländern treiben mochten.

Thantar sagte nur: »Es ist deine Gegenwart, die uns allen Ehre macht.«

Nun ja, ein solcher Ausspruch mochte Schmeichelei sein, doch hatte er zugleich mehr als recht, bei Vox!

Mit der vollen goldenen Stimme, die so wenig zu seiner hageren, ausgedörrt wirkenden Gestalt passen wollte, begann Thantar die Geschichte des Gancharks von Therminsax vorzutragen.

Therminsax war die Hauptstadt der Herrschaftlichen Provinz Thermin, westlich des Hawkwa-Landes gelegen. Von dort erstreckte sich ein vorzügliches Kanalsystem nach Süden. Ich mußte an die Eisboote denken, die von den Bergen des Nordens herabgeflogen kamen. Dort oben war das Terrain stellenweise sehr rauh, aber auch fruchtbar. Unter all meinen romantischen Erinnerungen an Therminsax ragte eine besonders hervor: die

Schaffung der Phalanx, des Kerns jener Armee, die einen großen Anteil daran hatte, daß Vallia wiedervereint und befriedet werden konnte.

Bei Zair — natürlich war dazu noch viel zu tun. Aber so ist das ja im Leben immer ...

Niemand sagte ein Wort, während der blinde Harfenist seine Geschichte erzählte.

Darin ging es um die goldenen Zeiten vor nicht allzu langer Zeit, da noch in vielen vallianischen Provinzen wilde Tiere frei herumstreiften. Zu diesen wilden Tieren gehörte der Chark, ein ungezähmtes, temperamentvolles, schlaues Tier, das auf eine besondere Art gnadenlos war und sich darin von den normalen Geschöpfen der Wildnis unterschied. Die Charks jagten gewöhnlich in Rudeln, und es hieß bei den Menschen, sie verfügten über eine eigene primitive Sprache. Zuweilen drehten einzelne Charks, Männchen oder Weibchen durch und zogen in die Wildnis, um allein zu leben. Besonders diese Exemplare wurden zur allgemeinen Gefahr. Thantars Ausführungen entnahm ich, daß man sie nicht auf eine Stufe stellen konnte mit den menschenfressenden indischen Tigern unserer Erde, die zu alt und zu langsam waren, um andere Beute zu schlagen als Menschen.

Die einsamen Charks gehörten zu den kräftigsten Mitgliedern des Rudels.

Während er das Geschöpf mit begeisterten Worten beschrieb, in rollenden, heftigen kregischen Lauten, die vieles auch nur geschickt andeuteten, sah ich vor meinem inneren Auge das Ungeheuer, das ich auf dem Treidelpfad beobachten mußte. Ich war sicher, daß es sich um einen Chark gehandelt hatte.

Charks, berichtete Thantar, galten als ausgestorben. Schon viele Jahre lang war kein solches Wesen mehr eindeutig gesichtet worden; es gab nur gelegentlich Berichte, wonach jemand zottig-graue Gestalten durch das Hawkwa-Hinterland hatte streichen sehen.

Dann waren in Therminsax etliche blutrünstige Morde geschehen, die die ganze Stadt nervös machten. Niemand fühlte sich mehr sicher. Eine Mutter, die das beste Kleid angezogen hatte, um ihr Kind in die Schule zu bringen, wurde angefallen und getötet. Blut spritzte über das hübsche Kleid, und die Jäger folgten der Spur, bis sie die scheußlichen Überreste fanden. Männer, die draußen in den Wäldern als Köhler arbeiteten, wurden zerrissen. Nicht einmal in der Stadt war man sicher, denn das riesige Ungeheuer schien nach Belieben aus- und einzugehen und seine Opfer reißen zu können.

Fallen wurden errichtet. Doch sie nutzten nichts.

Ich hörte aufmerksam zu und bewunderte die meisterliche Art, wie Thantar jeden der Vorfälle um Blut und Tod ausführlich beschrieb, ohne seine Schilderung aber dermaßen mit Scheußlichkeiten zu überfrachten, daß die Sensibilität des normalen Zuhörers getroffen worden wäre. Nur wer grausam veranlagt war, konnte sich über diesen Mangel beschweren. Nur der Sadist hätte mehr Qualen und Pein verlangt.

Dennoch wandelte sich die Geschichte. Thantar sprach plötzlich aus der Position des Wissenden heraus und berichtete von Dingen, die erst später entdeckt und abgeleitet worden waren, Tatsachen, die im Moment des Ereignisses noch niemand wissen konnte.

Trotz dieser Rückschau waren die Weisen nicht in der Lage gewesen zu erklären, wie der junge Rodo Thangkar sich erstmals in einen Werwolf hatte verwandeln können.

Er war ein glücklicher, sorgenfreier junger Bursche gewesen, ein Schreiberlehrling mit recht guten Verbindungen. Er hatte gehofft, seine Jugendliebe Losha mit den Krummen Zöpfen zu heiraten. Sie wurde zu einem der ersten Opfer des Werwolf-Terrors und endete mit zerrissener Kehle.

Als die Stadtältesten die ersten Gegenmaßnahmen besprachen und ihre Fallen aufstellten, war der junge Rodo Thangkar dabei; als angehender Schreiber hielt er unter Anleitung seines Meisters alles fest, was besprochen und beschlossen wurde.

Kein Wunder, daß der Werwolf den ihm gestellten Fallen mit verächtlicher Leichtigkeit ausweichen konnte.

Die Herrschaft des Terrors nahm ihren Fortgang, und der Ganchark forderte immer neue Opfer unter den Bürgern Therminsax' und Umgebung.

Zahlreiche mutige Kämpfer, Champions, kamen in die Stadt, um mit ihren Schwertern und Speeren gegen den Ganchark vorzugehen. Niemand überlebte dieses Bemühen. Die entstellten Leichen wurden ehrerbietig begraben, und die Menschen seufzten und trauten sich nicht mehr weit von ihren Häusern fort.

Die Stadtältesten suchten verzweifelt nach jemandem, der ihnen aus der Klemme helfen konnte. Zauberer und Magier wagten die Reise nach Therminsax. Einer aus dieser Gruppe, ein Zauberer aus dem Kult von Almuensis, prahlte damit, kein Ganchark habe eine Chance gegen die fürchterlichen Kräfte, die in dem großen, an seinem Gürtel angeketteten Buch steckten.

Er war eine funkelnde Erscheinung in prächtigen Roben und Edelsteinen, gegürtet in Gold. Das eigentliche Hyrlif verbreitete tatsächlich eine Aura der Thaumaturgie. Man fand ihn schließlich in einem Straßengraben; der Kopf war ihm abgerissen worden. Sein Zeigefinger steckte noch in dem halb geöffneten Buch. Allen war klar, daß der Werwolf angegriffen hatte, ehe der Zauberer seine Verwünschungen, die das Land vielleicht von der Plage befreit hätten, vorlesen konnte.

Von seiner Insel reiste Goodor der Murvish an, ein Angehöriger der Brüderschaft der Zauberer von Murcroinim. Er verbreitete einen unangenehmen Geruch. Er trug die Felle wilder Tiere, an seinem Gürtel baumelten Schädel, und er trug einen Montarch mit sich herum, einen schweren Stab, der in Rastschädeln endete, und an dem allerlei widerliche, faulige organische Reste baumelten. Trotzdem hatte er sich zusätzlich mit Schwertern ausgerüstet.

Er behauptete, er werde Therminsax für tausend Gold-Talens von dem Werwolf befreien.

Die Stadtväter brachten das Geld im Verlauf einer einzigen Stunde zusammen.

Der junge Rodo Thangkar hörte sich dieses Geschäft an, und er lächelte und hob vielleicht eine Hand an den Mund, um sich mit dem Finger über einen Zahn zu streichen.

Er selbst, so hieß es in der Geschichte, konnte nicht erklären, warum er die schlimmen Taten beging, warum er sich in einen Werwolf verwandelte.

In der folgenden Nacht, als alle braven Bürger der Stadt in ihren Betten lagen, fand die Auseinandersetzung statt. Kein Mann, keine Frau wurde Zeuge der Szene. Nichts war zu hören.

Am nächsten Morgen wurden sie gefunden, der Zauberer und der junge Mann. Sie lagen dicht nebeneinander. Der Ganchark hatte im Augenblick seines Todes die Menschengestalt zurückgewonnen, vom Dudinterschwert des Zauberers aufgespießt. Dem Zauberer fehlte das ganze Gesicht, die ganze Brust.

Thantar der Harfenspieler endete mit einem durchdringenden Vielklang der Saiten und sagte: »So wurde Therminsax das Übel los, und die tausend Gold-Talens wurden dem Zauberer Goordor dem Murvish nicht übergeben, sondern statt dessen für ein großes Dankesfest verwendet.«

Als der letzte Ton leise verhallte, wurde kein Wort gesprochen, niemand rührte sich. Es gab keinen Beifall. Wir saßen starr wie Marionetten da, die Worte, die wir vernommen hatten, schwirrten uns durch den Kopf.

Dann äußerte sich Lord Farris wie ein Donnerschlag: »Nein! Unmöglich! Ich glaube das nicht!«

Strom Nango setzte an: »Die Geschichte — oder das …?«

»Die Geschichte ist eine Geschichte, darauf angelegt, Kindern Angst zu machen, und sicher auch aufregend. Was aber die Schlußfolgerung angeht, die ihr alle daraus ziehen möchtet — nein!«

Tsleetha-tsleethi«, sagte Seg. »Nun mal gemach! Solche Geschichten sind allgemein bekannt. Das gleiche gilt für Werwölfe.«

Delia äußerte sich nicht.

Milsi zog ein beunruhigtes Gesicht. Mir fiel auf, daß sie heftig Segs Hand ergriff und ihre Fingernägel sich tief in seine Haut bohrten.

Marion sagte: »Ich weiß nicht recht. O ja, als ich jung war, haben mir solche Gespenster- und Ghulgeschichten gefallen. Im Norden gibt es jede Menge davon — dies aber ist so ... so schrecklich, daß ich nicht weiß, ob man sie glauben soll. Wäre so etwas möglich? Daß sich hier in Vondium ein Werwolf herumtreibt?«

Mehrere andere Angehörige der kleinen Gruppe äußerten ähnliche Ansichten. Wie konnte es geschehen, daß eine Legende aus ferner Vergangenheit auf das schrecklichste Wirklichkeit wurde?

Thantar der Harfenspieler, der seine Saat ausgebracht hatte, schwieg. Unwillkürlich mußte man sich fragen, was wohl in seinem Kopf vorging. Er hatte die Geschichte nicht ohne Hintergedanken erzählt, er verfolgte eine Absicht. Ein Blinder — sah er womöglich mehr als wir Sehenden?

Strom Nango bückte sich und flüsterte Marion etwas ins Ohr.

Sie hob den Kopf und lächelte ihn an, und ich sah, daß zwischen den beiden alles in Ordnung war.

»Liebste, du hast recht.« Sie wandte sich zu uns um, äußerte einige schmeichelnde Worte über den Herrscher und die Herrscherin in unserer Mitte und fuhr fort: »Dieses Thema ist viel zu unangenehm, viel zu scheußlich. Ich lasse es nicht zu, daß meine Feier zu Ehren des lieben Nango völlig verdorben wird. Er hat vorgeschlagen, daß wir uns angenehmeren Themen zuwenden ...

»O ja!« rief Milsi.

»Schön.« Es war anzumerken, daß Marion von innerer Freude erfüllt war. »Thantar und ich haben eine neue Geschichte geschaffen, eine Geschichte, die es unbedingt wert ist, erzählt zu werden. Ich hoffe, daß Thantar sie bald mit angemessener Musik ausstattet. Für den Augenblick jedoch ...«

»Für den Augenblick«, meldete sich die goldene Stimme des Harfenisten, »hat die Geschichte ihren ureigenen Wert, eine Geschichte von großem Mut und selbstloser Hingabe.«

Lautstark forderten wir, Thantar solle uns mit dieser neuen und wunderbaren Geschichte erfreuen.

3

Inmitten der schroffen Felsen der hamalischen Berge des Westens hockte ein kleiner Kriegertrupp hinter Felsbrocken und Löchern, die man mühselig in den kahlen Boden gehackt hatte. Es waren etwa zwanzig, zwanzig Soldaten von den achtzig, aus denen die Pastang ursprünglich bestanden hatte. Sie waren erschöpft, durstig, hungrig, von Wunden übersät und hatten blutunterlaufene Augen, und jeder einzelne wußte, daß der Tod sicher nicht mehr lange auf sich warten ließe.

Sie wurden belagert von einer Horde wilder Menschen aus den weitgehend unbekannten Ländern hinter den Bergen; diese Geschöpfe bedrängten die Eingeschlossenen von allen Seiten, gaben sich im Augenblick aber damit zufrieden, in die kümmerliche Festung zu schießen und in lärmender Aktion näherzurücken, mit der Absicht, das Feuer auf sich zu ziehen — ehe sie sich dann niederwarfen und warteten. Es konnte nicht mehr lange dauern, bis die Soldaten keine Pfeile mehr besaßen, die sie dem letzten Angriff entgegensetzen konnten.

Diese Szene, so schmerzhaft sie auch war, besaß keinerlei Originalität.

Solange die zivilisierten Länder ihre Grenzen bewachten und sich dagegen verwahrten, daß die Wilden ungestraft ihre Raubzüge unternahmen, so lange würde es dazu kommen, daß einzelnen Trupps der Rückweg und der Lebensfaden abgeschnitten wurden. So lief es nun einmal bei den wilden, gnadenlosen Kämpfen entlang der Berge des Westens, nachdem das Hamalische Reich seinen nach Westen gerichteten Triumphmarsch aufgegeben und sich zurückgezogen hatte.

Keine Frage, die blutrünstigen Moorkrim aus den unerschlossenen Gebieten des Westens waren durchaus in der Lage, das jämmerliche Häuflein Soldaten zu überwältigen und zu vernichten. Die Wilden aber verhöhnten ihre Opfer, zeigten sich, um einen Pfeil herauszulokken, und ließen sich dann wieder fallen. Sie strömten nicht in einer gewaltigen tödlichen Woge gegen die Eingeschlossenen vor. Zweifellos sorgte sich der schlaue, grausam denkende Moorkrim-Häuptling vor allem darum, daß die eingekesselten Soldaten sich selbst das Leben nehmen könnten, ehe seine Männer an sie herankamen.

Denn die Soldaten, die die Überreste der Pastang bildeten, waren Jikai-Vuvushis, Kriegermädchen.

Ein gutes Stück weiter östlich ragte die heruntergekommene Grenzstadt Hygonsax inmitten der kahlen Vorberge auf. Überall lag dicker Staub, die Sonnen brannten erbarmungslos herab, eine widerstandsfähige Vegetation, die das Wüstenklima gewöhnt war, wirkte in der Hitze ziemlich erschlafft. Die Lehmfeste, über der die Flaggen zweier Regimenter hingen, erschien in Lähmung erstarrt zu sein.

Eine Flagge zeigte die Zahlen und Zeichen des Hundertsechsundzwanzigsten Regiments der Hamalischen Luftkavallerie. Die andere, weniger auffällige Flagge verriet dem Kundigen auf sehr indirekte Weise, daß hier das Siebente Regiment der SdS aus Vallia postiert war.

Beide Stoffsymbole hingen schlaff und reglos an den Masten.

Zu hören waren lediglich das Stampfen eines schlechtgelaunten Calsanys und das Kratzen eines kleinwüchsigen Schweins, das sich die Flöhe herausscharren wollte.

Mit überraschend lautem und heftigem Flügelschlag raste eine Flugpatrouille über die Stadt dahin. Die Mirvols streckten die Krallen aus, umfaßten die Sitzstäbe und schlugen die Flügel unter. Die Reiter, die offenbar schon lange im Sattel gesessen hatten, stiegen steifbeinig ab und begaben sich in ihre Unterkünfte, wo sie sich den Staub abzuwaschen hofften, innerlich wie äußerlich. Der Kommandeur lief förmlich in das Fort und durch den großen kühlen Raum, wobei er einen heftig zusammenzuckenden Wächter passierte.

Die Frauen, die unsicher im Büro des Kommandeurs gewartet hatten, drehten sich erwartungsvoll um.

»Du hast sie gefunden?«

Jiktar Nango ham Hofnar blieb stehen. Ihn bekümmerte die Nachricht, die er überbringen mußte. Außerdem plagten ihn die Hitze und die Anstrengung, so daß sich sein Kopf anfühlte, als säße er unter einem zu engen Eisenhelm gefangen.

»Es tut mir leid, Jiktar Marion.«

»Dann dürfte es um sie geschehen sein ...«

»Das kann ich nicht glauben.«

»Aber du hast doch überall gesucht. Deine Patrouillen waren Tag und Nacht unterwegs. Wie können die Vermißten noch leben, ohne daß du sie gefunden hättest?«

»Das weiß ich nicht, ich weiß aber, daß ich erst Ruhe geben werde, wenn wir auf diese Frage eine Antwort gefunden haben, egal wie sie ausfällt.«

Jiktar Nango begann im Stehen zu schwanken und suchte hastig Halt an einer Stuhllehne. Energisch packte er das Holz.

Marion huschte sofort vorwärts, umfaßte seinen Arm und zwang ihn, sich zu setzen. Dann holte sie einen Krug und ein Glas. Sie schenkte Parclear ein, ein helles perlendes Getränk, das in dem Sonnenlicht, das durch die Säulen des Lehmhauses hereinfiel, erfrischend funkelte. Kritisch musterte sie den Mann und runzelte die Stirn.

»Du hast jetzt drei Tage und drei Nächte nicht geschlafen. So kann das mit dir nicht weitergehen, Jiktar Nango.«

»Es muß. Das weißt du so gut wie ich.«

»Aber meine Mädchen ...«

»Für deine Mädchen trage ich hier draußen die Verantwortung. Ich bin mit König Telmont gegen deinen Herrscher gezogen, und dann standen wir gemeinsam gegen die verdammten Shanks in der Schlacht von den Brennenden Bosks. Ich haßte alle Vallianer. Aber jetzt ...« Wieder trank er einen Schluck und spürte, wie ihm das schäumende Getränk die Kehle freimachte und bis in die Zehen zu kribbeln begann. »Jetzt sind wir verbündet. Ich gebe keine Ruhe, Jiktar Marion, weder jetzt noch später. Wir müssen Bescheid wissen!«

Sie kannte den Mann gut genug, um zu wissen, daß er aus ehrlicher Überzeugung sprach. Er hatte die Vallianer gehaßt, jetzt war er ihr Verbündeter. Aber nicht nur das veranlaßte ihn, sich dermaßen zu verausgaben. Er machte sich Sorgen um Marions Kriegerinnen, er hatte Angst um sie. Für ihn war das auch eine Sache der Ehre. Er war ein Mann, für den Kavalierspflichten einen hohen Stellenwert hatten. Er würde alles tun, was getan werden mußte — und mehr. Wenn er dabei ums Leben kam, konnte ihn das nicht weiter stören.

Nango lehnte sich im Stuhl zurück und senkte langsam die Lider. Marion, die ihn beobachtete, fühlte etwas in sich aufsteigen, dem sie noch keinen Namen geben wollte, geben konnte.

Plötzlich durchfuhr ihn ein Muskelzucken. Wie ein Mann, der sich einer schnellen gefährlichen Strömung stellt, öffnete er die Augen und mühte sich wieder auf die Füße.

»Was denke ich denn da!« Die linke Hand fuhr zu seinem Schwertgriff und faßte zu. »Bei Krun! Ich kann meinen schurkischen Männern nur raten, sich bereitzuhalten ...«

»Ihr seid doch aber eben erst zurückgekommen ...«

»Die Mirvols haben uns zurückgebracht. Sie sind erschöpft. Dabei hatte ich mit guten Nachrichten gerechnet ...«

Er musterte die Sanduhr, die auf einem Wandregal stand, und verzog das Gesicht. »Ich habe Anweisungen gegeben, daß die Patrouille eine Bur Zeit hätte, sich zu waschen und etwas zu essen und zu trinken. Wir haben genügend frische Mirvols für alle. Ich muß jetzt losbratchen.«

Dieses Wort, das hatte Marion schon mitbekommen, bedeutete für Nango, daß er nun sehr schnell und sehr energisch in Aktion treten würde.

Mit heftigen, schwer wirkenden Flügelschlägen erhoben sich die Mirvols in die Lüfte und hinterließen eine erstickende Staubwolke. Der gelbe Dunst wallte auf, setzte sich und verstärkte die dünne Schicht auf Dächern und Mauern. Marion schaute den Flugtieren nach, während sie eine Hand zum Schutz vor dem grellen Licht Zims und Genodras' über die Augen legte — Sonnen, die hier in Havilfar Far und Havil genannt wurden. Das Gefühl der Hilflosigkeit, das sich in ihr ausbreitete, ließ sie ein wenig schwindlig werden.

Um überhaupt einen Anschein von Normalität aufrechterhalten zu können, mußte sie sich einreden, daß die in den Bergen vermißte Pastang nicht vernichtet worden war. Die Mädchen hatten Proviant und Wasser für mehrere Tage bei sich gehabt, jede Menge Pfeile, einen erfahrenen Führer — und großes Selbstvertrauen. Das Siebente Regiment der SdS war erst kürzlich zum Dienst hier draußen an den Bergen des Westens eingeteilt worden. Vallia und Hamal hatten als Verbündete ein gemeinsames Interesse daran, die Übergriffe der Wilden zu verhindern, hatten doch die Moorkrim erst vor kurzem eine der berühmten fliegenden Inseln vernichtet. Dabei war ein Teil der wertvollen Produktion für die Silberkästen verlorengegangen, mit deren Hilfe sich Flugboote vom Boden erheben und durch die Luft fliegen.

Die überall verstreuten Abteilungen der Regimenter wurden zurückgerufen. Im Augenblick aber konnten sie und Nango für die Suche nur die kleinen Patrouillen einsetzen.

Als Nango schließlich noch ausgemergelter, noch erschöpfter zurückkehrte, klammerte sie sich entschlossen an die Überzeugung, daß seine Beharrlichkeit letztendlich doch zu einem guten Ende führen werde — auch wenn es inzwischen unvermeidlich schien, daß es um die Mädchen geschehen war.

»Jetzt fliege ich mit dir, Nango ...«

»Aber ...«

»Ich komme mit.«

»Na schön.«

Er gab Anweisung, für Jiktar Marion einen ledernen Fluganzug zu besorgen, dazu einen guten haltbaren Clerketer. Mit den Riemen wurde ein Flugreiter am Sattel festgehalten ... wenn sie rissen, war alles aus! Nango inspizierte das Sattelzeug persönlich.

»Ich spüre es ganz fest, Marion. Irgendwie ist es seltsam, sehr seltsam — aber es steckt mir irgendwie in den Knochen, im Blut, daß wir deine Mädchen finden werden. Und was noch seltsamer ist, ich weiß, daß wir sie lebendig antreffen werden; vielleicht nicht alle, aber es ist da von seltsamen Vorzeichen berichtet worden ...«

»Du glaubst doch nicht etwa an solche Sprüche?«

»Nein. Ich glaube nicht an zweiköpfige Ordels oder einen Havil, der vom Blute Fars übergossen ist. Es steckt irgendwie in mir. Wir fliegen in einer halben Stunde, Marion. Bist du bereit?«

Der plötzliche Wechsel des Tonfalls ließ sie zusammenfahren. Dann nickte sie. »Ich bin bereit, Nango.«

Sie fand es erstaunlich, daß Nango die Kraft aufbrachte, sein Flugtier zu besteigen, sich anzuschnallen, die Zügel zu ergreifen und den Vogel mit den Absätzen anzuspornen. Bei Vox! Sie war selbst schon ziemlich müde. Nango aber hatte beständig im Sattel gesessen, seit die Pastang vermißt wurde. Während seine Männer abwechselnd ausgeflogen waren, hatte Nango an jeder Patrouille teilgenommen.

Offenkundig war der Mann am Ende seiner Kräfte, doch wurde er weiter angetrieben von seinem Ehrempfinden, von dem Wunsch, seine Selbstachtung vor Regiment und Nation nicht zu verlieren.

Angesichts der eigenen Gefühle ahnte Marion, daß in dem Hamalier andere, ähnliche Kräfte wirkten.

Die ledrigen Flügel der Mirvols bewegten sich schwer in der warmen Luft. Die Tiere flogen in niedriger Höhe über die runden Hügelkuppen, fegten um Kanten, wagten sich höher in die zerklüfteten Schründe zwischen den Gipfeln hinauf. Überall war die Landschaft von Ödheit und Reglosigkeit bestimmt.

Marion hielt sich krampfhaft fest. Sie spürte den Flugwind im Gesicht und schwankte im Auf und Ab des sich mühenden Tiers; trotzdem aber hatte sie das Gefühl, daß sie mit dieser Disziplin recht gut zurechtkam. Wenn sie genug Zeit im Sattel absolvierte, mochte ihr das Fliegen sogar Spaß machen. Sie kniff die Augen zusammen und starrte nach vorn in den Wind.

Die Patrouille folgte einem zerklüfteten Klippenrand, auf dem einige kleinere Raubvögel hockten und es zufrieden waren, die größeren Flugwesen vorbeisegeln zu lassen. Flugtiere dieser Größe würden hier nicht genug Nahrung finden, gab es doch hauptsächlich Insekten und Echsen für Tiere, die es gewohnt waren, praktisch mit nichts auszukommen. Hinter dem Klippenrand erweiterte sich das Tal, über dem links und rechts hohe Gipfel aufragten, die vor dem strahlenden Licht riesig wirkten. Vor der Patrouille döste das verwitterte Tal in der Hitze.

Die aus vier Mann bestehende Vorhut ging plötzlich in einen Steilflug, ein Mann raste herbei, so schnell das Tier ihn tragen wollte.

Er lenkte seinen Mirvol mit großem Geschick, an das er keinen Gedanken mehr verschwendete, und lenkte ihn parallel zu Nangos Tier.

»Jiktar! Viele Tote voraus!«

Marion begann das Herz bis in den Hals zu schlagen. Nango trieb sein Tier an und ließ es schneller fliegen.

Marion machte es ihm nach, wurde dann aber nur von den Lederriemen des Clerketers daran gehindert, rücklings über den Schwanz des Tieres abzurutschen.

Mit pfeifenden, rauschenden Flügelschlägen kreisten die Mirvols über dem Schauplatz der Tragödie.

Es waren viele Tote zu sehen, sehr viele. Die Moorkrim übersäten das steinige Gelände. Sie lagen verrenkt am Boden und formten eine Art Ring um eine Mittelzone, in der aus primitivsten Mitteln eine Art Festung errichtet worden war.

Innerhalb dieser Mittelzone lagen die Mädchen des Siebenten Regiments der Schwestern des Schwertes.

Marion schaute hinab, und vor ihren Augen waberte die Szene in der heißen Luft, und sie spürte den explosiven Druck des Blutes im Kopf, das heftige Brennen hinter den Augen, sie wurde überwältigt von einem Gefühl der Trauer und Panik — und von Zorn.

Ein gebräunter Arm wurde angehoben. Ein brünetter Schopf wandte sich und schaute auf. Ein weiterer Arm winkte.

Marion mußte trocken schlucken.

»Sie leben!« brüllte Nango.

Mit flatternden Flügeln landete die Patrouille irgendwie an einer freien Stelle zwischen den Leichen und ließ eine riesige Staubwolke aufsteigen. Marions Finger kämpften mit der störrischen Schnalle des Clerketers, der sich nicht öffnen wollte, dann aber war Nango zur Stelle. Er lächelte verkrampft, während er den Clerketer öffnete und ihr beim Absteigen half. Sie achteten nicht auf die toten Wilden, die überall herumlagen, und eilten auf die nächste Deckung zu.

Es war eine geradezu wundersame Errettung.

Hikdar Noni Thostan schaffte es, aufzustehen und ihren Regimentskommandeur formvollendet zu begrüßen. Sie war verdreckt, erschöpft und verwundet und trug eine zerrissene Uniform und eine zerdrückte Rüstung — dennoch lächelte sie Jiktar Marion entgegen.

»Noni — Opaz sei Dank!«

»Marion — Opaz sei Dank, daß ihr hier seid ... Ich habe gute Mädchen verloren ... zu viele. Sie sind fort ...«

Es gab neunzehn Überlebende, ein zwanzigstes Mädchen rang mit dem Tod.

Nango kümmerte sich um alles. Schnell und entschlossen packte er zu, sprach nachdrücklich und voller Autorität, und seine Männer halfen ihm, so gut sie konnten. Die mißliche Lage lag auf der Hand — die Mädchen hatten einen äußerst guten Kampf geliefert, aber ...

Es mußte Vorsorge getroffen werden, die Lebenden und die Toten nach Hygonsax zurückzuschaffen. Die hamalischen Swods, schlichte Luftkämpfer, sprachen leise miteinander. Nango hielt sich nur mit letzter Kraft und einem starken Willen auf den Beinen. Er brachte hervor: »Ich würde schwören, daß wir schon vor zwei Tagen durch dieses Tal geflogen sind.« Seine Gedanken waren aber sehr träge geworden. Wenn er ausgeschlafen war und sich erfrischt hatte, konnte er sich noch richtig über die wundersame Errettung freuen.

Die Moorkrim wurden liegengelassen. Ihre fliegenden Satteltiere, vorwiegend Tyryvols, waren längst fortgeflattert. Marion beugte sich über einen toten Wilden und musterte ihn eingehend. Schließlich erschauderte sie. Die Bosheit der groben gebräunten Züge, die Stammesmerkmale, die Schmuckzeichnungen — dies alles verriet ein Leben, das den Grundregeln der Zivilisation weit entrückt war.

Der Mann zeigte keine Wunden, doch war er tot, und sein abstoßendes Äußeres würde verschwinden, wenn der Körper sich auflöste und wieder in der Nahrungskette der Berge aufging.

Die Freude über die Rettung von neunzehn Mädchen ihres Regiments minderte nicht die Trauer um die anderen Angehörigen der Pastang, die den Zusammenstoß nicht überlebt hatten. So viele prächtige junge Mädchen aus Vallia, ausgebildet von den Schwestern des Schwertes, klug und erfahren, mutig, eifrig — und nun lagen sie tot in sauberer Reihe da und warteten auf ihre Beerdigung. Marion brachte die Trauerfeier ziemlich apathisch hinter sich.

Noch spürte sie den Wein auf der Zunge, den das Regiment vor Verlassen Vallias hatte herumgehen lassen, in der Erinnerung sah sie noch die langen Tische, die Kerzen, roch die Blumen, die sorgfältig aufgebaut worden waren. Als sei seit diesem Abschiedsessen nicht weniger als ein einziger Herzschlag vergangen, war sie nun hier in Hamal, in Staub und Hitze, umschwirrt von Fliegen, umgeben von Gerüchen, die so völlig anders waren. Die Mühe, die es kostete, die Augen zu öffnen und Nango anzuschauen, der die Worte sprach, die er für erforderlich hielt, drohte sie zu verzehren.

Die eigenen Gefühle trieben sie weiter voran, und sie glaubte bereits einen Teil der Zukunft vorausschauen zu können.

Weniger als einen Herzschlag lang.

Das Regiment war ausmarschiert mit Musikkapellen und Bannern. Die Pflicht rief sie zu einem harten Leben hier in den hamalischen Bergen des Westens. Sie war diesem harten fähigen Jiktar der Luftkavallerie begegnet, diesem Strom Nango ham Hofnar. Es schien ihr weniger als einen Herzschlag zurückzuliegen, daß sie Vallia verlassen hatte, um in Übersee zu dienen, und hier war sie nun in Übersee und in Hamal — und allzu viele ihrer tüchtigen jungen Mädchen lebten nicht mehr …

Ein solches Leid glaubte sie nicht allein ertragen zu können. Als schließlich alle Rituale angemessen abgeschlossen waren, die Feier dem Ende zuging und sie sich langsam entfernte, schaute sie zu Nango hinüber. Im gleichen Augenblick machte er ebenso kehrt, um sie anzublicken.

In diesem Moment, inmitten der entnervenden Hitze, inmitten des Staubes, der auf der Zunge wie Tafelkreide schmeckte, begegnete ihr Nangos Blick. Ohne auf Hitze, Staub und Fliegen zu achten, starrten die beiden sich an — und ihre Zukunft war entschieden.

4

Delia warf einen Schuh nach mir. Ich fing das seidige Gebilde mit der linken Hand auf und schleuderte es unverzüglich zurück. Sie duckte sich lachend, zog den anderen Hausschuh aus und zielte damit nach meinem Kopf. Als ich die Hand hob, um mir das Geschoß zu schnappen, sprang sie über das Bett, stürzte sich auf mich und drückte mich energisch auf den Teppich.

»Winselst du um Gnade, Fambly? Bietest du deine Kehle zum Biß dar?«

»Aye, aye, Liebste, ich biete dir die Kehle. Und mein Rücken tut schrecklich weh!«

Sie gab mir einen schnellen Kuß und ließ los. Ich wälzte mich mühsam herum, fuhr hoch und tastete behutsam unter mich.

»Kein Wunder — bei der Unterlage!« rief sie lachend. Ich zerrte den schweren Reitstiefel hervor und verzichtete darauf, ihn nach ihr zu werfen. Sie richtete sich auf, mit gerötetem Gesicht, strahlend, göttlich anzuschauen. Ehrlich, wenn es um die Beschreibung meiner Delia aus den Blauen Bergen geht, gibt es für mich keine Worte, die zu großartig oder gar göttlich wären.

»Was bekümmert dich, mein Herz?« fragte ich philosophisch und begann nach meiner Kleidung zu suchen. Der Tag war noch jung, würde uns aber viel Arbeit bescheren.

»Ich versuche zu verhindern, daß ich amüsiert bin anstatt verärgert, weil Marions Feier so häßlich zu Ende ging ... nun ja ...« Sie griff nach dem laypomfarbenen Stoffstreifen, der am Fußende des Bettes hing. »Nun ja, die Feier selbst war nicht häßlich, aber die Werwolfgeschichte, und dann dein armer Wächter und alles andere. Ich finde, die große neue Geschichte des Harfenisten Thantar über Marion und Nango wurde nicht so wohlwollend aufgenommen, wie es normalerweise der Fall gewesen wäre.«

»Amüsiert?«

»Na, du weißt, was ich meine. Jedenfalls glaube ich schon, daß ich dieses Gefühl in mir unterdrücken kann. Marion ist wirklich ein Schatz. Und sie hat Ehrgeiz. Sie ...«

»Sie ist natürlich eine Angehörige der Schwestern des Schwertes und nicht der Schwestern der Rose.«

»Die SdS haben mehr Regimenter Jikai-Vuvushis ins Feld geschickt als die SdR. Aber im Gegensatz zu uns setzen sie nicht die Klaue oder Peitsche ein. Also — darüber will ich kein Wort mehr verlieren. Ich glaube, ich werde sie heute mal besuchen — da wird sie sich freuen. Übrigens sieht ihr Nango wirklich aus, als ... hm? ... könnte man ihn gebrauchen. Ist das das richtige Wort?«

»Ein vernünftig wirkender Bursche.«

»Den Eindruck hatte ich auch.«

»Thantars Geschichte hat mich allerdings ein bißchen enttäuscht. Ich habe dir doch erzählt, wie Jaezila vor einiger Zeit ...«

Sie unterbrach mich — nicht heftig, aber entschlossen.

»Ja, Liebster. Für mich heißt unsere Tochter Lela noch immer Lela und nicht Jaezila — daß dir das schwerfällt, weiß ich.«

»Ja.«

Nun ja, das war kein großes Rätsel. Schließlich war ich lange Zeit kämpfend mit Jaezila durch die Welt gezogen, ehe ich erfuhr, daß sie meine Tochter Lela war.

»Damals zogen Jaezila und Seg und ich los, um Prinz Tyfar und seinen Vater vor den wilden Bewohnern der Berge des Westens zu retten — es muß eine sehr ähnliche Szene gewesen sein.«

Seit Delia mich kannte, hatte sie allerlei zu erdulden

gehabt. Ich gebe zu, daß ich mich nach ihr sehnte und mich schuldbewußt und reuig fühlte. Sie aber ist eine Prinzessin, eine Herrscherin, und so leer diese Titel vielen Menschen erscheinen mögen, ist sie doch eine große Dame. Zugleich ist sie schlau, raffiniert, zäh und durch und durch bezaubernd — und kann einem den Blutdruck hochtreiben. Sie hatte sich längst mit ihrem Leben eingerichtet, als ich ihr endlich gestand, daß ich gar kein gebürtiger Kreger war, sondern einem kleinen Planeten aus einem Sonnensystem entstammte, das im Vergleich zu Zim und Genodras wahrlich winzig und unbedeutend zu nennen war. Dieser Planet besaß zudem nur einen einzigen silbernen Mond und mußte auf die Vielzahl der nicht dem Apim, dem Homo sapiens, entsprechenden Rassen verzichten, die auf Kregen anzutreffen waren.

»Damals konnten wir die Wilden besiegen dank der Unterstützung eines sehr mutigen hamalischen Offiziers und seiner Leute. Trotzdem war ich ein bißchen enttäuscht von der Geschichte ...«

»Zu der Zeit waren wir alle schon müde. Der Werwolf hat unsere Stimmung nicht gerade gefördert ...«

»Du meinst die Geschichte vom Werwolf?«

»Ja.«

Die Hose, die ich anzog, war aus schlichtem vallianischen Leder. Die Tunika auf dem Gestell ebenfalls. Heute sollte ich in amtlicher Eigenschaft an der Eröffnung eines neuen Häuser- und Ladenkomplexes teilnehmen. Langsam wurde Vondium wieder aufgebaut, mit dem Ziel, die einst stolze Stadt mit neuem Leben zu erfüllen.

»Die Geschichte vom Werwolf war nicht gerade gut für unsere Laune, das stimmt. Trotzdem ...« Ich zog den Lestenledergurt enger und suchte nach den Stiefeln, die mir eben noch so viele Schwierigkeiten bereitet hatten. Meinem Gefühl nach fehlte Thantars Geschichte um Mario und Nango ein wenig die Pointe. Entsprechend äußerte ich mich gegenüber Delia, während ich die Tunika zuknöpfte.

»Man könnte aber auch sagen, nicht wahr, mein schwermütiger Dray, daß die Tatsache, daß wir die Geschichte überhaupt zu hören bekamen, ihr passendes Finale bildet. Marion und Nango sind glücklich. Das könnte man doch wahrlich für ein angemessenes Ende halten.«

Ich musterte sie aufmerksam. »Könnte man.«

Delias Pflichten bestanden heute zunächst darin, ein neues Krankenhaus und Heim für verwundete Soldaten zu eröffnen. In dem neuen Vallia, das hier errichtet werden sollte, konnten manche alten Angewohnheiten, wie sie auf der Erde und weitgehend auch auf Kregen verbreitet gewesen waren, nicht weitergehen: So durften Soldaten nicht mehr nur eingezogen werden, wenn sie gebraucht wurden, um sie dann nach dem Krieg in Not und Elend zu entlassen.

Wo Söldner eingesetzt wurden, gab es solche Probleme nicht. Dies hatte zu den Argumenten gehört, mit denen meine Gegner angetreten waren, als ich ein stehendes Vallianisches Heer zu schaffen begann, das die bisher existierenden Söldnereinheiten ablösen sollte. Meine Gründe für die Entscheidung waren klar und vernünftig. Nun aber wurde uns dafür die Rechnung präsentiert.

Delia verzichtete auf die langen schwarzen Reitstiefel, sondern zog weicheres kürzeres Fußzeug an. Um den richtigen Eindruck zu machen, würde sie sich in einer Sänfte zum Krankenhaus bringen lassen. Dieser Gherimcal, getragen von ihrem Womox-Korps, würde eine passende hochherrschaftliche Aura um die Herrscherin schaffen, ohne krasse Erinnerung an die Dinge, die trampelnde Hufe anrichten konnten. Wenigstens war das die Theorie ...

»Mit dir, Dray Prescot«, sagte sie mit gespielter Forschheit, »könnte man alles!«

»Wie wahr, wie wahr — trotzdem scheint mir der Geschichte etwas zu fehlen.«

»Vielleicht hätte Thantar sie früher enden lassen sollen, im Augenblick der Errettung.«

»Marion wollte uns das Ergebnis vorführen. Die Mädchen wurden nach Hause geschafft, und sie hat Urlaub, obwohl ...«

»Das, meine Liebe, ist eine Angelegenheit der Schwestern des Schwertes.«

Mein anfänglicher Widerwille vor dem Gedanken, daß Frauen wie Soldaten kämpfen sollten, geboren aus meiner irdischen Erziehung am Ende des achtzehnten Jahrhunderts, bewahrte sich hier auf Kregen nur in gewissen Dingen. Manche Leute hielten mich für einen Verrückten, wenn ich stockend meine Reaktionen zu erklären versuchte. Wenn Frauen verlangten, in allen Dingen den Männern gleich zu sein, wenn man ferner bedachte, auf welchen Gebieten sie bereits eine Überlegenheit erreicht hatten, dann konnten sie, verflixt noch mal, auch eine Waffe über die Schultern nehmen und in die Schlacht ziehen. Soweit zu *der* Theorie ...

Als ich dann auf rätselhafte Weise in Erfahrung brachte, daß ich neben den bereits bestehenden eine weitere Leibwache erhalten sollte, machte mir die Tatsache, daß diese Einheit sich ausschließlich aus Jikai-Vuvushies zusammensetzte, nicht so viel aus, wie es noch früher der Fall gewesen wäre. Anscheinend waren sich alle Frauen einig. Wenn die Herrscherin Delia Männerregimenter in ihrer Leibwache duldete, dann konnte der Herrscher ruhig ein Regiment Frauen um sich haben!

Zwei prächtige Numim-Mädchen, Löwenmädchen, Mich und Wendy, hatten die nötigen Schritte eingeleitet — ich füge hinzu: zu einer Zeit, als ich nicht darauf achtete. So wurde nun ein Regiment Jikai-Vuvushis zusammengestellt.

Mit ihrer typischen unheimlichen, aber auch erfrischenden Art, meinen Gedanken nahezukommen, hakte sich Delia mit ihren nächsten Worten in meine Überlegungen ein.

»Du kannst dir sicher vorstellen, daß Marion mit deinem neuen Garderegiment zu tun hat. Wieviel sie dir über die SdS offenbaren will, muß sie allein entscheiden.«

»Selbst wenn sie mir zweimal so viel offenbarte, wie du mich über die Schwestern der Rose wissen läßt, wäre das noch immer so gut wie nichts.«

»Und so muß es auch sein«, sagte Delia mit aufreizender Sachlichkeit.

Ehe wir das Schlafgemach verließen, um uns zum ersten Frühstück zu begeben, legte mir Delia eine Hand auf die Schulter.

»Dray — wenn sich nun wirklich ein Werwolf in Vondium herumtriebe?«

Ihr Tonfall ließ mich darauf verzichten, diese Möglichkeit gegen mein besseres Wissen abzustreiten. Delia begann sich mit der Möglichkeit zu beschäftigen, daß es wirklich einen Ganchark gab, und mit der Frage, was wir dagegen unternehmen sollten, wenn es wirklich so war. Auf Kregen nimmt man Geschichten über die Untoten, die Kaotim, und über Lykanthropie nicht auf die leichte Schulter — ganz im Gegensatz zur Erde. Delias Einstellung war überaus praktisch. Wenn ein Ganchark Vondium terrorisieren wollte, müßten wir uns zumindest ernsthaft mit dem Problem und den Verteidigungsmaßnahmen beschäftigt haben, die man ergreifen konnte.

Ich überlegte mir daher genau, was ich antwortete.

»Wir müssen alle Zauberer und Magier einberufen, die uns vielleicht Anworten liefern können. Thantars Geschichte ließ erkennen, daß es Lösungen geben müßte. Wenn nötig, müssen wir die geeigneten Gegenmaßnahmen sofort erkennen und vorbereiten.«

»Ja. Ich möchte am liebsten nicht darüber nachdenken — aber wenn nötig, werden wir es tun.«

»Nachdem du dein Krankenhaus und ich meine Bauten eingeweiht habe, müssen wir mit Nath na Kochwold sprechen. Er äußert sich ziemlich nachdrücklich über die Fünfte Phalanx ...«

»Du machst dir zu viele Gedanken, Liebster. Die Phalangen haben sich mehr als einmal im Kampf bewährt ...«

»Gewiß. Sie triumphieren regelmäßig. Doch mache ich mir immer wieder Gedanken über die Zahl der Männer, die in den Brumbyte-Reihen gebunden sind.«

Wir verfügten über vier Phalangen und stellten gerade eine fünfte auf. Eine Phalanx stand im Nordosten, eine stand bei Turko in den Ländern der Mitte, anderthalb unterstützten Drak im Südwesten. So brauchten wir eine fünfte. Doch hätten wir für jeden Soldaten, der in den Reihen der Phalanx als Brumbyte diente, einen Bogenschützen ausbilden können, einen Kreutzin, einen Churgur. Gewiß, zum Brumbyten muß man geboren sein, man muß die Fähigkeit haben, in enger Formation mit den Kameraden Lanze und Schild zu bedienen. Trotzdem ...

In dem Raum, in dem wir unser erstes Frühstück einnehmen wollten, erwarteten uns angenehme Düfte und lebhafte Gespräche. Die meisten Kreger nehmen eine ihrer Frühstücksmahlzeiten, gewöhnlich die erste, am liebsten im Sitzen ein und frühstücken dann ein zweites Mal im Stehen. Wenn ich das Glück hatte, zweimal zu frühstücken, nahm ich beide Mahlzeiten eher im Vorbeigehen ein.

Die schrägen Strahlen der Zwillingssonnen durchströmten den Raum. Es wurde hungrig gegessen und lebhaft geplaudert. Pläne wurden geschmiedet, Neuigkeiten weitergegeben. Ich versorgte Delia und mich reichlich mit Speisen und Getränken, dann näherten wir uns einer Gruppe, die sich um Farris scharte — einen Mann, der wie stets fähig und beherrscht wirkte und die Situation voll im Griff zu haben schien.

Natürlich drehten sich die Gespräche um den Werwolf von Vondium.

Natürlich mußte ich der Diskussion ihren Lauf lassen; jeder Versuch, Spekulationen zu unterdrücken, hätte nur neue Mutmaßungen geweckt. Teller und Becher zu balancieren und dabei zu essen, mag für Lezute mit drei oder vier Armen oder einer Schwanzhand ein Kinderspiel sein — doch mußten Apims wie ich, die nur zwei Hände besaßen, bei diesem Vorgang sehr aufpassen. So lauschte ich kauend, wog die verschiedenen Äußerungen ab und registrierte, wie die einzelnen Leute reagierten.

Es gab Personen, die die Sache als Unsinn abtaten.

Andere warteten mit ihrer Überzeugung auf den unwiderleglichen Beweis.

Eine ziemlich große Zahl war davon überzeugt, daß sich in den Straßen der Hauptstadt unerkannt ein Werwolf herumtrieb.

Pallan Myer, gekrümmt wie eh und je von seinem ausgiebigen Buch- und Akten-Studium, stimmte sein leises trockenes Hüsteln an. Er war Pallan der Bildung, verantwortlich für das Erziehungswesen. Nun machte er deutlich, wie er zu diesen Geschichten stand.

»Absoluter Unsinn. Völlig unglaublich. Das kleinste Kind in meinen Schulen würde über den Quatsch lachen, denn infolge fehlender Logik fehlt auch jede Glaubwürdigkeit.«

»Logik«, sagte Nath na Kochwold, »ist aber nicht erforderlich, wenn man es mit übernatürlichen Kräften zu tun hat.«

Eine oder zwei Stimmen meldeten sich zu diesem Thema, Nath aber fuhr fort: »Jedenfalls keine Logik, wie sie von Pedanten begriffen wird. Natürlich ist eine gewisse innere Logik erforderlich, sonst würde ja die Welt zusammenbrechen. Wir brauchen noch viel mehr Beweise, ehe sich jemand eine begründete Meinung bilden kann.«

»Dem stimme ich zu«, sagte Farris, steckte sich eine Paline in den Mund und begann zu kauen. Für viele war die Diskussion damit beendet.

Es mochte der Tag kommen, da Nath na Kochwold sich von seiner großen Liebe, der Phalanx, fortlocken ließ, um die Position einzunehmen, die Farris heute bekleidete.

»Mein Vater«, sagte er, »ist Nazab Nalgre na Therminsax, Justicar des Herrschers in der Provinz Thermin. In Thermin gibt es viele Menschen, die von der Existenz der Gancharks überzeugt sind.«

Senator Naghen Strander, Mitglied des Presidios, schaute zu Lord Farris hinüber, ehe er antwortete, als wolle er sagen, daß Farris die Diskussion zwar abgeschlossen hätte, daß es aber noch diese kleine Fußnote nachzutragen gäbe.

»Sollte sich der Beweis ergeben, müssen wir aber bereit sein, uns damit auseinanderzusetzen.«

Delia schaute mich an, und ich wußte, was sie dachte. Mit seiner Bemerkung erkannte Naghan Strander offen an, daß der Beweis sich ergeben werde, daß Werwölfe existierten und daß ein Exemplar Vondium terrorisierte.

5

Der Tag verging, so wie es mir an vielen Tagen passierte: Es wurde gearbeitet, aber niemals — bei Zair! —, niemals hatte ich das Gefühl, genug erledigt zu haben, um mir mein tägliches Brot zu verdienen.

Ich will ehrlich sein: In der Person Lord Farris' und der Organisation des Presidio hatten wir Instrumente geschaffen, die mit den Problemen Vallias ohne weiteres fertig wurden. Die Folge davon war, daß mir als Herrscher im Grunde nur die repräsentativen Aufgaben blieben. Wenn ich nicht zur Stelle war, hatte Farris die Oberleitung — und dafür danke ich Opaz und hatte nicht die Absicht, ihn auch nur in einer seiner Funktionen zu beschneiden.

Wenn Drak endlich Vodun Alloran aus dem Südwesten vertrieb und triumphierend nach Vondium zurückkehrte, würde Farris freiwillig von seiner Position als Justicar Crebent zurücktreten und meinem Sohn die Vorherrschaft überlassen. Farris' Herz schlug für den Vallianischen Luftdienst.

So kam es, daß ich den Neubaukomplex eröffnete und mich nach dem zweiten Frühstück anderen, ähnlichen Funktionen zuwandte. Zu dieser Zeit waren weite Teile Vondiums noch zerstört. Natürlich wurden die wichtigsten Bauten zuerst repariert oder neu errichtet. Als ich endlich Gelegenheit hatte, mit Nath na Kochwold über seine neue Fünfte Phalanx zu sprechen, fand ich das interessanter als alles andere, was ich an diesem Tag bisher getan hatte.

Von dieser Stimmung mitgenommen, stand ich nun neben Nath in dem Raum, der aus der Kaserne auf den Paradeplatz führte und sagte: »Du weißt, Nath, Geld und Ressourcen stehen nun mal nicht unbegrenzt zur Verfügung. Wenn wir tausend Goldstücke darauf verwenden, eine neue Schule oder etwas ähnliches zu bauen, sind das tausend Talens weniger, die für die Ausrüstung der Armee zur Verfügung stehen.«

»Keine Schule hält die miesen Kerle zurück, die uns überfallen wollen.«

Ich zupfte mich am Ohr. »Und doch könnten die jungen Leute dort Dinge lernen, die sie für unsere Zukunft brauchen.«

»Sie müssen wissen, wie sie eine Lanze über die Schulter nehmen, wie sie mit einem Schild, einem Schwert umgehen müssen.«

»Inter alia, inter alia.«

Auch auf Kregisch gesprochen, war die Bedeutung dieser Worte klar, und Nath lächelte.

»Natürlich hast du recht, Majis. Trotzdem ...«

»Trotzdem, mein heißsporniger Kampeon, trotzdem werden wir irgendwie die Schulen und Krankenhäuser wieder aufbauen und die Mittel finden, unsere Truppen zu finanzieren — selbst wenn die Brumbyten in den Reihen als gute Soldaten noch immer die alten Voskschädel-Helme tragen.«

Seg trat ein und bekam meine letzten Worte noch mit.

»Voskschädel sind so dick wie der Hlabro-Berg«, sagte er lachend, »und du weißt, was von unseren Schädeln behauptet wird.«

»Aye«, sagte ich. Unzählige Male war mir gesagt worden, ich hätte einen Schädel wie ein Vosk. Daran hatte sich auch nichts geändert, als ich Herrscher geworden war.

»Also, Nath«, sagte Seg forsch, »ich will nicht behaupten, daß ich für die Lanzenträger der Phalanx eingenommen bin. Vielmehr wollte ich mich nach den Bogenschützen erkundigen. Schließlich ist das Dustrectium*, wie ihr wißt, das alleinige Geheimnis des Erfolges.«

---

* Dustrectium: Schußkraft, wie sie von Bogenschützen, Schlingenschleuderern und Wurfmaschinen zu einer Schlacht beigetragen wird. — *A. B. A.*

»Sie machen sich, Seg«, sagte Nath, »sie machen sich. Aber natürlich werden sie deinen Ansprüchen niemals genügen.«

Seine Worte waren nur halb scherzhaft gemeint.

Seg nickte energisch.

»Richtig. Aber wir müssen tun, was möglich ist.«

Draußen ertönten Trompeten.

»Es wird Zeit.«

Wir begaben uns auf das Paradefeld, für den Anlaß prächtig herausgeputzt, und schauten den Vorführungen der Fünften Phalanx zu.

»Einwandfrei«, sagte ich. Auf ein weitergehendes Urteil ließ ich mich nicht ein.

Seg stieß zwischen geschürzten Lippen ein wenig Luft aus und schwieg.

Die Fünfte Phalanx enthielt die Neunte und Zehnte Kerchuri, die aus jeweils 5184 Brumbyten, 864 Hakkodin und einer Chodku aus 864 Bogenschützen bestand.

»Die Reihen sind gut gefüllt«, stellte Seg fest.

»Aye.« Mit diesen Worten legte Nath die Faust um den Schwertgriff und starrte Seg an. »Wir mußten die alte Fünfte Phalanx nehmen, um Abgänge zu ersetzen. Die Zehnte Kerchuri — die alte Zehnte — hat sich bei der Schlacht von Ovalia hervorragend geschlagen. Die Neunte hat im Südwesten schwere Zeiten hinter sich, ebenso die Achte aus der Vierten Phalanx — gegen den elenden Vodun Alloran, der unser Vertrauen verraten hat.«

»Ich habe davon gehört.«

»Diese neue Zehnte Einheit enthält nun genug Männer, um den Kampfstandard aufrechtzuerhalten — und die Ehre. Ich habe versucht, eine Tradition in die Form der Phalanx zu gießen.«

»Und es ist dir gelungen, Nath«, sagte ich mit gewissem Nachdruck.

»Wenn du nichts dagegen hast, Nath«, sagte Seg ernsthaft, »würde ich gern ein wenig Zeit bei deiner

Chodku verbringen. Die Bogenschützen lassen sich bestimmt noch etwas auf Trab bringen.«

Wir wußten, daß Seg damit nicht die Paradeformation oder das äußerliche Erscheinungsbild der Männer meinte, sondern die kontrollierte Abgabe von ganzen Pfeilsalven, bei der es ihm vor allem auf Rhythmus und Tempo ankam. Seg Segutorio ist für mich der beste Bogenschütze auf zwei Welten und würde diese Burschen aufs wundersamste beflügeln, auch wenn sie keine Bogenschützen aus Loh waren.

»Mein Dank ist dir sicher, Seg.«

Während die Phalanx aufmarschierte, die säuberlich in ihre verschiedenen Truppenteile aufgeteilt war, wandte ich den Blick von Nath und Seg, die nun im einzelnen besprachen, was Seg zu tun gedachte. Ja, wirklich, die Phalanx sah prächtig aus! Immerhin verstanden sich die jungen Leute darauf, in Reih und Glied zu marschieren und die Lanzen in gleicher Schräge zu halten. Rote Flaggen wehten. Die schlichten, vernünftig gestalteten Uniformen wiesen reichlich hartes Leder und Bronze auf und ließen doch genug Bewegungsraum für den aktiven, bedrängten Kampf. Die Schilde — denen die Swods in der Truppe den Namen ›rote Blumen‹ und andere weniger hübsche Bezeichnungen gegeben hatten — wurden im gleichen Winkel gehalten, so daß sie im gleichen Moment das Licht der beiden Sonnen widerspiegelten und die Wirkung eines Blitzes entfesselten.

Ich entschuldige mich nicht für meine Detailbesessenheit, was Phalangen angeht. Wer je eine Phalanx in Bewegung erlebt hat, hat sein Leben ein zweitesmal gefunden. Ja, die Brumbyten waren hervorragend. Trotz der widerstreitenden Gefühle, die mich durchtobten — Gefühle um die Realitäten der Gefährtenschaft, des Krieges und Friedens, und des Widerwillens, von dem ich oft genug gesprochen habe, unterdrückte ich eine rührselige, bequeme Frage in mir: »Wozu das alles?«

Hinter mir wartete die diensthabende Abteilung der

2SWH auf dem Rücken ihrer Zorcas und versuchte sich geduldig zu geben. Es handelte sich nicht um die Schwadron, die mich gestern bewacht hatte. Da stand mir noch eine unangenehme Aufgabe bevor: Die Eltern des jungen Jurukker Larghos Vontner, den der Ganchark getötet hatte, waren informiert worden. Sie würden in die Hauptstadt kommen, so schnell sie konnten.

Völlig mitgenommen von der schrecklichen Nachricht, hatten sie ihren kleinen Besitz auf dem Lande sicher bereits verlassen, um nach Vondium zu reisen.

Der unangenehme Gedanke veranlaßte mich, den Kopf von der prachtvoll schimmernden Szenerie abzuwenden und zornig zu der Wachabteilung hinüberzuschauen. Natürlich bot sich mir dort die gewohnte Mischung aus erfahrenen alten Kampeonen und milchbärtigen Jünglingen. Ich seufzte.

Dann schaute ich aufmerksamer hin.

Bei Vox!

Am Ende der Reihe, irgendwie anders als die anderen, wartete eine Gruppe Zorcareiter so stumm und still wie die übrigen Angehörigen des Juruk. Diese Reiter hatten keine Milchbärte, sondern glatte Gesichter. Im Schatten der Helme funkelten die Augen zuweilen wie eine Flüssigkeit, die Rüstung wies eine andere Form auf. Ich schaute sie an, die Jikai-Vuvushis, und machte mir klar, daß ich bisher Glück gehabt hatte, großes Glück — mir nicht persönlich Sorgen um das Schicksal eines Haufens hirnloser Mädchen machen zu müssen, während ich ein Reich zu lenken versuchte. Sollten nun aber Attentäter zuschlagen, würde ich mir sofort Gedanken um die Kriegermädchen machen ...

Ich gebot meinen Gedanken Einhalt.

Idiot! Onker! Diese Mädchen waren durchaus in der Lage, auf sich selbst aufzupassen. Es waren Soldatenfrauen, Kampfmädchen, Jikai-Vuvushis, die nun zu meinem Juruk gehörten; die Wache hatte sie ein für allemal akzeptiert.

Nachdem die Fünfte Phalanx wohlbehalten wieder in die Kaserne eingerückt war, machten wir uns, gefolgt von der Leibgarde, auf den Weg zur nächsten Veranstaltung des zu Ende gehenden Tages.

»Ein kleiner Umtrunk könnte mir gefallen, mein alter Dom«, sagte Seg.

»Aye. Sogar die Truppeninspektion macht durstig«, sagte Nath.

»Eine ansteckende Krankheit«, bemerkte ich und war nicht wenig überrascht, als man über meine Bemerkung lachte.

So zügelten wir lachend vor einer ordentlichen, bekannten kleinen Taverne unsere Tiere und stiegen ab. Die Wirtschaft hieß *Zum Frosch und Jut.* Meine Gedanken waren noch immer beim Juruk-Jikai — einer der verrückten Namen, den Kreger einer Wacheinheit geben —, und ich sagte mir, daß ich bald eine Entscheidung über die Art und Anzahl der Reittiere dieses Trupps fällen mußte. Die Wachregimenter hielten sich an Nikvoves und Zorcas. Die Nikvove, ein schweres kräftiges Tier, eignet sich besonders für einen dröhnenden galoppierenden Angriff Knie an Knie. Die mit einem Spiralhorn verzierte Zorca wirkt dagegen viel zarter und attraktiver, ist kürzer gebaut und außerordentlich schnell. Die Befehlshaber der SWH und GJH hielten beide Tiere für unentbehrlich. In Vallia herrschte allerdings Knappheit an Reittieren, Juts für den Kampf waren nur schwer zu finden, bei Zair, deshalb mußte ich recht bald eine Entscheidung treffen.

Die Wächter stiegen ab, und jeder Jurukker war scharf darauf, seinen Durst zur Ehre Beng Dikkanes, des Schutzheiligen aller Biertrinker in Paz, nachdrücklich zu stillen.

Wir wollten uns schon einem gemauerten Torbogen zuwenden, unter dem purpurne und gelbe Blumen einen exotischen Rahmen bildeten, da vernahmen wir das Trappeln galoppierender Hufe von der Straße und erstarrten. Ein Reiter erreichte das Tor, fiel halb aus dem Sattel, vergaß seine Zügel und eilte durch den kleinen Hof auf uns zu.

Wie selbstverständlich erschienen sechs stämmige Angehörige der Wache vor mir.

Wir sahen die Uniform des Mannes, ein flottes gelbrotes Gewand, geschmackvoll mit Silberlitze besetzt. Wir erkannten ihn als Boten meines Ersten Schreibers Enevon Ob-Auge. In der linken Hand hielt er einige Papiere. Offenkundig wollte Enevon, der meine Verwaltung mit größter Sorgfalt beaufsichtigte, mir eine Nachricht zukommen lassen. Ebenso offenkundig würden die Burschen meiner diensthabenden Schwadron die weiteren Ereignisse genau im Auge behalten.

Nun ja, so laufen die Dinge nun mal, wenn ein Herrscher nicht ohne dicke Leibwache auskommt.

»Laß Farren durch, Deldar Naghan, ich bitte dich!«

Obwohl ich mich um einen freundlichen Ton bemüht hatte, reagierte Deldar Naghan sehr förmlich; er war ein überaus großer Mann mit überaus rotem Gesicht, der sich seiner Position überaus bewußt war. »Quidang, Majister!« brüllte er übertrieben laut.

Die Wächter traten zur Seite, und der junge Farren ti Wovoing näherte sich. Er war noch atemlos nach seinem Galopp durch die Straßen Vondiums.

Ich konnte mir vorstellen, was geschehen war. Vermutlich hatte Enevon gesagt: ›Bring dem Herrscher diese Nachricht, junger Farren. Und — bratch!‹

Die Botschaft war vermutlich von ungeheurer Bedeutung — aber noch eher konnte ich vermuten, daß sie eine Routineangelegenheit betraf. Das machte keinen Unterschied. Wenn eine Botschaft für den Herrscher bestimmt war, würde der junge Farren wie alle anderen engagierten Kollegen aus dem Botendienst jeden Geschwindigkeitsrekord brechen, um sie ans Ziel zu bringen.

Ich ließ die Mundwinkel zucken — eine Bewegung,

die als Lächeln durchgehen mochte — und ergriff die Papiere.

›Majister!

Nath Naformo, ein Bote von Natyzhas Famphreon — nicht der Racter —, überbringt eine Nachricht, die er dir nur persönlich anvertrauen will.

Enevon K.S.‹*

Ich knüllte die Meldung zusammen.

»Ich danke dir, junger Farren. Gib Herrn Enevon Ob-Auge Bescheid, daß ich sofort zurückkehre.«

Farren grüßte forsch, machte kehrt und lief zu seiner Zorca. Offensichtlich wollte er Punkte sammeln — davon gab es viele in Vallia, sehr viele ...

Ich zeigte Seg und Nath na Kochwold die Meldung, knüllte sie wieder zusammen und steckte sie in einen Beutel an meinem Gürtel.

»Laßt davon nichts verlauten!«

»Trotzdem hört sich das seltsam an«, sagte Seg, als wir den gemütlichen *Frosch und Jut* betraten.

Die Racter mit ihren schwarzweißen Abzeichen waren einst die mächtigste politische Partei in Vallia gewesen. Ihr Putsch war gescheitert, so daß sich ihre Überreste nun im fernen Nordwesten zusammendrängten, wo sie Krieg führten — nach Norden gegen den selbsternannten König Nord-Vallias, nach Süden gegen Layco Jhansi.

Sie hatten uns zuvor ein Bündnis gegen Layco Jhansi angeboten, so wie er sich erboten hatte, gegen die Racter mit uns zusammenzuarbeiten. Ich nahm nicht an, daß der rätselhafte Bote Strom Luthien war, der in solchen Dingen für die Racter die Schmutzarbeit erledigte.

---

* K.S.: Krell-Schreiber. *Krell* ist ein kregisches Wort für Chef — *A. B. A.*

Kurze Zeit später tranken wir erfrischendes Bier, das von einer süßen kleinen Fristle-Fifi in gelber Schürze serviert wurde. »Wahrscheinlich von der alten Natyzha Famphreon persönlich«, sagte Seg, »nicht von der Racter-Partei. Darf ich vermuten, daß sie noch die Macht innehat? Vielleicht hat man sie rausgeworfen, so daß sie nun deine Hilfe braucht.«

»Ich wünschte, Opaz schnitte ihr die Kehle durch«, äußerte Nath, ehe er die Nase in seinen Bierkrug steckte.

»Mut muß man diesem Nad Naformo bescheinigen«, bemerkte Seg und stürzte einen Schluck Bier herunter. »Jeder Racter, der sich in Vondium blicken läßt, läuft Gefahr, daß man ihm die Kehle durchschneidet, beim Verschleierten Froyvil!«

Wir leerten unsere Becher und stiegen dann wieder auf, um in den Palast zurückzukehren, wo eine Mahlzeit uns erwartete. Noch immer prunkvoll gekleidet — und daher von einem törichten Gefühl erfüllt —, beschloß ich, zuerst mit dem Boten Natyzha Famphreons zu sprechen. Seg und Nath begleiteten mich in Segs Büro, wo wir in ein kleines Vorzimmer geführt wurden. Die Wände waren beige bemalt, die Decke war weiß. Die Einrichtung bestand aus zwei Tischen und vier Stühlen, der Teppich war sehr schlicht gehalten und wies ein Muster aus miteinander verwobenen Mondblüten auf. Nath Naformo erhob sich bei unserem Eintreten von einem Stuhl.

»Majister.« Er machte Anstalten, mir die volle Ehrerbietung zu erweisen, was dazu geführt hätte, daß er mit seiner dummen Nase über den Boden gefahren wäre und die Kehrseite wackelnd in die Luft gestreckt hätte.

Ich unterband sogleich den Unsinn und sagte: »Setz dich, Koter Naformo, und sag mir, was du zu sagen hast!«

Er schaute mich offen an. Nach kregischen Maßstäben war er ein harter Mann, den ich für nicht mehr ganz jung hielt, trotz der Tatsache, daß Kreger gut zweihundert Jahre alt werden können, und trug anständige vallianische Lederkleidung. Die Waffen hatte man ihm abgenommen.

»Majister, ich bin kein Racter. Ich diene lediglich als Mittler zwischen dir und der Person, die mit dir sprechen möchte.«

»Gerede, immer nur Gerede!« brummte Seg und blies die Wangen auf.

»Dir ist doch klar, daß unter den gegebenen Umständen jeder Racter vorsichtig sein würde, Kov?«

Zustimmend senkte Seg den gut geschnittenen Kopf.

»Also?« fragte ich, und mein Tonfall ließ den armen Burschen auf der anderen Seite zusammenzucken. Naformo mußte trocken schlucken.

»Wenn du dich heute abend unter dem Schild der *Scheckigen Zorca* im Oberzimmer einfindest, wird die von mir vertretene Person dich erwarten — allein und unbewaffnet.«

Enevon kniff sein gesundes Auge zusammen, schaute mich an und schürzte die Lippen. Obwohl er seinen Beruf seit vielen Jahren ausübte, gelang es ihm immer wieder, sich mit Tinte zu bekleckern. »Die *Scheckige Zorca?* Hm, Majis, die Schänke galt als Treffpunkt der Racter, als sie in Vondium noch Macht ausübten.«

»Außerdem liegt sie in einem anrüchigen Stadtteil«, fügte Nath hinzu. Als Bürger von Thermin, das im nördlichen Mittelbereich Vallias lag, hatte er sich mit Vondium gründlich bekanntgemacht.

Nath Naformo konnte man nicht nachsagen, daß er keinen Mut hätte.

»Darf ich das so verstehen, daß du selbst nicht dorthin gehen würdest, weil du Verrat fürchtest ...?«

»Verrat?«

»Keine Sorge, ich erscheine zu der Vereinbarung«, sagte ich zu Naformo. »Allerdings werden sich zwei

Schwadronen meiner jungen Helfer bereithalten, sollte dein Auftraggeber Verrat im Sinn haben.«

Untypischerweise blieb es Seg überlassen auszusprechen, was uns auf der Zunge lag.

»Verrat? Damit werden wir fertig. Viel unangenehmer kann uns der verflixte Werwolf werden.«

6

In der Zeit der Unruhe war *Die Scheckige Zorca* niedergebrannt worden, und man hatte das Haus wieder aufgebaut; trotzdem wies das Zimmer im Obergeschoß eine gewisse verblaßte Pracht auf, die an frühere Tage erinnerte. Es gab sogar schwarzweiße Verzierungen an den Kranzgesimsen zu bewundern. Vielleicht hatte sich da nur ein Künstler ausgetobt ...

Nath na Kochwold blies Luft durch die Nase, als er die Verzierungen erblickte, und warf seinen breitkrempigen Hut auf den Tisch. Dann lümmelte er sich in einen Stuhl und streckte die schwarzen Stiefel aus.

»Wirt, Getränke für alle, und zwar schnell!«

»Sofort, hoher Herr.«

Seg und ich starrten auf die Person, die einen schwarzen Mantel und eine ebenso gefärbte Eisenmaske trug. Die Erscheinung war bei unserem Eintritt aufgestanden. Sie trug keine Waffen, während wir voll bewaffnet waren.

»Müßte ich dich kennen, Koter?« fragte ich mit tonloser Stimme.

»Vielleicht, Majister. Wenn der Wirt uns bedient hat, werde ich die Maske abnehmen.«

»Einverstanden.«

Der Raum wurde von Mineralöllampen erleuchtet, die einen etwas scharfen Geruch verbreiteten im Vergleich zu den süßlich duftenden Samphronöllampen, die in vornehmeren Haushalten anzutreffen waren. Als der Wirt, ein bulldoggengesichtiger Brukaj in einer beinahe sauberen gelbgrün gestreiften Schürze, sich zurückgezogen hatte, hoben wir die Flaschen und setzten uns um den Tisch.

Mit energischer Geste löste der Fremde die Verschlüsse und nahm die Eisenmaske ab.

Nun ja, ich kannte ihn. Aber nicht besonders gut.

»Lahal, Strom Volgo.«

»Lahal, Majister.«

Er war Apim wie ich und hatte ein strenges nüchternes Gesicht, das seine Lebenserfahrung nicht verleugnen konnte. Seine Nase war breit geschwungen, die Lippen dagegen schmal, doch wirkte er nicht unattraktiv. Die Augenbrauen hatte er zusammengezogen.

»Ich diene der Kovneva und bin ihr mit meinen Ländereien in der Pflicht. Sie befiehlt, ich gehorche.«

Ein Strom, hier auf der Erde etwa mit einem Grafen zu vergleichen, kann Lehen direkt vom Herrscher oder König empfangen, aber auch von einem Kov oder Herzog. Die Kov-Witwe Natyzha Famphreon von Falkerdrin gebot über weite Ländereien. Sie hatte zahlreiche Edelleute als Statthalter unter sich.

»Also, Jen«, antwortete ich und benutzte damit die richtige vallianische Anrede für einen hohen Herrn, »dann heraus mit deinem Anliegen!«

Er zeigte sich nicht beunruhigt. Er hatte natürlich von mir gehört — wohl noch in der Zeit, da die Racter mich lediglich für einen Propagandaprinzen hielten, einen aufgeblasenen Niemand.

»Ich muß dich informieren, daß die Kovneva davon überzeugt ist, daß sie bald sterben wird ...«

»Ha!« rief Nath. »Das wären gute Nachrichten!«

Strom Volgo ließ sich nichts anmerken, doch fiel mir auf, daß er unmerklich die Stirn runzelte. Dieser Mann diente der alten Natyzha und war sich der Unruhe bewußt, die der Tod einer Aristokratin ihres Kalibers auslösen mußte.

»Sie kennt die Feindschaft, die dir von den Ractern entgegengebracht wird. Sie ruft dir ihren umschlossenen Garten in Erinnerung und die entflohenen Chavonths, die sie und ihre Freunde hätten töten können. Damals bekümmerte es sie, daß du und sie als Feinde gegeneinanderstanden.«

»Ich habe nur getan, was nötig war«, sagte ich. »Meinerseits möchte ich sie daran erinnern, daß ihr Sohn Nath Famphreon Schulter an Schulter mit mir gekämpft hat. Und dabei nur mit einem Rapier bewaffnet war.«

Die Szene war wahrlich aufregend gewesen — entwichene Chavonths, blutrünstige Jagdkatzen, hatten sich auf uns gestürzt mit dem Ziel, uns zu zerreißen und aufzufressen. Ja, ich hatte immer schon das Gefühl gehabt, daß Natyzhas Sohn Nat nicht das Leichtgewicht war, für das alle ihn hielten. Seine Mutter war dermaßen mächtig, so stark in ihrem Willen, so ungeduldig in ihren Forderungen, daß der junge Kov Nath in ihrem Schatten verkümmern mußte.

Während Strom Volgo weitersprach, erkannte ich, daß es hier um hochbrisante politische Fragen ging, um geheime Vereinbarungen, um den Stoff, aus dem Reiche geschmiedet werden.

Der Gesandte hakte den schwarzen Umhang auf und warf ihn über die Stuhllehne. Er trug vallianische Lederkleidung, und die langen schwarzen Reitstiefel zeigten noch den Schmutz der Reise. Er hatte einen weiten Weg zurückgelegt von Falkerdrin, das nördlich der Schwarzen Berge liegt, und nördlich Vennars, jenseits des Flusses der Reißenden Katzenkrallen. Mein Klingengefährte Inch versuchte noch immer die Schwarzen Berge zurückzuerobern, während sich mein Gefährte Turko in seinem neuen Kovnat Falinur abmühte und Vennar einzubinden versuchte, das im Westen angrenzte. Vennar war natürlich das Kovnat Layco Jhansis, der Ober-Pallan des alten Herrschers gewesen war und sich inzwischen als Verräter und Mörder entpuppt hatte.

»Dann kämpfst du also immer noch gegen Layco Jhansi, Strom Volgo?«

»Natürlich, so hat es den Anschein.«

Diese Formulierung gefiel mir ganz und gar nicht, ebensowenig Seg. Er richtete sich auf.

Oh?«

Volgo breitete die Hände aus. Er trug das bunte Abzeichen — Schturval genannt — von Falkerdrin. Schwarz und golden gefärbt, nach dem Umriß eines Chavonths geformt. Der Schturval funkelte im Licht der Öllampen.

»Die Kovneva hat mir befohlen, dir alle Fragen zu beantworten, Majister. Sie fühlt sich dem Tode nahe ...«

»Und dies ist die Wahrheit? Liegt Natyzha wirklich im Sterben?«

»Ja.«

»Den Berichten zufolge«, meldete sich Nath na Kochwold, »eignet sich ihr Sohn Nath Famphreon nicht dazu, in ihre Fußstapfen zu treten und Kov zu werden. Er würde den Kopf verlieren, ehe er ihr Grab verlassen hätte.«

»Ja«, erwiderte Strom Volgo.

Seg beschäftigte sich noch mit dem Thema davor.

»Was soll das heißen, es hätte den *Anschein*, ihr kämpftet noch gegen den mörderischen Layco Jhansi?«

»Man hat mir befohlen, dem Herrscher alles zu sagen. Die Racter haben sich mit Layco Jhansi geeinigt ...«

»Beim Teufel, wenn das wahr ist!«

»Aye. Die Racter werden ihre Streitkräfte vor allem gegen den verrückten König von Nord-Vallia einsetzen, während Jhansi den neuen Kov Turko von Falinur niederringen soll.«

»Beim Schwarzen Chunkrah!« fuhr ich auf. »Das wußte ich noch nicht!«

»Damit wäre erklärt, warum Turko in jüngster Zeit solche Schwierigkeiten hatte.« Seg krallte die breite braune Faust um den glatten Schaft seines Bogens. »Ich muß sofort zu ihm, mein alter Dom, und ...«

»Ganz recht! Und ich werde dich begleiten, und zwar mit Verstärkung für Turko. Die ganze Front könnte zusammenbrechen, und dann ... bei Krun! Man darf gar nicht daran denken!«

Strom Volgo rieb noch Salz in unsere Wunden.

»Nachdem Layco Jhansi nun über Ractergebiet Zugang zum Meer hat, konnte er zahlreiche Söldner anwerben.«

»Das reicht!« erklärte Seg. Er stand auf, ein massiger, gutaussehender Mann mit zerzaustem Haar, und marschierte wie ein Leem unruhig im Zimmer umher.

»Mein Dank gilt dir, Strom Volgo, und Natyzha. Sie hat uns mit diesen Nachrichten einen guten Dienst erwiesen. Allerdings weiß ich nicht recht, warum sie mich über solche Dinge informieren wollte.« Ich fuhr mir mit der Hand über das Kinn.

»Deshalb bin ich hier. Die Kovneva rechnet damit, daß die Führer der Racter-Länder nach ihrem Tod wie die Warvols über ihr Kovnat herfallen werden. Ihr Sohn Nath, den sie auf ihre eigene harte Weise liebt, würde sofort untergehen und dabei wohl auch ums Leben kommen. Sie geht auf jeden Fall davon aus, daß Kov Nath niemals Falkerdrin erben würde.«

»Das scheint mir eine vernünftige Einschätzung zu sein«, sagte Nath na Kochwold.

Ich wußte allerdings, zu welcher eisernen Zielstrebigkeit Natyzha Famphreon fähig war, und glaubte zu wissen, worauf sie hinauswollte. Mir verschlug es den Atem. Ich mußte es aus Volgos Mund hören — eine Bitte, die ich eigentlich gar nicht hören wollte.

»Kovneva Natyzha Famphreon von Falkerdrin erbittet und fordert von dir, Dray Prescot, Herrscher von Vallia, daß du das juristische und tatsächliche Erbe ihres Sohns, Kov Nath Famphreons von Falkerdin garantierst.«

»*Was* sollen wir tun?« Seg hielt in seinem unruhigen Marsch inne und fuhr mit gesenktem Kopf herum. Seine Stimme glich einem Fauchen. »Ist die Frau verrückt geworden?«

»Sie hat sich, Kov Seg, eine Meinung über den Herrscher gebildet. Zu dieser Bitte kann von niemandem anders Stellung bezogen werden.«

Mit leiser Stimme sagte ich: »Wenn ich diese erstaunliche Bitte gewähre und ich Kov Seg Segutorio schicke — ihn bitte, nach Falkerdrin zu reisen und alles zu regeln —, dann, das kannst du mir glauben, Kov Volgo, wird alles geregelt werden, und auf eine höchst ansehnliche Weise, bei Vox!«

Volgo blinzelte zweimal in schneller Folge.

»Ich würde natürlich sofort aufbrechen, Dray. Aber ich muß zugeben, daß ich mir weitaus größere Sorgen um Turko mache.«

»Ich auch. Turkos Probleme mit diesem Sicce-Abkömmling Jhansi sind viel dringender als Natyzhas Todesahnungen.«

»Verzeih mir, Majister — aber die Kovneva liegt wirklich im Sterben. Die Nadelstecher und Punkturfrauen wissen nicht mehr weiter.«

»Nun denn, Volgo, ich werde darüber nachdenken. Man muß die alte Dame allerdings bewundern. Sie war immer der härteste Brocken unter den Racter-Anhängern. Wenn ...«

»Majister!« Er unterbrach mich in vollem Bewußtsein der Gefahr, die ein Höfling einging, wenn er seinen Herrscher nicht aussprechen ließ. »Ich bitte dich um Verzeihung. Die Kovneva stirbt, und sie braucht deine Zustimmung als Trost für ihr Totenbett. Du siehst das bestimmt ein — Majister.«

»Ich sehe, daß du ihr ergeben bist, Volgo, und das muß ich bewundern. Nun gut. Überbring ihr diese Nachricht. Ich erinnere mich gut an Kov Nath — nein, bei Krun! —, ich hege Zuneigung zu dem jungen Mann. Ich werde alles in meiner Macht Stehende tun, um dafür zu sorgen, daß er nicht um sein Erbe betrogen oder gar ermordet wird. Aber wenn dies alles geschieht, solange ich noch nicht zur Stelle bin oder meine Armeen noch nicht weit genug vorgestoßen sind, nun, dann ...«

»Du wirst es irgendwie einrichten, Majister. Deshalb hat die Herrin dir ja auch ihre Bitte vorlegen lassen.«

Da ich den ungestümen Seg der frühen Tage kannte, versuchte ich ihm auszuweichen. Aber das war vergeblich. Sein Blick richtete sich auf mich, schien mich einzufangen und hypnotisieren zu wollen. Er stimmte sein typisches Lachen an.

»Da hast du es, mein alter Dom! Ich habe es dir oft genug gesagt!« Er benutzte kregische Worte, doch sagte er: »Du bist viel zu ritterlich, als es für dich gut ist.«

Das durfte nicht unwidersprochen bleiben: »Ritterlich! Nach all den Streichen, die wir angezettelt haben!«

Nath na Kochwold war zwar ein guter Gefährte, konnte uns in diesem Augenblick aber nur verständnislos anschauen.

Strom Volgo achtete weiter auf die äußere Form.

»Es freut mich, deine Nachricht meiner Herrin überbringen zu können. Die Kov-Witwe hat seit der Zeit der Unruhe kein Glück mehr gekannt ...«

»Oha, bei Vox!« explodierte Nath. »Wer hat das schon?«

Die häßliche Bedeutung dieser Worte hing in der Luft. Die hohen Fenster waren von Gardinen verdeckt, und wie ich mich erinnere, bestanden sie aus einem dicken Gewebe, wie es in einer der östlichen vallianischen Provinzen hergestellt wird, hellgrau mit silbernen Schnörkeln. Während Naths unbedachte, aber zutreffende Worte noch durch den Raum hallten, gellte vor den Fenstern ein schriller, herzerweichend angstvoller Schrei auf.

Schon drängten sich Seg und ich Schulter an Schulter vor dem Fenster. Er riß die Gardine zur Seite. Wir starrten in die mondhelle Nacht hinaus.

Der kleine Hof lag direkt unter uns. Männer der Wache liefen ins Freie und zogen ihre Schwerter. Die Mauer, die den Hof von der Straße trennte, versperrte ihnen die Sicht. Wir aber konnten über die Wand in die schmale Gasse schauen, die unter überhängenden Balkonen und hohen Fassaden mit Kopfsteinen gepflastert war. Ein Streifen Mondlicht fiel in die Tiefe.

»Dort!« rief Seg.

Nath stand dicht hinter uns und linste hinaus. Zornig, aufgebracht, heftig brüllte er: »Der verdammte Ganchark!«

Eine hagere Gestalt mit zottigem grauen Fell lief ungleichen Schrittes die Straße entlang, und in der Schnauze des unsäglichen Geschöpfes hing die schlaffe Gestalt eines Mädchens. Wieder hatte das Ungeheuer zugeschlagen.

Der Werwolf schleppte sein Opfer fort, um es zu verschlingen.

7

Auf zwei Welten gab es keinen, der diese Aufgabe so gut gelöst hätte wie Seg. Davon bin ich überzeugt.

Seg, der während unseres Gesprächs seinen Bogen poliert hatte, griff mit fließender Bewegung danach. Die Waffe fuhr hoch, der Pfeil zuckte aus dem Köcher und wurde aufgelegt, der Bogen krümmte sich — dies alles auf so wundersam schnelle Weise, daß sich jeder junge Coy, soeben zu einem Bogenschützenregiment eingezogen, gewundert hätte, aber selbst ich staunte, bei Vox!

Seg schickte den Pfeil los.

Der Werwolf, der im verschwommenen rosafarbenen Mondschein der Jungfrau mit dem Vielfältigen Lächeln deutlich zu erkennen war, huschte auf die Ecke zu. Das in seinem Maul hängende Mädchen wippte auf und nieder. Die tödliche graue Gestalt, drohend, geheimnisvoll, von böser Anmut erfüllt, doch zugleich scharf umrissen in ihrer Grausamkeit, verschwand um die Ecke.

»Ich glaube das einfach nicht«, sagte Seg.

Nath wollte etwas sagen, hielt inne, räusperte sich und machte kehrt. Er ging zum Tisch und schenkte sich ein Glas Rotwein ein. Seine Hand zitterte nicht. Ich wäre wohl nicht überrascht gewesen, wenn sie es getan hätte.

Seg schüttelte den Kopf.

»Ich habe ihn getroffen.«

Er wandte sich zu mir um, und sein gutaussehendes Gesicht war so ernst, wie ich es selten erlebt hatte. »Dray — du weißt, daß ich mit meiner Schießerei nicht prahle, denn das wäre unsinnig. Aber ich weiß, wann ich getroffen habe. Das Ungeheuer muß getroffen sein.«

»Das glaube ich dir gern, Seg. Gehen wir hinab und schauen nach.«

»Der Pfeil hätte ihn dicht hinter den Vorderläufen treffen müssen, direkt ins Herz.«

Nath sagte: »Es gibt keinen konkreten Beweis dafür, daß Gancharks Herzen besitzen.«

»Auf jeden Fall wäre er schwer verwundet. Er hätte nicht so leichtfüßig weiterhuschen können …«

»Gehen wir nach unten«, wiederholte ich.

Die Sache war rätselhaft. Seg wußte in der Regel, wenn er sein Ziel gefunden hatte. Wurde ein sterbliches Wesen von einem Pfeil getroffen, gelenkt von den rosafarbenen Federn des Zim-Korfs aus Valka, bewehrt mit spitzem gehärteten Stahl, dann dringt dieses Geschoß durch den Körper hindurch. Und wenn Seg behauptete, daß er an einer Stelle getroffen hatte, an der er das Herz durchstoßen müßte, dann war dieses sterbliche Wesen nicht mehr am Leben.

Tot.

Die einzig denkbare Lösung dieser Gleichung hallte bösartig durch meinen alten Voskschädel.

Die Jurukker der Wache verstanden ihr Handwerk, und schon eilten die Wächter durch das Tor ins Freie und deckten die Querstraße wie auch die Gasse, durch die wir liefen. Die Zwillinge, die sich ewig umkreisten und ihr vermengtes Licht herabwarfen, schlossen sich der Jungfrau mit dem Vielfältigen Lächeln an und füllten die Räume zwischen den Häusern mit ihrem rosafarbenen Schein.

Zwei Wächter eilten auf uns zu. Da sie der Schwertwache des Herrschers angehörten, klapperte und knirschte kein Teil ihrer Ausrüstung. Der Anführer, ein Kampeon, erblickte mich und rief:

»Majister! Der Pfeil!«

Er erreichte uns, kam zum Stillstand und hielt uns Segs Pfeil entgegen. Ich ergriff ihn.

»Vielen Dank, Diarmin. Kein Blut daran?«

»Kein Tropfen, Vikatu sei mein Zeuge.«

Ich gab den Pfeil seinem Eigentümer zurück.

»Na?«

Seg Segutorio ist ein gründlicher Mann. Er nahm den

Pfeil zwischen die kräftigen Finger, drehte ihn, überprüfte die Federn und hob die Spitze schließlich an die Nase.

»Geölter Stahl«, sagte er schließlich. »Sonst nichts.«

Der junge Mann, der den erfahrenen Diarmin begleitete und von ihm ausgebildet wurde, hatte das strahlend saubere Gesicht des typischen jungen Rekruten, das unter dem harten Eisenrand des Helms oft herzzerbrechend verwundbar aussieht.

Nun schluckte der Jüngling mehrmals krampfhaft und sagte: »Majister ... ich glaube ... ich dachte ...«

Diarmin diente schon lange unter mir und kannte meine Art; so konnte er sich ausrechnen, wie er sich in dieser Lage verhalten mußte. »Heraus damit, Jurukker!« bellte er. »Laß den Herrscher nicht warten!«

»Ich habe den Pfeil gefunden, Majister. Als ich ihn aufhob, da hatte ich das Gefühl ... ich meine ...«

»Lös den Knoten aus deiner Zunge, Jurukker!« schäumte Diarmin, offenbar verärgert, vor seinem Herrscher dermaßen bloßgestellt zu werden.

»Jawohl, Deldar Diarmin — an der Pfeilspitze befand sich ein winziges Stück Fell ...«

»Fell! Fell! Und wo ist das Stück jetzt, junger Nairvon?«

»Das ... das weiß ich nicht.«

»Du hast es fallen gelassen, nicht wahr? Du hast wertvolle Indizien verschwinden lassen! Das wirst du bereuen. Warte, bis ich dich morgen früh dem Hikdar übergebe!«

»Jawohl, Deldar.«

»Einen Moment!« schaltete sich Seg ein und bewegte den Pfeil hin und her. »Du bist sicher, daß ein Stück Fell daran klebte, Nairvon?«

»Durchaus, Kov Seg ... nun ja, beinahe sicher.«

Deldar Diarmin öffnete den Mund, doch Seg schaffte es gerade noch, vor ihm zu sprechen ...

»Aber du hast den Fetzen nicht fallen lassen, oder?«

»Nein, Jen, nein. Er war doch ein Indiz.«

»Deldar Diarmin«, sagte ich, »warum gehst du nicht mit dem Jurkker und einigen Fackeln in die Gasse und schaust nach?«

»Quidang!« dröhnte Diarmins Stimme von den grauen Mauern wider. »Jurukker Nairvon — *bratch!*«

Die beiden Wächter trabten fort, und Seg rief ihnen nach: »Nehmt noch weitere Kameraden mit auf die Suche!«

Nath na Kochwold hatte dem Gespräch schweigend beigewohnt. Jetzt atmete er tief ein.

»Ich möchte der Aussage des jungen Nairvon nicht gern widersprechen. Wenn Seg einen Wolf geschossen hat und dabei ein Stück Fell losgegangen ist, muß Nairvon das Beweisstück fallen gelassen haben.«

»Aber?« fragte Seg.

»Ah ja — wenn es sich um einen Werwolf gehandelt hat, hätte man vielleicht ein ziemlich großes Stück Fell losgerissen. Aber man könnte es nicht finden.«

»Und kein Blut.«

»Durchaus.«

Der Widerspruch zwischen diesen militärischen Regularien — dem brüllenden Deldar, dem stammelnden Jungsoldaten, der Routine und Ordnung und Klarheit im Leben — und den unheimlichen Geschehnissen, die einen Atemhauch des Okkulten durch die Gasse streichen ließen, machte mir zu schaffen. Ich nahm nicht an, daß man diesem verdammten Werwolf mit militärischem Drill beikommen konnte.

Meine Stimme hatte wieder einmal ihren altgewohnten unduldsamen Klang, als ich sagte: »Kehren wir zurück, um unsere Angelegenheit mit Strom Volgo zu Ende zu bringen.«

Meine Gefährten stimmten mir zu, und Nath sagte leise: »Ich kann mir nicht vorstellen, daß sie einen Fellfetzen finden.«

»Dabei habe ich das Ungeheuer getroffen, davon bin ich überzeugt«, warf Seg ein.

»Da du getroffen hast, was du treffen wolltest, das Ungeheuer aber nicht getötet wurde und kein Blut vergoß — muß etwas anderes dahinterstecken —, aber was, Seg?« Nath schüttelte den Kopf. »Ich ahne Schlimmes.«

»Wir müssen die Identität des armen Mädchens feststellen.« Noch immer sah ich die bedauernswerte Gestalt in der Schnauze des Werwolfs: mit baumelnden Armen und Beinen, das weiße Kleid wie ein Mottenflügel.

»Und wir müssen erfahren«, fügte Seg mit beinahe drohender Stimme hinzu, »was sie um diese Zeit allein auf der Straße zu suchen hatte!«

Als wir in das Obergeschoß der *Gescheckten Zorca* zurückkehrten, hatte Strom Volgo die schwarze Eisenmaske wieder angelegt.

Offenbar war er zu dem Schluß gekommen, daß die Angelegenheit ihn nichts anging.

Ich sah nun folgende Prioritäten: Zuerst mußte Turko Verstärkung erhalten, um die Front zu halten, gleichzeitig war Inchs Lage zu überprüfen. Zweitens mußte ich gegen den Werwolf vorgehen, während ich drittens Natyzha Famphreon und ihrem Sohn Nath nach besten Kräften helfen wollte.

Dies erklärte ich Strom Volgo.

»Diese bedauerliche Reihenfolge muß ich akzeptieren, Majister, denn ich verstehe deine Lage. Ich bin es zufrieden, daß du dein Wort gegeben hast.«

Seg zupfte sich bei diesen Worten am Kinn, aber die Sache war abgeschlossen, und es gab nichts mehr daran zu rütteln.

»Strom Volgo«, sagte ich, als er sich schon zur Tür wenden wollte, »gestatte mir, dir eine halbe Schwadron zum sicheren Geleit aus Vondium mitzugeben!«

Er zögerte und sagte dann: »Wie du willst, Majister. Mein Dank.«

Ein vernünftiger Bursche ...

Für die erste Aufgabe auf meiner Liste hatte ich in der

Gestalt Naths na Kochwold das perfekte Werkzeug gleich bei mir. Wir ritten zum Palast zurück, gefolgt von den Wächtern. Es amüsierte mich ein wenig zu beobachten, daß sie die Waffen blank gezogen hatten. Wenn Seg auf das verdammte Wesen schießen konnte, ohne daß es tot umfiel, konnten diese Burschen auch nicht viel ausrichten, mochten sie auch noch so gut kämpfen ...

»Nath«, sagte ich, »was Turko betrifft ...«

»Ha!« rief er. »Du willst mich losschicken ...«

»Ich möchte, daß du die Ausbildung der Fünften Phalanx beendest.«

Finster starrte er mich an.

»Na gut. Wie du weißt, mag ich im Leben nur eine Sache lieber als die Ausbildung einer Phalanx — und das ist ihre Leitung während einer Schlacht.«

»Du bist ein blutrünstiger Schurke, Nath!«

»Oh, aye, manchmal mag das wohl sein.«

Während meiner Abwesenheit hatte man die Phalangen neu verteilt. Die Halb-Phalanx, auch Flügel geheißen, wurde allerdings selten bei diesem Namen genannt, weil sie eigentlich keine unselbständige Hälfte darstellte — vielmehr hatten wir ihr den Namen Kerchuri gegeben — eine selbständige Einheit, von denen zwei eine Phalanx bildeten.

Ich erklärte Nath na Kochwold mein Vorhaben.

»Ich nehme die Sechste mit zu Turko. Vondium kann ohne weiteres von der Neunten und Zehnten bewacht werden.«

Der Dritten Phalanx galt unsere besondere Zuneigung. Die Sechste Kerchuri der Dritten Phalanx war im entscheidenden Augenblick der Schlacht von Kochwold in die Lücke vorgedrungen, die die wilden Klansleute auf dem Rücken ihrer Voves zu reißen drohten. Dieser Schlacht entlehnte Nath seinen Namen.

»Na schön. Schließlich kann man die Fünfte wohl kaum eine unerfahrene Einheit nennen. Viele Männer haben schon in der alten Fünften gedient.«

»Gut.«

»Und wenn du uns rufst, drille ich die Burschen noch weiter, während wir dir schon nachmarschieren.«

»Nath, ich hoffe sehr, daß ich das Problem lösen kann, ohne dich um Hilfe zu rufen. Vielleicht meldet sich statt meiner Drak aus dem Südwesten. Und oben im Nordosten, jenseits des Hawkwa-Landes ...«

»Dort halten wir uns gut«, sagte Seg mürrisch.

»Aye«, bestätigte Nath. »Vorwiegend mit leichter Kavallerie, die Überfälle erwidern muß. Da läßt es sich wirklich vertreten, eine Keruchuri abzuziehen.«

»Besprich das alles mit Farris«, sagte ich.

Ich will ehrlich sein — Sorgen machten mir vor allem die verflixten Mädchen. Ich mochte mir noch so oft einreden, daß ich damit überaus dumm reagierte — immer wieder erfüllte mich Unbehagen, wenn ich ein Kriegermädchen in Aktion erlebte. Sie sahen prächtig aus, wie sie da mit ihren geschäfteten langen Beinen herummarschierten, das Gesicht strahlend vor Gesundheit, die Augen funkelnd vor Begeisterung. Das war natürlich das Äußere, die Zurschaustellung, dazu kamen die flotten Uniformen, die grell tönenden Trompeten, die grollenden Trommeln und wehenden Flaggen.

Die Realität des Kampfes, die Grausamkeit von Blut und Tod hatten wenig zu tun mit der märchenhaften Romantik, die die Jikai-Vuvushis zu umgeben schien.

Der Palast erstrahlte bei unserer Rückkehr von zahlreichen Lampen. Niemand wollte sich in den dämmerigen zuckenden Schatten von dem Werwolf erwischen lassen.

Garfon der Stab, unser angesehener tüchtiger Majordomus, berichtete, daß Deb-Lu Quienyin mich im Empfangsraum vor meinem Privatquartier erwarte. Delia war nicht anwesend, aber sie hatte mir eine Nachricht hinterlassen. Deb-Lu Quienyin war der eiligen Aufforderung, nach Vondium zurückzukehren, gefolgt und hatte einen anstrengenden Flug hinter sich.

Wir marschierten durch, ohne anzuhalten, riefen nach Wein und warfen die Mäntel ab. Deb-Lu lächelte bei unserem Anblick. Er war unruhig auf den walfargschen Teppichen herummarschiert und blieb nun stehen.

»Lahal, Deb-Lu! Du hast die Berichte über den Werwolf vernommen?«

»Lahal, Majis. In der Tat. Eine üble Sache. Aber es gäbe da gewisse Möglichkeiten ...«

»Und ob!« sagte Seg, schnappte sich ein Glas und suchte nach der erstbesten Flasche.

Sicher fällt Ihnen die Art und Weise auf, wie Deb-Lu und ich miteinander umgingen — ohne jede unnötige Förmlichkeit, ohne Rattenschwanz an Lahals und höflichen Fragen, wie es denn gehe. In diesem unsicheren Augenblick der vallianischen Geschichte wäre das nur überflüssig gewesen. Dennoch hatten sich Deb-Lu und ich lange nicht gesehen — verdammt lange nicht, bei Krun!

»Genau das wollte ich hören!« rief ich und nahm Seg das Glas ab. »Trotzdem, San, besteht noch die Möglichkeit, daß das Ungeheuer gar kein Werwolf ist.«

Jedesmal wenn ich an Deb-Lu-Quienyin voller Zuneigung und Ehrfurcht denke und ihn dann das nächstemal wieder vor mir sehe, muß ich sagen, daß er mir unverändert erscheint. Nun ja, natürlich macht auch er eine Entwicklung durch und bietet zuweilen auch ein verändertes Erscheinungsbild. Als berühmter und gefürchteter Zauberer aus Loh, der als San angeredet wurde, gehörte er zu der kleinen Gruppe enger Vertrauter des Herrschers und der Herrscherin.

Nein, für mich gibt es noch immer keinen Zweifel, daß die Zauberer aus Loh unter allen kregischen Zauberern den höchsten Rang innehaben. Sie erkennen vielleicht, daß mir ihre wahre Macht nur sehr langsam bewußt geworden war. Als ich nun Deb-Lu anschaute und die alte Woge der Zuneigung spürte, fiel mir auf, daß er den riesigen Turban abgenommen hatte. Das rote lohische Haar wirkte verwuschelt. Er bot das typische Bild des mächtigen Magiers — ohne daß er sich Runen auf die Gewänder sticken oder sich mit Schädeln und Federn und Büchern umgeben mußte. Ein Zauberer aus Loh braucht keine materiell greifbaren Hilfsmittel, um seine Magie wirken zu lassen.

Allerdings besaß er einen Stab, der jetzt an einem Stuhl lehnte. Deb-Lu hatte mir mehr als einmal versichert, daß er den Stab eigentlich nur brauche, um seine müden alten Knochen beim Gehen abzustützen — wie Sie noch merken werden, machte er sich sein betagtes Alter gern auf sehr untypische Weise zunutze ... Wahrscheinlich hatte er sich einen Teil seiner Klageroutine beim alten Hunch abgeschaut ...

Dies bringt mich darauf, daß es in Vondium viele Leute gibt, die hier und jetzt eigentlich erwähnt werden sollten. Allerdings muß ich sie zunächst übergehen, weil die sich entwickelnde Geschichte um den Werwolf von Vondium Vortritt hat.

Deb-Lu äußerte sich knapp, klar und sehr logisch — bei Zair, hätten wir nur gut zugehört und unsere Köpfe zu etwas anderem benutzt, als hübsch gefiederte Hüte darauf zu drapieren!

»Dudinter«, sagte Deb-Lu Quienyin. »Dudinter.«

8

Mit ernstem Gesicht hob Emder die Statue. Emder, nüchtern, gründlich, ordentlich, äußerst tüchtig, kümmert sich um mich, wenn ich mich in einem Palast oder an einem sonstigen zivilisierten Ort aufhalte; ähnlich versorgt mich der Flinkfingrige Minch, mein erfahrener alter Kampeon-Gefährte, im Feldlager. Nun schüttelte Emder den Kopf.

»Wirklich schade. Das Stück ist sehr ansehnlich.«

»Aye«, erwiderte Seg mit einem gewissen Nachdruck und ließ Emder keine Gelegenheit, das Kunstwerk festzuhalten: Er wand es ihm aus den Fingern.

»Was die Herrscherin nur dazu sagen wird …«, wandte Emder ein und stockte. »Nein, ich bin töricht. Die Herrscherin würde sofort anordnen, daß die Mädchen aus ihrem Boudoir und anderen Räumen alles Entbehrliche herausholen.«

»Völlig richtig, Emder«, sagte ich und griff nach einem Kerzenhalter. Seg marschierte los und bemächtigte sich des Zwillingsstückes. Beide landeten klirrend in einem Sack.

»Man könnte sich auch an die Bürger Vondiums wenden«, sagte Nath na Kochwold. »Sie würden bestimmt bereitwillig alles spenden, was sie erübrigen können.«

»Sie haben schon genug gelitten — unter Krieg und Zerstörung«, sagte ich. »Wenn der Palast nicht genug hergibt, plündere ich andere Häuser, die angeblich in meinem Eigentum stehen.«

Auf unserer Erde hatte Plinius vor zweitausend Jahren eine Goldsilberlegierung so beschrieben, daß sie zu einem Teil aus Silber und vier Teilen aus Gold bestehe. Auf Kregen wurde an vielen Stellen natürliches Gold geschürft mit etwa einem halben bis zu einem Fünftel Anteil Silber — aber wir hatten keine Zeit, das benötigte Metall erst aus dem Boden zu gewinnen. Um die

Mengen an Goldsilberlegierung zu finden, die wir brauchten, sammelten wir einfach alle Statuen und überflüssigen kleinen Gegenstände ein, die wir finden konnten.

Garfon der Stab trat ein, knallte den goldumwickelten Balass-Stab auf den Boden und sagte mit einer Stimme, die für ihn beinahe ein Flüstern war: »Die vier Schmiede sind da, Majister.«

»Schön. Ich empfange sie sofort. Laß diese Dinge sofort in die Schmiedewerkstätten schaffen.« Energisch marschierte ich los und schnallte mir dabei ein hübsches kleines Schmuckgebilde von einer Anrichte, die Miniatur einer riesigen Statue, wie sie in Balintol gefertigt werden, die Darstellung einer achtarmigen Person, einer Talu, die mit ausgestreckten Fingern tanzte und dabei einem riesigen Rad glich.

Der attraktive hellgelbe Glanz der Goldsilberlegierung schimmerte in meiner Hand, als ich den Empfangsraum aufsuchte. Die vier Schmiede traten ein wenig unruhig von einem Fuß auf den anderen, waren sie es doch nicht gewöhnt, vom Herrscher in den Palast gerufen zu werden. Ich hoffte, daß sie sich nicht etwa damit belasteten, ihre jüngsten Sünden Revue passieren zu lassen!

Nun ja, ihre Aufgabe war jedenfalls sehr einfach.

»Wir müssen den Ganchark loswerden, meine Freunde. Um das zu erreichen, müssen wir ihn mit einer Waffe erlegen, die aus einer Dudinter-Legierung geschmiedet worden ist. Pfeilspitzen und vor allem Spitzen mit breiten Widerhaken, Schwerter und Speere. Ihr müßt sehen, wie ihr am besten eine Schneide fertigbringt.«

»Wir schmieden dir eine Schneide, Majister«, sagte Naghan der Blasebalg, der mir als Waffenmeister diente.

Ortyg Ortyghan, der Goldschmied, nickte eifrig. Logan Loptyg bemerkte, er werde Tag und Nacht arbeiten. Er war der Silberschmied.

Param Ortygno, der ein fuchsiges Khibilgesicht hatte, äußerte Zuversicht und zugleich Vorbehalte.

»Ich bin der Dudinterschmied, den du gerufen hast, Majister. Vielleicht sollte ich die Oberleitung dieses Projekts haben, denn schließlich arbeiten wir auf meinem Spezialgebiet, und ich bin Khibil.« Er strich sich über die arroganten Schnurrbarthaare — ein echter hochmütiger Khibil durch und durch.

Ich lachte nicht.

»Ich bin dir sehr dankbar dafür, daß du mir so bereitwillig deine Hilfe anbietest, Koter Ortygno. Das Schicksal Vondiums steht weitaus mehr auf dem Spiel, als euch vielleicht klar ist. Ich hielte es für am besten, wenn ihr vier harmonisch zusammenarbeiten würdet, als Team, wie eine Quadriga. Dabei müssen nicht unbedingt Berufsgeheimnisse auf dem Spiel stehen. Jene Teile der Arbeit können von jedem von euch nach eigenem Gutdünken erledigt werden.« Ich fixierte die vier mit einem Blick, der mir oft genug als sehr wirkungsvoll beschrieben worden ist. »Habt ihr mich verstanden?«

»Jawohl, Majister!« antworteten sie im Chor.

*»Queyd arn tung!«**

Daraufhin senkten die vier respektvoll die Köpfe und wandten sich zum Gehen. Wenn ich zuweilen zu heftig auf die ganze Verbeugerei reagiere und sie zu energisch abtue, so liegt das hoffentlich nicht an einem verborgenen psychologischen Defekt in mir, der eine Zuwendung fordert und ablehnt, die ich nicht offen bekennen kann. Dieses kurze Kopfnicken schien mir eine angemessene Respektbezeigung zu sein — nicht mir als Mensch, sondern meiner Stellung. Dem Herrscher stand Respekt zu, immerhin repräsentierte er Vallia. Diese Männer waren ein Teil der tobenden Menge, die mich gerufen und zum Herrscher gewählt hatte, damit

---

* Queyd-arn-tung! Worüber kein Wort mehr zu verlieren ist! — *A. B. A.*

ich die Probleme dieser Gegend löste. Wenn ein Mann oder eine Frau keinen Respekt vor dem eigenen Land empfinden kann, dann könnte die Welt über kurz oder lang zum Stillstand kommen.

Das wirft natürlich die schwierige Frage auf, was zu tun ist, wenn das eigene Land unter den Standard sinkt, den man selbst als angemessen und anständig empfindet.

Plötzlich merkte ich, daß ich noch die kleine Dudinter-Statue hielt. Ich rief hinter den vier Schmieden her.

»Wartet, meine Freunde!«

Sie machten sofort kehrt, und ich warf ihnen die Talu zu. Interessanterweise war es nicht Param Ortygno, der hochmütige Khibil, der das Wurfgeschoß auffing, sondern Naghan der Blasebalg.

»Remberee«, sagte ich.

»Remberee, Majister.«

Delia hatte mir lediglich die Nachricht hinterlassen, daß sie an das Totenlager einer Freundin gerufen worden sei. Sie gab keinen Namen an.

Ich glaubte zu wissen, um wen es sich handelte.

Die Schwesternschaft, der Delia angehörte, die Schwestern der Rose, stellten in vieler Hinsicht einen mächtigen Orden dar. Ein Großteil der Arbeit dieser Organisation wurde ganz offen verrichtet; vieles blieb aber auch im dunkeln. Die überraschende Großzügigkeit der Herren der Sterne hatte mir das Privileg eröffnet, an einigen Abenteuern Delias teilzunehmen und auf diese Weise viele Geheimnisse kennenzulernen, die Delia einem Außenstehenden, noch dazu einem Mann, niemals offenbart hätte. Natürlich war und ist es für mich eine Selbstverständlichkeit, diese Geheimnisse absolut für mich zu behalten. Ich gab mir sogar große Mühe, sie aus meinem Denken zu verdrängen.

Eine Tatsache aber war mir bekannt. Die Leiterin des Ordens, früher als die Leuchtende Elomi aus Valka bekannt, lag im Sterben. Delia war zur nächsten Leiterin gewählt worden und hatte diese Ehre abgelehnt. Die Schwestern der Rose waren in jeder Hinsicht wichtig; daß Delia Herrscherin war, hatte ebenfalls Bedeutung, doch auf völlig andere Art, eine Art, bei der das Gefühl von Verpflichtung und Dienst ebenso dramatisch wirksam war wie bei den Schwestern der Rose.

Ich wußte also, daß sich Delia nach Lancival begeben hatte. Die Lage dieses Ortes blieb auch für mich eine Sache der Geheimhaltung, wenn ich auch zusammen mit den Schwestern der Rose über die Geschicklichkeit zu lachen vermochte, mit der die Anlage in Vallia versteckt worden war. Dort saß nun Delia mit ihresgleichen zusammen — manche würde sie höflich behandeln, andere herausfordernd, dort würde sie argumentieren und bitten und selten befehlen — obwohl sie auch das hervorragend konnte, bei Vox! —, und so würde man schließlich die neue Leiterin des Ordens bestimmen.

Wenn es das Unglück oder eine weibliche List fügen sollte, daß Delia diese Aufgabe zugeschanzt erhielt, würde sie vermutlich eine andere Art Leiterin abgeben, als sie der Orden der SdR in seiner langen Geschichte bisher gehabt hatte.

Alle unsere Töchter waren von den SdR erzogen und ausgebildet worden, ähnlich wie sich unsere Söhne den Krozairs aus Zy zugewandt hatten. Ich glaube ehrlich, daß nirgendwo auf zwei Welten eine bessere Ausbildung zu finden war.

Weil solche Gedanken mir durch den Kopf gegangen waren, als die äußeren Inseln Vallias von den fischköpfigen Shanks von der anderen Seite der Welt angegriffen wurden, hatten wir — anfänglich in Vallia — einen Orden gegründet, der sich nach den Krozairs von Zy richtete. Die rätselhafte übermenschliche Frau, die wir als Zena Iztar kannten, hatte uns entscheidend geholfen, diesen neuen Orden, die Kroveres von Iztar, zu gründen und uns das Bewußtsein einzugeben, daß er bereits eine eigene Tradition zu begründen begann.

Seg Segutorio war Großmeister der KRVI.

Wo immer es Ungerechtigkeiten gab oder Tyrannei, wo immer wir von den Shanks angegriffen wurden, konnte man — zumindest theoretisch — die Brüder der KRVI finden. Sie unterstützten die Unterdrückten und kämpften gegen die Shanks.

Eine neue und wohl auch wagemutige Idee begann mir seit einiger Zeit interessante Möglichkeiten für künftige Einsätze zu eröffnen.

Warum, so hatte ich mich gefragt, sollten nicht Männer und Frauen dem gleichen Orden beitreten und gegen die Ungerechtigkeit kämpfen, alle Schwachen und Hilflosen unterstützen und die verdammten Shanks zurückwerfen?

Nun ja, immerhin ein Gedanke ...

An dieser Stelle ist es vielleicht angebracht zu erwähnen, daß ich über die anderen Frauen-Orden in Paz sehr wenig wußte. Die Schwestern des Schwertes, die Schwestern von Samphron, die Großen Damen, die Kleinen Schwestern von Opaz und viele andere — sie alle waren höchst geheim.

Bekannt war, daß ein neuer Orden, die Schwestern der Peitsche, gescheitert war.

Als Seg nun zu mir kam, sagte ich als erstes: »Mir will scheinen, dieser verdammte Werwolf wäre eine passende Aufgabe für die Kroveres.«

»Beim verschleierten Froyvil, mein alter Dom! Du hast recht!«

»Natürlich haben wir da längere Zeit keinen Kontakt mehr gehabt.«

»Nun ja, wir waren immerhin in Pandahem. Mal sehen ...« Segs intensive blaue Augen begannen zwar nicht gerade vor Nachdenken zu schielen, aber sein Gesicht nahm doch ziemlich bedrohlichen Ausdruck an, während er im Geist die Brüder durchging, die in der Lage waren, die Aufgabe zu meistern.

In meinen Schilderungen des Lebens auf Kregen erscheinen viele Menschen gewissermaßen angestrahlt in der ersten Reihe heftiger Ereignisse, nur um dann in den dunklen Hintergrund abzudriften, während neue Dinge geschehen. Vergessen sind diese Menschen aber nicht. Sie bilden das lebendige, atmende Panorama des Lebens und der Freundschaft, vor dem ich existiere. Viele von ihnen begegneten mir beinahe jeden Tag und sprachen mit mir. Andere sah ich bei Banketten, Abendessen, fröhlichen Feiern oder im Rahmen harter Geschäfte, im Umkreis der Kirche, der Justiz oder der Armee.

Unmok die Netze war sich zum Beispiel immer noch nicht darüber klar, wie er sich geschäftlich weiterentwickeln sollte. Die Pachakzwillinge kümmerten sich noch immer um Deb-Lu Quienyin. Unsere Khibil-Ringer hatten schnell eine neue Anstellung gefunden, indem sie sich Turko anschlossen. Tilly und Oby waren ein fester Bestandteil meines Lebens. Und — Naghan die Mücke! Ich sagte zu Seg: »Wir haben unsere Freunde nicht umsonst aus der Arena in Huringa befreit. Naghan kann sofort damit beginnen, legierte Waffen zu schmieden.«

»Was soll er tun?« fragte Seg. »Ach ja, natürlich. Ich könnte innerhalb eines Tages etwa zwanzig Brüder benachrichtigen. Und was Naghan die Mücke angeht, so bin ich mehr als zufrieden, eine von ihm geschmiedete Waffe zu benutzen.«

»Gut.«

»Allerdings ist es bedauerlich, daß es Vonamnus noch so schlecht geht.«

»Er braucht mehr Zeit zur Erholung, als mir lieb ist. Aber er schafft es. Er hat wie wir im Heiligen Taufteich von Aphrasöe gebadet.«

»Erinnere mich doch nicht daran! Ich bin noch immer ganz durcheinander von den Folgen, die das haben wird ...«

»Damit stehst du nicht allein.«

»Wie dem auch sei. Seine Tochter Valona hat sich ziemlich gut entwickelt, wie man hört, nachdem Delia die Probleme in Vindelka in den Griff bekam.«

»Wieder eine Angelegenheit, die die Schwestern der Rose geregelt haben. Es gab einmal eine Zeit, da war ich fest davon überzeugt, Valona wäre meine Tochter Lela ...«

»Würde ich jetzt scherzhaft anmerken, daß das ja wohl die Folge ist, wenn man sich in allen Winkeln Kregens herumtreibt, wäre ich ein Dummkopf. Ich weiß nun allerdings Bescheid über deine komische kleine Erde mit der einsamen gelben Sonne und dem einsamen Mond und den Apims als einziger Rasse und verstehe daher etliches mehr von den Dingen, die du nie erwähnt hast.«

»Ach, wirklich? Vielleicht, Seg, mein Bogenschützengefährte, wäre es an der Zeit, mal ein paar Runden auf die Matte zu legen.«

»Fordere meinetwegen Korero den Schildträger heraus. Ich ziehe los, um Balass den Falken zu suchen und die Aktion gegen den Werwolf in Gang zu bringen.«

»Korero?«

»Drak hat das Erste Regiment der Schwertwache des Herrschers nach Vondium zurückgeschickt. Nun ja« — Seg stimmte sein dröhnendes Lachen an —, »die Männer hätte er wohl auch keinen Herzschlag länger zurückhalten können, wenn sie erfahren hätten, daß du wieder in Vondium bist!«

»Nein«, sagte ich, »nein, dieser verrückte Haufen besteht immer wieder darauf, sich zwischen mich und etwaige Gefahren zu schieben.«

Trotz meines kecken Tons schlug mir bei dieser Nachricht das Herz höher. Die 1SWH mochte zwar ein verrückter Haufen sein, doch stellte das Regiment auch ein durchschlagendes Kampfinstrument dar, mir ergeben, sehr selbständig in allem, was die Ehre und den Stolz des Regiments betraf, trotzdem aber auch eine Einheit der Armee, einbindungsfähig in das große Konzept der Verteidigung Vallias.

Seg zog los und rief über die Schulter: »Die Burschen wollen mit uns bestimmt zu Turko ziehen, Dray!«

»Ja. Ich wage mir nicht vorzustellen, was die 2SWH fordern wird ...«

9

Die munteren Dinge, die sich in Vondium nach der Ankunft meiner temperamentvollen 1SWH taten, will ich lieber mit dem Mäntelchen des Schweigens behängen.

Bei Vox! Welch ein Haufen! Sie machten die Stadt nicht völlig unbewohnbar, doch bekamen die Bürger ihre Anwesenheit zu spüren.

Die Gnade Opaz' führte sie alle wieder zu mir. Einige waren zwar verwundet gewesen, doch standen sie alle auf den Beinen. Das Regiment hatte natürlich neue Leute dazubekommen, und es lag an mir, diese Männer so schnell wie möglich kennenzulernen. Niemand fand Zutritt zu den Reihen des führenden Garderegiments, der nicht ein erwiesener Kampeon, ein verdienter Swod, ein hervorragender Kämpfer war.

Man kam überein, eine Art formelle Parade zu veranstalten und durch die Straßen zum Tempel des Militanten Opaz zu marschieren und dort Dank zu sagen. Kapellen spielten, Flaggen wehten, die Sonnen schimmerten auf den dichten Soldatenreihen und ihren Rüstungen und Waffen. Das Schauspiel entzückte die Massen, die zu Tausenden herbeiströmten. Die Burschen hatten sogar eine Horde hübscher junger Mädchen kommen lassen, halbnackte Gestalten in wirbelnden Seidengewändern. Sie tanzten dem Zug voraus und streuten Blütenblätter. Dies veranlaßte mich, meinen Mundwinkeln einen grotesken Zug nach oben zu geben, den meine Freunde als Lächeln deuteten.

Niemand, kein einziger Swod, erlag der Trunkenheit. Ich habe bereits an anderer Stelle erklärt, wie wenig ein solches gemeinschaftsfeindliches Verhalten im Wachkorps geduldet wurde.

Targon der Tapster, Cleitar der Schmied, der sich nun Cleitar die Standarte nannte, Ortyg der Tresh, Volodu die Lungen — sie alle waren dabei! Korero der Schildträger, wie immer großartig anzuschauen, ein goldener Kildoi mit vier Armen und einer Schwanzhand, mit der er seine schützenden Schilde bediente. Dorgo der Clis mit der leuchtend roten Narbe im Gesicht, außerdem Naghan ti Lodkwara mit unseren anderen Gefährten des Anfangstrupps — sie alle marschierten zusammen mit den neuen Freunden im vermengten Licht der Sonnen von Scorpio.

Vondium, die stolze Stadt, ist als vallianisches Zentrum die zivilisierte Metropole eines zivilisierten Landes. Doch während ich die Parade verfolgte und mich immer wieder über den Schwung und die stolze Haltung, über den Geist und Übermut der Jurukker der 1SWH freute, spürte ich zugleich überall das barbarische Element, die Andeutung von Leidenschaften, die sich gegen die Reglementierung stemmten, von ungezügelten Kriegerseelen, die sich austoben wollten, aber doch verständlicherweise die Disziplin anerkannten. Zuweilen sprechen Swods in diesem Zusammenhang von ›Mazingle‹, manchmal gilt dieser Name aber auch einer unfairen und zu strengen Disziplin — und dann hat das Wort eine finstere und häßliche Bedeutung.

Kurze Zeit beschäftigte mich die Vision der Zazzer am Auge der Welt, am Binnenmeer des Kontinents Turismond. Trunkenheit war dort zwischen Grodnim und Zairern viel häufiger anzutreffen, auch wenn solche Ausschweifungen allgemein als Schwäche anerkannt waren. Zazzer wurden jene Frauen und Männer genannt, Apims und Diffs gleichermaßen, die so lange tranken, bis sie sich vor der Schlacht in eine Art Kampfwahn hineingesteigert hatten. Im Gegensatz zu den alten nordischen Berserkern, die entweder Bärenfelle trugen oder sich nackt auszogen, stürmten sie bekleidet und bewaffnet auf das Schlachtfeld, voll bis obenhin, und kämpften, bis sie siegten oder niedergestreckt wurden. Die Zazzer-Philosophie mochte ihre Verlockungen haben — als direkter Weg zur eigenen Vernichtung war sie eher abstoßend.

Ein rauschendes Fest stieg an jenem Abend; Fackeln verbreiteten ihr orangegoldenes Licht, süßer Mondblütenduft vermengte sich mit dem Aroma exotischer Speisen und gewaltiger Weinmengen. Die Sterne erschütterten wir wohl nicht, doch geriet Vondium tüchtig ins Wackeln.

Wie gesagt — ich will mich nicht im einzelnen mit den Ereignissen auseinandersetzen.

In einer Art Halbmuschel an einem Ende des Blumengartens saß das Orchester, mit dem ich den Herrschaftlichen Walzer von Vallia einstudiert hatte — eine Kopie der Schönen Blauen Donau. Dreimal hatten wir schon nach diesem Stück getanzt, als mein Blick auf den jungen Oby fiel.

Ach ja, eigentlich dürfte ich ihn nicht mehr ›jung‹ nennen, denn er war inzwischen erwachsen und verfügte über seine vollen Kräfte. Zwei Mädchen klammerten sich an ihn, ein drittes hockte ihm auf der Schulter, und ein viertes klammerte sich auf rätselhafte Weise mit nackten Beinen an seiner Hüfte fest und küßte ihn lebhaft, wenn es nicht lachte oder trank. Er entdeckte mich, löste den Mund aus dem frivolen Getümmel, zog eine Grimasse und rief: »Ich kann nichts dagegen tun!«

Oby leitete die Flugschwadron, die für den Palast zuständig war, und schien immer wieder in Gefahr zu sein, seinen Junggesellenstand zu verlieren — doch mit einer Geschicklichkeit, die bei den forschen jungen Burschen des Regiments bewundert wurde, vermochte er der zuschnappenden Falle immer wieder zu entgehen.

»Ich würde ja neidisch sein, Oby, wenn nicht gute Gründe dagegen sprächen!«

»Aye, Dray, aye! Ich wünschte, ich fände auch ...« Aber schon wurde ihm der Mund wieder verschlossen.

»Wo steckt Naghan?« brüllte ich.

Oby verdrehte den Kopf, so daß die Lippen des Mädchens auf seiner Wange landeten. Daraufhin begann sie ihn natürlich ins Ohr zu beißen.

»In der Waffenschmiede — er macht gerade die ersten Pfeilspitzen fertig.«

»Dann muß ich dort sofort hin!« sagte Seg energisch.

»Ich komme mit.«

Der ganze Palast schien zu vibrieren. Lichterketten schmückten die Wege zwischen angenehm riechenden Büschen, Lampen flackerten in den Bäumen, wenn sich ein Vogel auf den Ästen niederließ. Es war eine herrliche Nacht, erfüllt vom rosagoldenen Schimmer der Frau der Schleier.

»Ich würde mir wünschen, daß Milsi hier wäre«, sagte Seg. »Aber sie ist mit Delia unterwegs.«

»Ach? Laß mich raten — das könnte bedeuten, daß deine Milsi bald den Schwestern der Rose beitritt.« Ich warf meinem Gefährten einen durchdringenden Blick zu. »Ich weiß nicht, ob man dich dazu beglückwünschen oder dich bedauern sollte, bei Krun!«

»Die junge Silda kennt da keine Zweifel.«

»Deine Tochter und mein Sohn sollten sich wirklich mal über ihre Zukunft klarwerden — ist Silda jetzt unten im Südwesten?«

»Aye.«

Wir durchschritten verschiedene Gärten und Haine, passierten die Seite des Palasts, überquerten einen kiesbestreuten Torweg und näherten uns Naghans Waffenkammer.

Naghan die Mücke hatte früher nur aus Haut und Knochen bestanden; inzwischen war er ein wenig rundlicher geworden und füllte seine Tunika besser aus, auch wenn man ihn noch immer dünn nennen mußte. Ein erstaunlich fröhlicher, munterer Bursche, konnte er den Hammer mit unglaublicher Geschicklichkeit auf den Amboß knallen lassen. Er gehörte zu den besten Waffenschmieden, die ich auf Kregen bisher erlebt hatte. Bei unserem Eintreten machte er nun kehrt und hielt uns mit der Zange eine hellgelbe Pfeilspitze hin.

»Die Schneide ist das Schwierige«, sagte er. »Seg — dort drüben liegen zwanzig Exemplare für dich.«

»Gut gemacht Naghan«, sagte ich. »Und ein Schwert?«

Naghan hatte wirklich schwer gearbeitet, soviel war klar. Zum Modell hatte er sich einen Drexer erwählt — eine Waffe, die wir in Valka entwickelt hatten — und drei Exemplare hergestellt. Seine Assistenten schufteten mit gellenden Hämmern, während der Blasebalg pumpte und die Hitze in Wogen durch den Raum schickte und das Fauchen des zum Abkühlen benutzten Wassers einen angenehmen Kontrapunkt bildete. Ich ergriff einen Dudinter-Drexer und schwenkte ihn probeweise.

»Nolro«, brüllte Naghan, »hol den Köcher!«

Ein Jüngling mit nacktem Oberkörper, dessen Haut vor Schweiß leuchtete, eilte zu einem Pflock und nahm den Köcher herunter. Es handelte sich um einen schlichten Köcher, wie er den Bogenschützen der Armee überlassen wird. Nolro gab ihn Seg. In dem Behälter befanden sich zwanzig Pfeile, bestückt mit den rosa Federn des Zim-Korfs aus Valka.

»Ich habe sie dir von Lykon dem Pfeilmacher anfertigen lassen, Seg«, erklärte Naghan. »Wir müssen so schnell wie möglich arbeiten.«

Seg zog einen Pfeil heraus, dem noch die Spitze fehlte. »Vielen Dank, o Mücke. Ich vertraue natürlich auf Lykons Arbeit. Aber ...«

Wir wußten, daß Seg seine Pfeile am liebsten selbst anfertigte. Mit seinen Worten hatte er klargestellt, daß er die von einem anderen angebrachten Flugfedern akzeptierte, daß er aber die Pfeilspitzen selbst anbinden wollte. Und er verschwendete keine Zeit: er stellte sich an eine Werkbank, auf der die nötigen Werkzeuge bereitlagen, und begann zu arbeiten.

In den Gärten des Palasts tobte die Party noch mit unverminderter Lautstärke. Natürlich nahmen auch Jikai-Vuvushis daran teil, ohne Uniform, schick gekleidet. Lachend tanzten sie mit den Männern. Ich verspürte gelindes Bedauern, daß Delia nicht hier war.

Ihre Abwesenheit bedeutete aber auch, daß sie dem Zugriff des gefährlichen Werwolfs entzogen war. Dieser Gedanke veranlaßte mich zu einer kleinen Rede, die wohl leider etwas bombastisch ausfiel: »Nun soll der verdammte Werwolf seine häßliche Schnauze zeigen.« Ich schüttelte den Dudinter-Drexer. »Wir stechen ihn nieder!«

»Aye!» bestätigte Seg, unterbrach seine Arbeit und hielt den ersten vervollständigten Pfeil in die Höhe. »Aye, mein alter Dom, wir werden ihn spicken wie ein Nadelkissen!«

Aus den Augenwinkeln gewahrte ich eine Gestalt, die sich im Fackelschein vor einigen hellblauen Blüten an der Tür vorbeischlich. Ich fuhr herum. Seg war auf seine Pfeile konzentriert, doch bemerkte Naghan meine Bewegung und schaute mit zusammengekniffenen Augen in den Fackelschein auf dem Hof. Dann stimmte er sein ansteckendes Lachen an, wandte sich wieder seiner Arbeit zu und sagte: »Also, Dray, wo du jetzt kein Kaidur mehr bist, sondern ein Herrscher, mußt du mit solchen Dingen rechnen!«

»Aye, Naghan, beim Glasauge und Messingschwert von Beng Thrax! Aber zuweilen macht es mich nervös.«

Die geduckte Gestalt ließ ein rotes Cape herumwirbeln, merkte, daß sie entdeckt war, und kam entschlossen näher. O ja, die Männer der SVH und GJH waren im Dienst, wenn der Herrscher frei herumwanderte.

»Hai, Erclan!« rief ich und muß zugeben, daß meine Stimme irgendwie spöttisch klang. »Eben hättest du dir beinahe einen Pfeil eingefangen — das weißt du!«

Er sah mich bedrückt an, ein junger, kräftiger, diensteifriger Jurukker aus der 2SVH, der genau wußte, daß man ihn im Dienst eigentlich gar nicht hätte wahrnehmen dürfen. Ich wußte, wie ihm zumute war, denn — und wenn sich das wie Prahlerei anhört, nun, dann geht es eben nicht anders — es gibt auf Kregen und der Erde nur sehr wenige Menschen, die mich unbemerkt überwachen können, wenn ich das nicht will. Mitleid hatte ich nicht mit ihm; doch wollte ich ihn mit einer kleinen Geste trösten und auf die nächste Etappe seiner Aufgaben vorbereiten.

»Schau dir das an, Jurukker Erclan — eine leistungsfähige Klinge, geschmiedet aus Dudinter, mit dem wir den Werwolf zu erlegen hoffen. Hier, probier sie mal.«

Er ergriff den Drexer und ließ ihn herumwirbeln. Er stammte aus Valka und nannte mich Majister, einen Titel, den er seit frühester Jugend gewöhnt war; sein Vater, Emin ti Vinfafn, hatte mich als Strom angesprochen.

Nun kommt es im Leben immer wieder vor, daß das Schicksal einem einen üblen Trick spielt — bei dieser Gelegenheit vermeinte ich besonders übel dran zu sein —, fälschlicherweise, wie Sie hören werden.

Als Naghan seine Waffenschmiede für den Palast einrichtete, hielten er, Tilly und Delia es für angebracht, in nicht allzugroßer Entfernung Büsche und Blumenbeete anzulegen, um die Werkstattwirkung der neuen Anlage zu dämpfen. So führten die Büsche, hinter denen Erclan gelauert hatte, und die Kieswege und Blumenbeete natürlich in andere Bereiche des Gartens. Ein junges Paar, das sich gegenseitig untergehakt hatte, schlenderte verträumt herbei, der Umwelt offenbar völlig entrückt. Erclan, der gerade seine Waffe schwenkte, schaute hinüber.

»Fodor!« rief er angewidert. »Manche Menschen haben wirklich alles Glück auf der Welt — andere müssen Wache schieben!«

Seine Worte ließen mich vermuten, daß die junge Dame zwischen den beiden Wächtern für eine gewisse Spannung sorgte.

Ich wollte schon eine Bemerkung machen, die bestimmt sehr töricht ausgefallen wäre, hielt mich dann aber doch zurück. Die tödliche graue Gestalt, die plötzlich am Weg ins Blickfeld huschte, war kein Traum. Der Schaum an der Schnauze schimmerte im Fackelschein, der sich auch in den Augen spiegelte und einen Effekt wie von zwei roten Blitzen erzeugte. Das Fell war borstig aufgestellt. Von geschmeidigen Muskeln getrieben, bewehrt mit tödlichen Klauen und Reißzähnen, stürzte sich der Werwolf auf sein Opfer.

»Fodor!« schrie Erclan und stürmte los.

Ein einziger Prankenhieb schleuderte Fodor in die Büsche. Der Werwolf hockte über dem kreischenden Mädchen. Ihr Schrei ging in einem unbeschreiblichen gutturalen Schnarren unter. Mit erhobener Klinge griff Erclan an.

Alles begann, ereignete sich und war vorüber.

Mit wirbelndem Umhang und knirschenden Stiefeln stürzte sich Erclan auf den Werwolf. Die Dudinterklinge zuckte herab.

Sein Körper und der breite Mantel verdeckten das Ergebnis des Hiebes. Der Werwolf stieß einen durchdringenden, jammernden Schrei aus und ließ davon ab, das Mädchen anzugreifen. Wieder hob Erclan die Klinge.

Mir zuckte der Gedanke durch den Kopf: *Nun werden wir es sehen!*

Das Schwert fuhr herab, der Werwolf fauchte und huschte davon, Erclan haute daneben und lief vorwärts. Mit wenigen riesigen Sprüngen war der Werwolf im Gebüsch verschwunden.

Seg stand schweratmend neben mir.

»Zum Teufel! Erclan hat das Ungeheuer getroffen, davon bin ich überzeugt ... wieso ...?«

In meinem Zorn machte ich keine überflüssigen Worte. »Das Dudinter hat versagt!«

10

»Das goldsilbern legierte Schwert hat versagt!«

Menschen liefen herbei, Fackeln leuchteten die Szene noch heller aus. Erclan beugte sich über das Mädchen, dem sich das lange weiße Kleid um die Beine gewickelt hatte. Brüllend liefen wir zu den beiden hinüber. Der Zorn, der von mir Besitz ergriffen hatte, machte auch Seg zu schaffen, das wußte ich. Wir hatten unsere Hoffnungen auf das Dudinter als Mittel gegen den gefährlichen Angreifer gesetzt, wir hatten angenommen, daß wir damit die Möglichkeit in die Hand bekamen, den Ganchark zu bekämpfen. Statt dessen dieser Fehlschlag, diese Katastrophe ...

Naghan die Mücke hatte seine drei anderen Dudinterklingen zusammengerafft und eilte uns nach. Seg schnappte sich einen Drexer, ich einen zweiten, und schon rannten wir über den Pfad und folgten der Spur des Werwolfs. Wir sahen Blutstropfen auf dem Kies — schwarze Münzen im Lichte der Monde.

Wächter mit Fackeln begleiteten uns. Ein ganzer Mob, Seg und ich in der Mitte, war schließlich in die Verfolgung verwickelt.

Weiter vorn ertönte ein Fauchen, dann schrillte ein spitzer Schrei, plötzlich unterbrochen, durch die nächtliche Luft. Wir alle wußten, daß der Werwolf ein neues Opfer gefunden hatte.

Uns bangte vor der Szene, die wir antreffen würden — im Laufschritt passierten wir einen Kreis schmaler Bäume, dann eine Anhebung und stürmten schließlich durch ein Gebüsch auf den dahinterliegenden Weg.

Ein Wächter lag auf dem Boden und streckte Arme und Beine von sich. Das Schwert lag nutzlos neben ihm. Blut entströmte seiner Schulter und schimmerte schwarz und rot im näher kommenden Licht der Fakkeln. Er versuchte den anderen Arm zu heben und zeigte eine Richtung an.

»Dort entlang ... schrecklich ... schrecklich ...«

»Bleib ruhig liegen!« sagte ich und wußte zugleich, daß meine Worte nutzlos waren.

»Holt einen Nadelstecher!« brüllte jemand.

Einige Wächter folgten im Laufschritt dem Weg, aber die Blutspuren waren verschwunden, hörten auf jene magische Weise auf, die auch das Verschwinden des Fellfetzens unerklärlich machte.

»Halt!« bellte ich. »Es hat keinen Sinn, die Verfolgung fortzusetzen. Das Monstrum ist verschwunden. Kümmert euch um Wenerl den Leichtfüßigen! Und bleibt alle dicht zusammen.«

»Aye«, sagten sie und schauten nervös in die Runde.

Die Ärzte konnten Wenerl den Leichtfüßigen äußerlich wieder zusammenflicken; ich fragte mich aber, was das fürchterliche Erlebnis seinem Verstand antun würde, seinem Mut, seiner Entschlossenheit.

»Das Mädchen ist in Sicherheit, Majister«, meldete Erclan, der keuchend herbeilief. »Und Fodor hat ein oder zwei gebrochene Rippen. Aber ...« Sein Blick fiel auf Wenerl den Leichtfüßigen. »Bei Vox! Das Biest hat wieder zugeschlagen!«

Ich hielt es für angebracht, den Versuch zu machen, gegen die Ängste anzugehen, die uns alle noch tiefer in die Katastrophe reißen konnten. Aber was sollte ich sagen? Die Goldsilberlegierung hatte nichts genützt — doch welches andere Mittel gab es, gegen das Böse vorzugehen, das uns umschlich und das unsichtbar blieb, bis der Augenblick des Todes herangerückt war?

»Hört zu, Gefährten«, sagte ich und sprach dabei nicht viel lauter als sonst. Wie üblich macht sich dabei meine Stimme bemerkbar wie ein alter rostiger, kiesgefüllter Eimer, der über einen Felshang geschleift wird. Die Männer verstummten sofort. »Der böse Einfluß, der uns hier in Vondium heimsucht, ist lediglich ein Übel.

Man wird Wege und Methoden entwickeln, es zu vernichten. Die Weisen, die Zauberer — sie werden etwas finden. Die Priester werden uns Kraft schenken. Ich fordere euch nicht auf, mutig zu sein, denn das seid ihr bereits, wie ich genau weiß, denn haben wir nicht schon auf manchem Schlachtfeld Schulter an Schulter gestanden? Haltet zusammen, wandert nicht allein herum. Ich sage euch eins — es gibt keine mächtigeren Zauberer als die Zauberer aus Loh, die uns nachdrücklich unterstützen und beraten. Tod dem Ganchark!«

»Aye!« brüllten sie. »Tod dem Ganchark!«

Ich fühlte mich nicht sonderlich großartig, als ich nach diesen Ereignissen Deb-Lu Quienyin aufsuchte, um mit ihm zu sprechen. Wenerl der Leichtfüßige rief uns nach: »Hai, Majister! Hai jikai, Dray Prescot!«

Wie gesagt, ich fühlte mich alles andere als großartig.

Wenerl war Kampeon, ein erfahrener Kämpfer der 1SWH. Seine Brust zierten drei Bobs, drei Medaillen, von denen jede eine tapfere Tat dokumentierte. Er war Shiv-Deldar und kannte sein Geschäft. An diesem Abend war seine Freizeit auf das unangenehmste unterbrochen worden, und ich fragte mich ein zweitesmal, ob der Werwolfangriff ihn in seiner Grundeinstellung erschüttern würde. Ich hoffte sehr, daß er sich nicht davon beeinflussen ließ. Aber es ist eine Sache, sich der dröhnenden Attacke eines Feindes aus Fleisch und Blut gegenüberzusehen, doch eine gänzlich andere, das unerklärliche Böse des Werwolfs gegen sich zu wissen.

Bestimmt gab es nun unzählige Mutmaßungen unter den Leuten, die sich eigentlich hatten vergnügen wollen. Die Gerüchte würden hundert verschiedene Geschichten entstehen lassen. Um so wichtiger war es, schleunigst konkrete Nachrichten zu verbreiten.

Aber konkret konnten diese Meldungen erst werden, wenn ich von Deb-Lu erfahren konnte, was die Ereignisse bedeuteten — bis dahin war erschreckend wenig zu sagen, bei Krun!

Seg blieb mit energischen Schritten an meiner Seite, während ich im Lärmen der Festgäste über Gartenwege eilte, die durch die in den Bäumen hängenden Fakkeln erleuchtet wurden. Im Gehen drehte er den Pfeil zwischen den Fingern. Sein eindrucksvolles Gesicht wirkte beunruhigt.

»Was soll geschehen, wenn das Dudinter nichts nützt, mein alter Dom?«

»Deb-Lu wird die Antwort darauf wissen. Sonst hätte er uns bestimmt nicht gesagt, daß Dudinter die Lösung wäre.«

»Da hast du recht. Es gibt also noch mehr zu erfahren.«

»Offenkundig.«

Der Zauberer aus Loh war in seinem Zaubererturm nicht anzutreffen. Erst vor kurzem hatte er zwei Lehrlinge angenommen. Die beiden hatten natürlich keine Chance, zu Zauberern aus Loh heranzuwachsen, doch mit der Ausbildung, die Deb-Lu ihnen geben konnte, konnten sich sich bei fleißigem Studium zu fähigen Zauberern entwickeln. Zunächst aber waren sie mit Handreichungen beschäftigt; sie holten Dinge, stellten Mischungen zusammen, hackten Holz und holten Wasser, wie es Lehrlinge seit jeher taten. Einer der beiden, ein hagergesichtiger Bursche mit einer feuchten Warze an der Nase, hob bei unserem Eintritt den Kopf.

»Majister ...«

»Wo ist dein Herr, Phindan?«

»Er hat nicht mich mitgenommen, sondern Harveng. Ich soll ...«

»Wo ist dein Herr, Phindan? Ich habe dich jetzt schon zweimal gefragt.«

»Ja, Majister, ja. Er ist bei Kyr Emder ...«

»Zum Teufel!«

Seg setzte sich sofort in Bewegung, ohne seine Reaktion im geringsten zu erklären. Ich folgte ihm. Was hatte ein mächtiger Zauberer aus Loh mit dem guten alten Emder zu schaffen?

Wir fanden die beiden in der Küche neben Emders Unterkunft, in der er persönlich die Vorbereitung jener Gerichte überwachen konnte, auf die er sich hervorragend verstand. Alles war fleckenlos sauber. Die Kupferpfannen funkelten im Lampenschein. Die geschrubbten Tischflächen leuchteten wie feinstes Leinen. Unter den Kochplatten und Rosten waren die Flammen auf genau die richtige Temperatur gebracht worden. Es herrschte ein unbeschreiblich angenehmer Duft.

Deb-Lus schiefer Turban stand einsam auf einem Tisch. Der Zauberer hatte auch die äußere Robe abgelegt und an einen Haken hinter die Tür gehängt. Er und Emder starrten in einen auf dem Herd stehenden Kupfertopf und rührten mit einem langen Holzlöffel darin herum. Ich sog das Aroma ein.

»Das riecht mir aber völlig unbekannt.«

Beide Männer fuhren herum.

Emder lächelte. Deb-Lu war beschäftigt und rief nur: »Jak! Ausgezeichnet. Du hast die ersten Waffen gebracht. Du kommst gerade rechtzeitig. Kyr Emder ist in solchen Dingen wirklich unersetzlich.«

Ich atmete ein und wieder aus. Ich glaubte zu verstehen.

Seg lachte. »So ist das also. Ich bin sehr erleichtert, das kann ich euch sagen!«

Wir waren allein in der Küche, und ich sagte: »Du hast nicht daran gedacht, eine Wache vor die Tür zu stellen?«

»Wir fanden«, sagte Emder langsam, »daß das nur die Neugier der anderen geweckt hätte, die wir hier nicht brauchen können.«

»Du hast recht.«

»Ist es fertig, San?« Seg schaute in den Topf.

»Das Mittel hat gerade den erforderlichen Grad der Verdunstung erreicht.« Wenn Deb-Lu sich dermaßen geschwollen äußerte, standen zumeist wichtige Dinge bevor.

Zwischendurch: [redacted] Kyr Emder und Deb-Lu gemeinsam am Herd: Werden die beiden ein wirksames Mittel gegen den Ganchark zusammenbrauen? Wir können ihnen dabei nicht helfen. [redacted] Wer aber nicht gegen Werwölfe, sondern nur mit dem kleinen Hunger kämpft, dem können wir unser Rezept verraten: Einfach heißes Wasser bereiten und dazu den … [redacted]

Seg hob den Kopf. »Mittel?«

Deb-Lu atmete schnaufend. »O ja, Seg, du hast ganz recht. Ich kann mir nicht vorstellen, daß wir den Ganchark dazu bringen, das Maul zu öffnen, damit wir ihm die Flüssigkeit in den Hals schütten können. Es muß wohl eher eine Injektion stattfinden, bei den Sieben Arkaden, ja!«

Er schaute sich in der Küche um, hob ziemlich automatisch den Kopf, um sich den Turban geradezurücken, und mußte feststellen, daß sein Kopfschmuck diesmal fehlte.

»Ich warte nun auf die Rückkehr Harvengs. Ich fürchte, er ist beinahe so faul wie sein Kumpan Phindan; dabei müssen die beiden intensiv lernen, wenn sie es in der okkulten Welt der Thaumaturgie überhaupt zu etwas bringen wollen!«

Mit einer Kopfbewegung deutete Deb-Lu auf ein Häufchen Zweige und Blätter auf dem Boden — eine Ansammlung, die in Emders aufgeräumter Küche irgendwie fehl am Platze wirkte.

»Der Bursche hat sich bei diesen Pflanzen schlimm vergriffen, obwohl ich ihm genaue Anweisungen gegeben hatte. Nun ja, wir waren alle mal jung.«

Emder rührte einmal energisch im Topf herum.

»Wenn Harveng nicht bald zurückkommt, San, dann könnte die Brühe verderben — das sage ich natürlich nicht als Zauberer, sondern als Koch.«

Welches üble Schicksal Harveng gedroht hätte, sollten wir nicht herausfinden, denn in diesem Augenblick schob er die Tür auf und trottete herein. Er war ein rotgesichtiger rundlicher Jüngling mit großen Ohren, doch trug er in der Hand einen frisch abgerissenen Ast, der Deb-Lu ein zufriedenes Nicken abnötigte.

»Wie ich sehe, junger Harveng, brauche ich nicht auch noch den Rest meines Vertrauens in dich zu verlieren. Los, mach die Blätter ab, schnell!«

Harveng führte den Auftrag aus. Emder machte sich

sofort über die zusammengerollten Blätter her und zerkleinerte sie mit unglaublicher Geschwindigkeit auf dem Hackbrett. Die Fingerspitzen waren eingeknickt, die Knöchel zur Seite gereckt, das Messer hackte — *peng-peng-peng* — in großem Radius herunter, erst in die eine Richtung, dann um neunzig Grad versetzt. Grüner Saft quoll hervor.

Deb-Lu hob die zerkleinerten Blätter mit einem Spachtel aus Elfenbein an. Er wog sie auf seiner Waage, einem schmalen Gebilde aus Balass und Elfenbein, das an einem Seidenfaden hing. Die erforderliche Menge kam in den Topf, und Emder ergriff den Holzlöffel und betätigte ihn mit der Lässigkeit des erfahrenen Kochs.

Deb-Lu seufzte.

»Die Sache darf sich auf keinen Fall herumsprechen, Jak. Du kennst die Geschichte des Gancharks von Therminsax ...«

»Jedermann hat gehört, daß Dudinter angeblich den Werwolf erledigt, Deb-Lu. Bestimmt sogar der Werwolf selbst. Das unsägliche Geschöpf hat sich bestimmt herrlich darüber amüsiert, ehe es erneut zuschlug.«

»Ach?«

Die beiden waren so sehr mit der Vorbereitung des Mittels beschäftigt gewesen, daß sie von den Ereignissen im Garten nichts mitbekommen hatten. Wir setzten sie ins Bild.

»Und dem Mädchen ist nichts passiert? Und den beiden Männern? Bei Hlo-Hli — welch ein Durcheinander! Ich hätte mich persönlich schuldig gefühlt, wären sie ums Leben gekommen, denn sie wären in dem Glauben gestorben, daß ich sie verraten hätte ...«

»Niemals, Deb-Lu, niemals! Und Wenerl der Leichtfüßige ist kein junger Bursch mehr, kein grüner Coy, sondern ein Kampeon. Wenn er ein Dudinterschwert in der Hand hält, das mit deinem Mittel getränkt wurde, wird er ganz andere Empfindungen haben, das kannst du mir glauben!«

»Aye«, sagte Seg. »Und das bringt uns auf den Kern des Problems, das es wirklich in sich hat.«

»Wieviel von dem Mittel ist nötig?« Ich hielt die Nase über den Topf. Der Geruch war nicht unangenehm; er erinnerte an Gemüseeintöpfe, unterlegt mit einem bittersüßen Kräuteraroma.

»Ein einziger Tropfen genügt, wenn man Zeit hat. Soll der Erfolg aber schneller eintreten, so muß mehr aufgetragen werden, bis zu einem vernünftigen Limit — eine etwa sechs Zoll hohe Schicht auf dem Schwert. Alles, was darüber hinausgeht, würde keine Wirkung mehr entfalten.«

»Dann könnte ein einziger Pfeil ausreichen?«

»Natürlich, Seg, natürlich.«

Seg hob seinen Pfeil, schaute auf den Zauberer aus Loh, sah ein zustimmendes Nicken und tauchte die Spitze in den Sud. Er rührte ein wenig herum und zog sie wieder heraus. Einige Tropfen wurden abgestreift. Die Pfeilspitze schien sich nicht verändert zu haben.

»Das ist alles schön und gut. Aber ... wie packen wir das praktisch an?«

»Wenn Deb-Lu nichts dagegen hat«, sagte ich, »würde ich die verschiedenen Tempel einschalten wollen.«

»Ha!« rief Deb-Lu.

»Ich verstehe, was du meinst.« Seg legte den Pfeil nieder und zog das Dudinter-Schwert. »Wir müssen das zusätzliche Mittel geheimhalten, damit der Werwolf nichts davon erfährt. Wenn die Kirchen die Waffen segnen und salben und die Leute wissen, daß sie eine gesalbte Waffe brauchen — ja, das könnte klappen.«

»Es wird klappen.« Deb-Lu machte kehrt und starrte mürrisch auf Harveng, der sich im Hintergrund hielt. »Junge, hier geht es um ein wichtiges Geheimnis der Thaumaturgie und des Reiches. Du wirst nichts von dem verlauten lassen, was in diesem Raum geschehen ist. Solltest du doch etwas sagen, werde ich davon erfahren. In einem solchen Fall würde ich dich verwandeln in ... Na? ... eine kleine grüne Kröte? Einen kleinen braunen Frosch? Einen schleimigen leuchtenden Wurm?«

»Nein, Herr, nein!« Harveng war rot angelaufen und drohte in Tränen auszubrechen. Schweiß stand ihm auf der Stirn. »Nein!« stammelte er. »San, ich verrate nichts!«

»So soll es sein!«

Seg, Emder und ich hielten den Mund, wie es sich gehörte, während die Zauberkräfte wirkten.

Dann hüstelte Seg und sagte: »Noch etwas, San. Stahl konnte dem Werwolf nichts anhaben. Mein Pfeil riß nur ein Stück Fell los, das kurze Zeit später verschwand. Und jetzt haben wir dieses Mittel, das die Goldsilberlegierung zu einer wirksamen Waffe macht. Aber was ist mit dem Dudinter-Schwert, mit dem Erclan den Werwolf getroffen hat?«

»Du hast recht. Dudinter hat bis zu einem gewissen Grade allein die Fähigkeit, Gancharks zu verwunden. Töten kann es ein solches Wesen nicht, wie ja aus deinem Bericht hervorgeht. Jedenfalls weiß das Ungeheuer, daß es Möglichkeiten gibt, es zu verwunden oder zu vertreiben.«

Wieder hob Deb-Lu die Hand, um den nicht vorhandenen Turban zurechtzurücken. Er schaute zu mir herüber, wandte dann den Blick ab und sagte seufzend: »Du mußt bedenken, Jak, daß das alles nur in der Theorie funktioniert.«

»Ach?«

»Aye, aye. Dudinter ... nun ja, das ist ziemlich leicht. Und das Mittel — also das kenne ich schon aus meiner Kindheit. Aber in der Realität, im konkreten Fall. Nein, nein, Jak, man muß die Ereignisse abwarten!«

»Verstehe. Du hast es bisher also nie mit einem Werwolf zu tun gehabt?«

»Genau.«

»Wenn Erclans Klinge das Ungeheuer schon in die

Flucht jagen konnte«, sagte ich, »dann hat die Legierung bestimmt eine Wunde gerissen. Ein geschickter Schlag gegen den Hals könnte dem Untier den Kopf kosten, und dann ...«

»Nicht ganz, Jak. Die Veränderung, die der Werwolf durchmacht, setzt schon voraus, daß ihn Thaumaturgie umgibt, daß eine Art von Magie wirksam wird. Stahl prallt ab, das haben wir gesehen. Dudinter kann Wunden reißen; aber es wird allgemein angenommen, daß dieses Metall nicht zurückprallt, sondern ...«

»Wie wäre das möglich?« fragte Emder.

»Der Werwolf besitzt ausgeprägte Fähigkeiten zur Regeneration. Der Stahl durchdringt Fell, Haut, Fleisch und Blut, aber die Wunde heilt sofort wieder. Kaum ist der Stahl durch und hat die Kerbe geschlagen, verbindet sich das Fleisch wieder, das Blut zirkuliert.«

»Gälte das auch für einen abgeschlagenen Kopf? Würde die Zeit zur Regenerierung ausreichen?«

»Zweifellos.«

»Wenn diese Theorie zutrifft ...«, warf Seg ein. Er sprach mit leiser Stimme. Vermutlich überlegte er, welche Wirkung ein Pfeil haben würde, und wollte lieber nicht danach fragen.

»Zutreffend oder nicht — wir müssen davon ausgehen, daß San Quienyins Mittel wirkt. In den Legenden wird so mancherlei erzählt; wir müssen dieses Geheimnis bewahren.«

Deb-Lu sagte hastig: »O nein, Jak. Das Mittel ist nicht meine Erfindung. Über seine Geschichte verrate ich dir nichts, nur so viel, daß es Ganjid heißt.«

Ich zog mein Dudinterschwert und sagte zu Emder: »Hast du einen Pinsel für Kuchengüsse? Du wirst noch mehr Ganjid herstellen?«

»Den ganzen Tag und die Nacht hindurch, wenn es nötig sein sollte.« Er brachte mir den Pinsel.

»Und ein gut verschließbares Fläschchen. So wie man es für Gewürze verwendet.«

Seg und ich pinselten nun abwechselnd die Ganjid-Flüssigkeit auf unsere Schwertklingen. Wir trugen dick auf und hielten uns nicht an die Sechs-Zoll-Grenze, die ausreichend war, vielleicht aber auch nicht. Die Flüssigkeit funkelte kurz auf dem Metall und schien dann darin zu verschwinden. Sie schien nicht zu trocknen. Es war, als versickere das Mittel im Metall, als werde es davon absorbiert.

Emder bracht eine kleine Flasche, die ich füllte und in einer meiner Gürteltaschen unterbrachte. Seg folgte meinem Beispiel.

»Du wirst mit den vier Schmieden und Naghan sprechen müssen. Alle neuen Dudinterwaffen müssen gesegnet werden. Ich veranlasse, daß Farris mit den Oberpriestern spricht.«

»Das Mittel wird bereitstehen«, versprach Deb-Lu.

Harveng, der uns vier beobachtete, mußte das Gefühl haben, einem absonderlichen Schauspiel beizuwohnen. Ein furchterregend mächtiger Zauberer, ein Leibdiener, ein kampfstarker Bogenschütze aus Loh und ein Herrscher standen in einer Küche um einen brodelnden Topf. Dabei vergaß ich nicht, daß der berühmte Bogenschütze aus Loh zugleich auch König war. Wir waren wie eine Verschwörerbande, die nächtens geheime Dinge plante. Hätte jemand zu uns hereingeschaut, hätten wir ausgesprochen geheimniskrämerisch gewirkt. O ja, wir standen im Kampf gegen eine finstere, verborgene Macht und suchten dagegen finstere und geheime Mittel.

»Ich weise Targon den Tapster und Naghan ti Lodkwara an, unauffällig eine Wache aufzustellen. Niemand soll uns hier bespitzeln.« Ich reckte mich, schob das Schwert in die Scheide und rückte den Gürtel zurecht. »Also — dort draußen treibt sich ein opazverfluchter Werwolf herum. Ich glaube, ich schlendere mal ein bißchen herum und finde heraus, was Dudinter und Ganjid ausrichten können.«

Bei diesen Worten empfand ich einen Anflug von Zweifel — was ich hier ohne Scham, ohne Beschönigung eingestehe.

Würde die mit dem Werbann bestrichene Goldsilberlegierung wirken? Ließ sich überhaupt etwas gegen das unsägliche Böse ausrichten, das Vondium befallen hatte?

Ich sah, wie Seg mich musterte und dabei den Kopf ein wenig auf die Seite legte. Nun ja, er ahnte wohl, was ich dachte. Guter alter Seg! Ich raffte mich auf.

»Ich möchte zuerst einmal selbst gegen das verflixte Biest antreten. Ich glaube durchaus an deine Theorien, deine Arbeit, deine Leistungen, Deb-Lu. Aber andererseits ... nun ja, ich muß sichergehen. Ich hätte es nicht gern, wenn irgendeinem jungen Gardisten etwas zustieße, und ich wäre nicht zur Stelle.«

Seg lachte.

»Was! Etwas Wichtiges ereignet sich, und Dray Prescot wäre nicht in der Nähe! Das gibt's doch nicht ...«

Die anderen rangen sich ein Lächeln ab, und ich knurrte vor mich hin. Damals ahnte ich nichts von der Wahrheit, der schlimmen, schrecklichen Wahrheit hinter Segs spöttischen Worten.

11

In dieser ereignisreichen Nacht ließ sich der Werwolf nicht mehr blicken, und in den nächsten Tagen entfalteten ich und meine Gefährten eine hektische Betriebsamkeit. Es gab viel zu tun. Die Streitkräfte, die Turkos Armee verstärken sollten, mußten ausgewählt und zusammengestellt werden. Unzählige Delegationen aus unserem Teil Vallias sprachen mit ihren Kümmernissen vor, und ich mußte ihnen zuhören und ihr Anliegen ehrenvoll regeln, so gut ich es vermochte. Die Gerechtigkeit mußte die Oberhand behalten. Daneben war mir das Staatsbudget ein ständiges Ärgernis. Die Steuern — nun ja, mit dieser Blasphemie will ich Sie verschonen. Ich bin zwar ein Herrscher, der die Steuern seines Volkes brauchte, um für die Dinge zu zahlen, die in einem Reich nun einmal anfielen, so wacklig es auch auf den Beinen stehen mochte; andererseits konnte ich jammern wie jeder Bürger, wenn es darum ging, meinen Obolus zu entrichten. Nun ja, bei Zair! Es gibt Steuern und Steuern. Eine gerechte Steuer, die dabei hilft, das Land auf angemessene, anständige Weise zu lenken — nichts dagegen. Eine ungerechte Steuer, die nur die hohen Herren immer reicher werden läßt — auf keinen Fall!

Wie dem auch sei, ich war der Herrscher und kein Robin Hood. Ich verwendete die Steuern so vernünftig, wie ich konnte, wobei sich vor allem das Presidio über die Verteilung den Kopf zerbrechen mußte. Ich weigerte mich, im herrschaftlichen Palast irgendwelche Neubauten in Angriff zu nehmen, und besserte nur jene Teile aus, die sinnvoll waren. So verfiel ein großer Teil der früheren Pracht immer mehr.

Wir mußten eines der äußeren Gebäude mit einem neuen Holzdach versehen, um die Jikai-Vuvushis unterzubringen, die Marion eifrig für mich organisierte.

Delia hatte sicher die Hand im Spiel bei dem Umstand, daß die Anwerbung für das neue Regiment nicht auf die Schwestern des Schwertes beschränkt blieb. Dafür war ich ihr dankbar.

»Ich gehe bei der Auswahl der Mädchen sehr streng vor«, vertraute Marion mir an einem windigen Vormittag an, als wir uns daran machten, die ersten Lieferungen an goldsilbernen Waffen zu inspizieren, die von den vier Schmieden hergestellt worden waren.

Inmitten der schimmernden Reiterhorde, die uns begleitete, fiel mir ihr Verlobter, Strom Nango ham Hofnar, als besonders prachtvolle Erscheinung auf.

»Das freut mich zu hören, Marion. Ich weiß zwar sehr wenig über diese Damen, doch soll ja jede einzelne ein ganzes Regiment Männer aufwiegen.«

Sie reckte das Kinn. Nun ja, bei Zair! Allerdings war meine scherzhafte Bemerkung nicht ganz so kühn, wie sie sich anhörte — immerhin enthielt sie ein Körnchen Wahrheit. Marion hielt es für angebracht, das Thema zu wechseln, und machte eine abfällige Bemerkung über den Wind und die Regentropfen, die uns zuweilen heimsuchten.

Die vier Schmiede waren sehr fleißig gewesen. Wächter umringten die aufgestapelten Waffen. Wie bei solchen Gelegenheiten üblich, hatte sich eine gaffende Menge versammelt.

»Gut gemacht, ihr Schmiede«, sagte ich, schwenkte energisch einen Thraxter und versuchte Zim und Genodras entlang der Klinge aufschimmern zu lassen. Aber dafür ballten sich die Wolken zu dicht, und gerade in diesem Augenblick begann der Regen heftiger zu fallen. »Sorgt dafür, daß die Waffen in den Tempel gebracht werden! Entsprechende Befehle kommen von Lord Farris.«

»Jawohl, Majister.«

Die wolkenverhangene kleine Szene war nicht dazu angetan, meine Laune zu steigern. Bei den widerlichen, verkommenen Eingeweiden und übelriechenden Achselhöhlen Makki Grodnos! Oh, ich war ziemlich gereizt in meiner Sorge um Vallias Sicherheit! Am liebsten wäre ich losgeritten, um Turko gegen Layco Jhansi beizustehen. Aber ich mußte mir auch überlegen, wie die Erbfolge der armen alten Natyzha Famphreon zum Vorteil Vallias gelöst werden konnte, und nicht nur das: mich beschäftigten darüber hinaus viele schwierige Probleme, von denen ich hier noch gar nicht sprechen konnte. Zu allem Übel war Delia noch irgendwo unterwegs. Ja, ich mußte den Stachel dieser Situation hinnehmen, wie es unter Kregern heißt.

Zu einer Sache, die mich beschäftigte, hätte ich gern Delia befragt.

›Hör mal‹, würde ich sagen, nachdem wir uns angemessen begrüßt hätten, ›warum wird das neue herrschaftliche Garderegiment aus einem Kader der Schwestern des Schwertes zusammengestellt? Warum hast du nicht auf den Schwestern der Rose bestanden? Das ist mir ein Rätsel.‹

Nun ja, je eher ich die Antwort bekam, desto besser. Nicht wegen der Antwort, o nein! Sondern weil ich um so eher wieder mit Delia zusammenkommen würde.

Der für die Weihung der Waffen erwählte Tag war der Tag des Höchsten Opaz in Seiner Pracht. Natürlich hat bei den Kregern jeder Tag irgendwie einen Namen. Wenn man bedenkt, wie viele Religionen es auf diesem Planeten gibt, kann man sich vorstellen, daß manche Tage unter der Last ihrer Namen förmlich zusammenbrechen.

Heute waren auch andere Religionen angesprochen und wollten gern ihren Segen dazu geben. Ich erspare Ihnen die Auflistung der Götter und der Namen für diesen Tag.

Es möge an Anmerkung genügen, daß die Bevölkerung herbeiströmte, um der Weihe der neuen Dudinterwaffen beizuwohnen. Die Priester spielten ihre Rolle gut. Trompeten ertönten, Fahnen flatterten und knallten, denn das unruhige Wetter hatte noch nicht nachgelassen. Wolken verdeckten die strahlenden Sonnen. Regen strömte und wurde vom Wind in die Gesichter der Zuschauer gepeitscht.

In der Menge hinter mir murmelte ein Unbekannter, daß dieser Tag ja wohl nichts Gutes verheiße.

Ich hielt den Mund.

Bei jedem großen Unternehmen muß man mit dem Einspruch hasenfüßiger Mahner rechnen. Aber heute hatte sogar ich das Gefühl, als stecke dieser Tag voller schlimmer Vorzeichen.

Vor allem ein Gedanke ließ mich bis ins Mark erstarren.

Irgendwo dort draußen, inmitten der Menschenmassen, die an der Weihezeremonie teilnahmen, stand ein Mann, der kein Mensch war, der mehr war als ein Mensch: ein Werwolf.

Sicher hatte er eine fromme, unterwürfige Haltung eingenommen und senkte den Kopf, wenn es angebracht war, ging sogar auf die Knie nieder und schaute auf die Freiluftaltäre und Priester, und nahm an den Gesängen und Gebeten teil. Was dachte dieser Mann?

Empfand er Verachtung für uns arme sterbliche Dummköpfe?

Oder beschäftigten ihn schlaue Pläne, mit deren Hilfe er uns alle hereinlegen wollte?

Oder durchtobte ihn hungrige Lust beim Gedanken an sein nächstes weibliches Opfer?

Oder spürte er sogar einen Anflug von Angst, wenn er sich in der riesigen Menge umsah und die Dudinterwaffen erblickte?

Nein, nein. Irgendwie konnte ich mir nicht vorstellen, daß der Ganchark sich vor unseren schicken Waffen, unseren Gesängen und Beschwörungen fürchtete.

Er stand fest in dem Glauben an seine übernatürliche Unverwundbarkeit.

Daran zweifelte ich nicht, während ich da im Regen

ausharrte und mit meinen Nachbarn immer nasser wurde.

Später am Abend, nachdem wir das Neunfache Bad absolviert und ausgiebig gegessen hatten, hörten wir Geschichten, die aus den verschiedenen Landesteilen zusammengetragen worden waren — demnach hatten sich alle möglichen schlimmen Vorzeichen bemerkbar gemacht. Wie üblich waren zweiköpfige Tiere geboren worden. Jeder bedauerliche Unfall wurde zu einer Warnung vor der Katastrophe hochgeredet.

Sogar die Kopflosen Zorcareiter waren gesichtet worden.

Darüber ärgerte ich mich, denn wir waren bereits aktiv gegen diesen dummen Aberglauben vorgegangen. Trotzdem glaubten die Leute daran, waren nach wie vor davon überzeugt, daß der Beginn schlimmer Zeiten die Kopflosen Zorcareiter hervorlockte und sie als warnende Symbole durch Vallia reiten ließ ...

Einen Kelch mit gutem Gremivoh-Wein in der Hand, wanderte ich auf die Terrasse hinaus. Die Sterne waren verdeckt. Durch die Säulenfenster hinter mir tönte das Lachen und Stimmengewirr der Menschen, die sich vergnügten. Mir war in diesem Augenblick eher nach Einsamkeit zumute; wäre mir jedoch der gute alte Seg gefolgt, hätte ich mich gefreut. Er sah mir kurz nach und wandte sich, ohne zu lächeln, wieder jenen zu, die ihn umstanden. Er kannte mich inzwischen ein wenig, der gute Seg Segutorio, König von Croxdrin, angehender Kyr-Kov.

Eine einsame rundliche Gestalt oben an der Treppe begann mich zu interessieren. Die Erscheinung schien zu schwanken und teilte sich sodann in zwei Personen. Ich näherte mich.

Oha!

Wenn solche Dinge passieren konnten, während das Regiment der Jikai-Vuvishis Wache hatte ...!

Ich kannte den Wächter, einen gewissen Nafto das

Haar. Er hatte wirklich reichlich Haare zu bieten und war eine große aufrechte Erscheinung. Nun fuhr er sich mit der Zunge über die Lippen und schluckte nervös.

Das Mädchen kannte ich natürlich nicht. Sie unterschied sich kaum von den Kampfmädchen, wie ich sie oft bei Schlachten, Scharmützeln und Attacken erlebt hatte. Ausgerüstet war sie wie eine Schwester des Schwertes; sie trug ein Rapier an der Hüfte, dazu war sie mit einer leichten Hellebarde bewaffnet, die ihr Amtszeichen war und mir anzeigte, daß sie eine diensthabende Jurukker sein mußte.

Der Vorfall war an sich nicht schwerwiegend, doch warf er eine grundsätzliche Frage auf und mußte mit Takt behandelt werden. Ein behutsames Vorgehen schien mir angebracht; ich bezweifelte, daß Heftigkeit zum Ziel geführt hätte.

Nun ja, wenn ein junger Mann und ein Mädchen in einer langweiligen Nacht gemeinsam Wache schieben müssen, dann kann sich schon mal die Natur zu Wort melden: ein Mann ist eben ein Mann, eine Frau eine Frau ...

»Lahal, Nafto«, sagte ich. »Wie geht es der Dame Nomee?«

Im Fackelschein sah ich, wie seine Wangen rot anliefen. Verstohlen schaute er links und rechts. Kein Wunder, wußte ich doch zufällig, daß er mit der Dame Nomee verlobt war.

»Lahal, Majister. Es geht ihr gut, danke der Nachfrage.«

»Gut.« Ich wandte mich an das Kriegermädchen. »Lahal, und wie heißt du?«

»Lahal, Majister.« Ich glaubte in ihren Augen ein wirklich seltsames Funkeln der Fackeln wahrzunehmen — ein helles Strahlen, das ich bemerkenswert fand. »Ich bin Jinia ti Follendorf, vor kurzem erst aus Hamal zurückgekehrt.«

»Du warst bei der Stromni Marion?«

»Ja, Majister. Wir wurden gerade noch rechtzeitig vom Jiktar und Strom Nango gerettet.«

»Ich kenne die Geschichte. Eine mutige, wenn auch traurige Tat.«

»Jawohl, Majister.«

»Also, Jurukker Nafto. Du gehörst der 2SWH an, und Jurukker Jinia ti Follendorf aus der neuen Einheit der Jikai-Vuvushis ist zweifellos deiner Obhut anvertraut worden.«

»Das ist richtig, Majister. Aber mein Dienst ist beendet, und ich warte nur noch darauf, daß Larghos der Dom mich ablöst.« Bei diesen Worten hörten wir schnelle Schritte auf den Fliesen. »Und da kommt er schon, Majister.«

Ich trat zurück und überließ die Wächter ihren Aufgaben. Der Deldar gestaltete die Wachablösung sehr flott, nachdem er mich in den Schatten entdeckt hatte — dabei war ich davon überzeugt, daß Deldar Fresk Ffanglion seinen Dienst immer und überall so forsch und sorgfältig versah. Larghos der Dom übernahm die Stellung. Nafto trat vor und hielt sich im Gleichschritt neben dem Deldar. Kurz bevor er den Befehl zum Abmarsch gab, schaute Fresk Ffanglion aufmerksam zu mir herüber.

Ich nickte.

Erleichtert marschierte er mit seinem Trupp zum nächsten Posten. Ich wechselte noch ein höfliches Wort mit dem neuen' Wächter und seiner Gefährtin Jinia ti Follendorf und schlenderte dann von der Terrasse in die Gartenanlage hinab.

Waren die Mädchen erst in ausreichender Stärke vertreten, um ein eigenes Regiment zu bilden, würden sie solchen Dienst auch allein versehen. Aber selbst dann mochte es noch Zeiten geben, da man Männer und Frauen grundsätzlich zusammen auf Wache schickte.

Nun ja, um die Natur kam man eben nicht herum. Wenn man sich einmischte, konnten die Folgen nur schlimmer sein, mochten sogar eine Katastrophe auslösen.

Der Regen hatte aufgehört. Die Luft war reingewaschen und verstärkte die nächtlichen Düfte. Die Mondblüten dufteten in wolkenlosen Nächten besonders stark und verdrängten alle anderen Aromen, die sich unter der Wolkendecke nun um so angenehmer bemerkbar machten.

Ich beschäftigte mich nicht mit der Frage, wieso das so war.

Im Kies hinter mir knirschten Schritte — es konnten nicht die leise patrouillierenden Wächter sein, und Segs erfahrener Jägerschritt war es auch nicht. Ich wandte mich um und erblickte Seg, der absichtlich schwerfüßig daherkam, um mich nicht zu überraschen.

»Hai, Seg!« sagte ich sofort und zeigte ihm damit an, daß er willkommen war. Ach, was sage ich da? Es gibt wirklich kaum einen Moment in meinem Leben, da mir Seg nicht willkommen wäre.

»Alles in Ordnung, mein alter Dom?«

»Eigentlich nicht.« Ich erzählte ihm von den beiden küssenden Wachhabenden.

Er konnte ein Auflachen nicht unterdrücken.

»Diese jungen Leute wissen nicht, wie gut sie es haben, beim Verschleierten Froyvil!«

»Wenn wir erst bei Turko sind und Layco Jhansi ordentlich in die Zange nehmen, ist für solche amourösen Nebenschauplätze die Zeit zu knapp. Das kannst du mir glauben.«

»Oh, aye!«

Wir erblickten die bleiche Gestalt des zwischen den Blumenbeeten laufenden Mädchens — in dem ungewissen Licht wirkte sie wie eine Motte.

Wie gesagt, wieder dachte ich nicht sonderlich darüber nach.

Seg setzte sich bereits in Bewegung. »Das dumme Ding ...!«

Was sie vorhatte, konnten wir nur vermuten. Wir eilten ihr nach.

Das heisere, fauchende Knurren, das verzweifelte Aufschreien, die schrecklichen gutturalen Laute bestialischen Triumphs spornten uns zu schnellstem Lauf an.

12

Gemeinsam stürmten wir durch das Gebüsch und erreichten eine Zone offener Blumenbeete. Das Blut wurde heftig durch meinen Körper gepumpt, das Herz schlug mir bis in den Hals. Das Gefühl des Schwertes in meiner Hand hatte etwas Beruhigendes, doch blieb ein Gefühl der Unsicherheit.

Der Werwolf wirkte groß und gefährlich. Das Mädchen lag flach auf dem Weg, ihr weißes Kleid schimmerte im ungewissen Licht.

Als wir näher kamen, hob der Ganchark den Kopf. Die Schnauze klaffte, scharfe Reißzähne schimmerten gelb in der Dunkelheit. Die wölfischen Augen leuchteten brennend rot.

Mit rutschenden Füßen kam Seg zum Stillstand. Der Bogen ruhte bereits in seiner Hand.

Von allen Bogenschützen aus Loh war Seg Segutorio der letzte, der bei einem solchen Anlaß ohne seinen sagenhaften lohischen Langbogen ausging. Er entwickelte den blitzschnellen Reflex, der das Auge zu blenden vermag und zog die Waffe, hob sie und schoß.

Ich stürmte seitlich und gebeugt unter der Bahn des Pfeils entlang, um Seg nicht in die Quere zu kommen.

Ehe ich den Werwolf und das Mädchen erreichte, war die Brust des Ungeheuers bereits mit drei Pfeilen gespickt.

Es kreischte unschön und hieb sinnloserweise mit den Tatzen nach den Pfeilen.

Dann hatte ich es erreicht.

Die mit Ganjid beschmierte Dudinterklinge bohrte sich in den Bauch des Monstrums, wurde gedreht und erreichte sein Herz. Das Ungeheuer stieß einen Schrei aus und stürzte.

Es landete auf dem Mädchen.

Ich gab dem Ganchark einen energischen Tritt und ließ ihn auf die Seite fallen. Das Mädchen hatte die Augen geschlossen, durch einen langen Riß im Kleid war Blut zu sehen, aber sie atmete noch.

Seg stand neben mir.

Wir atmeten schwer, als hätten wir den Werwolf nicht gerade hundert Schritte entfernt entdeckt, sondern wären eine riesige Strecke gelaufen. Seg trat mit dem Fuß gegen den grauen Körper. Das Fell war struppig und verfilzt, der abstoßende Kopf rollte haltlos herum, die Schnauze klaffte weit, die Zunge hing schlaff zwischen den gelben Reißzähnen.

»Geschafft!« sagte Seg und atmete energisch aus. »Erthyr sei Lob!«

»Aye«, fiel ich ein. »Bei Zim-Zair, ich glaube wirklich, das Ding ist tot.«

»O aye, mein alter Dom. Das verflixte Geschöpf ist durch und durch tot.«

Rufend und fluchend eilten die Wächter herbei und umringten uns. Hochgehaltene Fackeln erleuchteten die Szene. Blut schimmerte. Ich bellte ungeduldig: »Holt den Nadelstecher! Holt eine Punkturfrau! Das Mädchen ist schlimm verletzt!«

Mehr als eine Gestalt eilte fort — und das erfreute mich.

Wir standen im Kreis, und die Fackeln verbreiteten ihren orangeroten Schein. In der Helligkeit war jedes Detail auszumachen.

Einigen von uns stockte der Atem. Der eine oder andere unterdrückte Schrei war zu hören. Andere fluchten leise vor sich hin. Die meisten — und darüber freute ich mich — betrachteten das Monstrum mit versteinerten Gesichtern.

Der Werwolf veränderte sich.

Die unsägliche Metamorphose, die ihn befallen hatte, verlor nach seinem Tod an Wirkung und lockerte die

Fesseln, die ihn an die Wolfsgestalt banden. Das zottige graue Haar wogte und krümmte sich fort. Die gräßliche Schnauze schimmerte, während sie sich in den Mund und das Kinn eines Mannes zurückverwandelte. Die Ohren wurden runder und flacher. Alle Umrisse schienen zu fließen und zu schmelzen, so wie die Schokoladenfigur eines Kindes im Sonnenschein zergeht.

Der Ganchark aber verwandelte sich nicht in eine formlose Masse, sondern nahm eine andere Gestalt an — seine wahre Gestalt.

Wir schauten jetzt auf den Körper eines jungen Mannes.

Nun schnappten die Umstehenden erneut nach Luft, und diesmal waren mehr Flüche zu hören.

Vor uns lag die Leiche von Jurukker Nafto dem Haar.

Seltsamerweise teilten sich genau in diesem Augenblick die Wolken über uns in einer Brise, die wir nicht spürten. Das rosafarbene Licht der Jungfrau mit dem Vielfältigen Lächeln strömte herab. Im gleichen Augenblick öffneten sich alle Mondblüten. Urplötzlich war die Luft von dem durchdringenden Geruch dieser Blumen erfüllt.

Eine kräftige, gutgewachsene Frau drängte sich durch die Menge und verschaffte sich dabei mit einer geschickt geschwungenen Tasche Platz. Sie trug ein trompfarbenes Kleid mit hohem Kragen. Sie warf einen Blick auf den armen toten Nafto das Haar, sog den Atem ein und versorgte das Mädchen.

Die eindrucksvolle Erscheinung war eine Punkturfrau namens Prishilla die Otlora — ihr Zuname ließ sich etwa damit übersetzen, daß sie keinen Unsinn um sich duldete.

»Sie wird es überleben«, verkündete sie mit einer seltsam fürsorglich-barschen Stimme. »Nun macht mir Platz, damit ich arbeiten kann.«

Das schien den Bann zu brechen.

Garfon der Stab konnte das Kommando übernehmen. Er würde sich um all die häßlichen Kleinigkeiten kümmern, die in diesem ersten schwindelerregenden Augenblick meine Kraft zu übersteigen schienen, ob ich nun Herrscher war oder nicht.

Seg stieß mich an.

»Brassud, mein alter Dom. Es ist vorbei. Gehen wir einen trinken.«

»Aye. Du hast recht. Obwohl — es muß eine Untersuchung geben.«

»Selbstverständlich. Laß uns von hier verschwinden.«

Die Zuschauer, die bereits hier waren, gingen nicht, dafür kamen immer mehr Neugierige hinzu. Es herrschte eine drangvolle Enge, und Erregung lag in der nächtlichen Luft wie ein Gewitter, das sich zu entladen drohte. Ich versuchte nicht, dieser Entwicklung Einhalt zu gebieten. Die Leute sollten ruhig sehen, was es zu sehen gab. Es sollte sich ruhig herumsprechen, daß der berühmte und berüchtigte Ganchark von Vondium in die Falle geraten und getötet worden war.

Nieder mit dem üblen Geschöpf!

Ein Wächter erschien. Im Arm hielt er Teile einer Jurukker-Ausrüstung, die man hinter einem Busch gefunden hatte. Zweifellos hätte Nafto sie dort später abgeholt. Nun ja, nie wieder würde er die Uniform eines herrschaftlichen Jurrukers tragen, nie mehr durfte er stolz die Insignien des Herrschers zur Schau stellen. Er gehörte der 2SWH nicht mehr an.

Er war ein Werwolf gewesen.

Und nun war er tot.

Glaubst du, man wird ihn auf den Eisgletschern Sicces dulden?«

Ich beschäftigte mich mit dieser Frage, während mir Seg in Richtung Terrasse voranging.

»Warum nicht? Schließlich ist er jetzt wieder ein Mensch, und er ist tot. Bestimmt muß er ein Weilchen auf den Gletschern herumwandern und die Grauen kennenlernen, ehe er ...«

»Ach, das kann ich mir nicht recht vorstellen«, widersprach Seg. »Glaubst du, er erreicht das sonnige Oberland, das dahinter liegt?«

»Das weiß ich wirklich nicht. Ich bringe es einfach nicht über mich, den armen Teufel zu hassen. Wir müssen herausfinden, *warum* er sich in den Ganchark verwandelt hat.«

»Ich glaube, diese Erklärung hat noch niemand gefunden.«

»Eine große Last ist von uns genommen. Eine schwarze Wolke, die über Vondium lag, ist verschwunden. Wir müssen einen großen Dank- und Feiergottesdienst ansetzen. Die Priester gehen uns da bestimmt mit gutem Beispiel voran. Und dann dürfen wir Deb-Lu nicht vergessen.«

»Dank Opaz, daß es ihn gibt!«

Ein uralter Vers kam mir in den Sinn, während wir über die Terrasse und durch die Korridore gingen:

Märzwinde und Aprilregen
Bereiten den Blumen des Mai die Wege.

Nun ja, Zair weiß, daß die Jahreszeiten auf Kregen sich von denen der Erde sehr unterscheiden. Sinnbildlich hatten wir nun Regen und Wind hinter uns gebracht und konnten uns auf eine Zeit der Blüte freuen. So hofften wir.

Ha!

Kregen, ah! Kregen! Die Welt ist wild und erschrekkend, wunderschön und aufregend. Auf ihr ereignet sich vieles, was nach irdischen Verhältnissen einfach unglaublich wäre. Und weil Männer nun mal Männer und Frauen Frauen sind, tun sich auch viele Dinge, die ein Erdbewohner sofort wiedererkennen würde. Schönheit und Schrecken gehen offenbar Hand in Hand.

Wie auf Kregen üblich, entwickelte sich die Runde, die Seg, Nath na Kochwold, Farris und ich bildeten, zu einer längeren Veranstaltung, woraufhin wir in einen größeren Raum umzogen, wo auf allerlei Tischen Wein und Leckereien bereitstanden. Wir mochten die ganze Nacht hindurch reden und streiten und die Ereignisse durchhecheln — fragend, staunend, nachdenklich, voller Pläne für die Zukunft. Diese nächtlichen Zusammenkünfte gehörten, wie Sie wissen, für mich zu den wichtigeren Perioden, zu den Zeiten, da vieles von dem entschieden wurde, was später direkt auf das Schicksal Vallias, Paz' und ganz Kregens einwirken sollte. Gar nicht zu reden von den Auswirkungen, die diese Entscheidungen auf Delia und mich haben würden ...

Eine dieser Entscheidungen lief darauf hinaus, daß die Streitmacht, die Turko helfen sollte, unmittelbar nach dem bevorstehenden Dankgottesdienst zu starten hatte. Seg und ich wollten mitfliegen. Nachdem der Werwolf nun nicht mehr lebte, hielt uns nichts in der Stadt. Farris konnte die Dinge mit dem Presidio regeln, so wie er es in der Vergangenheit schon oft getan hatte.

Farris war nicht nur Justicar-Crebent des Herrschers, sondern zugleich Oberherr des vallianischen Luftdienstes.

»Ich kann dir für die Streitmacht ausreichend Voller und Vorlcas zur Verfügung stellen, Dray. Aber schick sie mir so schnell wie möglich zurück.«

Er brauchte mir nicht zu sagen, warum er die Flugboote und fliegenden Himmelssegler schleunigst zurückhaben wollte. In Vondium mußten wir bereit sein, jederzeit Armeen in alle möglichen Richtungen loszuschicken, um Invasionen zurückzuschlagen. Wir waren wie der sprichwörtliche blinde Mann in der Mitte, der von allen Seiten angegriffen wird und um sich schlagen muß.

»Vielen Dank, Farris. Einverstanden.«

Nath na Kochwold beugte sich herüber. Sein Gesicht wirkte ein wenig gerötet — nicht vom Alkohol, sondern weil er sich sichtlich bezwingen mußte. Ich ahnte, was nun kam.

»Also, Majis, die Lage ist die. Du nimmst die Sechste Kerchuri mit, um Kov Turko zu unterstützen, der schon die gesamte Vierte Phalanx bei sich hat. Damit gebietet er über drei volle Kerchuris. Nun also ...«

Ich unterbrach ihn milde: »Hast du nicht gesagt, die neue unerfahrene Fünfte Phalanx, die du gerade aufstellst, brauchte deine persönliche Fürsorge, Nath?«

»Nun ja, vielleicht habe ich mich wirklich einmal so geäußert.« Er machte eine umfassende Handbewegung. »Natürlich mochte das damals zutreffend sein. Aber die Truppen sind — und das weißt du auch — eigentlich nicht unerfahren. Und sie haben erstklassige Ausbilder. Nein, nein. Sie werden auch ohne mich Fortschritte machen. Die Position dreier voller Kerchuris im Felde, das möchte ich behaupten, Majis, erfordert den persönlichen Einsatz eines ...«

»Eines Kapt der Phalanx?«

Er hüstelte. »Du hast mir die Ehre erwiesen, mich zum Krell-Kapt der Phalanx zu ernennen. Ich meine wirklich ...«

»Na, laß mich darüber nachdenken.«

Auf seine umsichtige, aber auch ungestüme Art schaltete Seg sich in das Gespräch ein.

»Drei Kerchuris brauchen schon einen Krell-Kapt, Dray. Ich glaube, Turko und sein General Kapt Erndor haben die Neunte Armee dort oben ausgezeichnet gelenkt. Aber zusammen mit den Verstärkungen ...«

»Jeder hochrangige Chuktar kann das Kommando über eine Armee übernehmen und zu ihrem Kapt werden«, sagte ich. »Wenn die Feldzüge der Armee dann vorüber sind, gibt der Chuktar seinen Kapt-Titel wieder auf. Das ist einfach.«

»Aber die Phalanx ist anders. Nath ist Krell-Kapt der

gesamten Phalanx-Streitmacht. Es wird kaum je dazu kommen, daß alle Phalangen zusammen operieren. Die einzelnen Phalangen werden also von den Brumbytevaxes kommandiert, und die Kerchurivaxes mit ihren Kerchuris tun die eigentliche Arbeit, das ist allgemein bekannt. Also ...«

»Ich glaube, Seg, du hast da eben deine eigenen Argumente widerlegt. Wenn die Kervaxes die ganze Arbeit tun und die Brumbytevaxes somit ein Luxus sind, besteht für einen Vorgesetzten über allen noch weniger Bedarf.«

Nath trank vorsichtig einen Schluck Wein. Er schaute mich nicht an, er widmete auch Seg keinen Blick. Offensichtlich litt er sehr.

Der Name Brumbytevax war einer scherzhaften Bezeichnung entsprungen, einem Totem-Namen für die Kommandeure jeder Phalanx. Es traf durchaus zu, daß die Kerchurivaxes den größten Teil der Arbeit erledigten. Und daß die Bezeichnung für die Lanzenträger in den Reihen, Brumbyte, auf den Kommandeur der ganzen Phalanx durchgeschlagen war, warf ein interessantes Schlaglicht auf ihre Position. Andererseits waren die Phalanxkommandeure schon in schlimme Kämpfe verwickelt worden, wenn die Phalanx als Ganzes operierte ...

»Brytevax Dekor«, sagte ich, »erwartet vielleicht, zum Kommandeur der Sechsten Kerchuri gemacht zu werden, sobald sie sich seiner Vierten Phalanx anschließt.«

»Aye, Majis, aye!« ächzte Nath. »Das ist ja das Problem.«

Streng musterte ich Nath na Kochwold — der es mit der Disziplin sehr genau nimmt — und knurrte: »Kannst du mir persönlich garantieren, daß die Fünfte Phalanx trotz deiner Abwesenheit eine anständige Ausbildung erfährt?«

Er erstarrte und ließ den Weinkelch sinken. Zum

Glück war das Gefäß leer. Er schmetterte die Worte heraus, als befände er sich bei einer Parade.

»Aye, Majister! Ich versichere es dir, Opaz sei mein Zeuge!«

»Gut. Das genügt mir. Du kannst Seg danken. Auf seine raffinierte erthyrdrinische Art hat er die Logik völlig verdreht. Nath, du begleitest uns.«

»Danke, Majister!«

Ich wandte mich ab, um mir Wein nachzufüllen, und schüttelte innerlich den Kopf über die Spielchen, die erwachsene Männer trieben, wenn sie unbedingt in den Krieg ziehen wollten. Wenn man mir die Chance ließe, würde ich zu Hause bleiben und das Kämpfen und Töten anderen Idioten überlassen. Aber schließlich hatte man mich als Herrscher Vallias in die Pflicht genommen, und da mußte ich schon sehen, was ich für dieses Land erreichen konnte.

Die Torheit eines Mädchens wurde besprochen und ihr beinahe tragisches Ende, dem sie nur wie durch ein Wunder entkommen war. Nafto das Haar hatte so manche Schöne um den Finger gewickelt. Nun ja, ein Mädchen im Dienst zu küssen, war schon ziemlich schlimm. Er war mit Dame Nomee verlobt gewesen. Doch hatte er sich außerdem mit einem jungen Mädchen aus dem Palasthaushalt verabredet — einer Neuen, die ich noch nicht kannte. Offenbar hatte er sie dazu bringen können, den Werwolf zu vergessen. Trotz aller Warnungen, sich bei Nacht nicht allein ins Freie zu trauen, war sie losgehuscht, um die Verabredung einzuhalten, zweifellos im Banne von Ängsten, die nichts mit Gancharks zu tun hatten.

Die Arme Filti das Laken lag inzwischen im Bett, geschunden von einigen Krallen, doch sonst körperlich unversehrt. Wie schon bei Wenerl dem Leichtfüßigen fragte ich mich, ob Filtis Verstand sich von dem schrecklichen Erlebnis je erholen würde.

Deb-Lu Quienyin schaute auf seinem Weg ins Schlafgemach kurz vorbei. Er schien müde zu sein, doch unterwarf er die Folgen des Alters auch ohne magische Kräfte seinem unbeugsamen Willen.

Wir sprachen eine Zeitlang über die Ereignisse, dann sagte Deb-Lu: »Jak, ich muß dir von Phänomenen berichten, die in jüngster Zeit in der Umgebung des Palasts beobachtet wurden.«

»Phänomene?«

»Genau. Ich brauche wohl nicht zu betonen, daß es sich nicht um Erscheinungen der physischen Ebene handelt.«

»Nein.«

Der berühmte Zauberer aus Loh und ich hatten schon so manches haarsträubende Erlebnis überstanden. Er hatte mich als Jak kennengelernt und brachte es nur ab und zu über sich, mich Dray zu nennen. In großer Runde beschränkte er sich auf die vertraute Anrede ›Majis‹. Trotzdem war ich für ihn — wie für einige andere Leute — Jak geblieben.

»Ich war ziemlich abgelenkt gewesen von der Notwendigkeit, in meine Kindheit zurückzugehen und mich an Methoden der Werwolfbekämpfung zu erinnern, einschließlich der Formel für das Ganjidmittel, das Emder, der gute Mann, mein Zauberrezept nennt. Es sind hier okkulte Kräfte am Werk, die irgend etwas im Schilde führen — doch kann ich dir nicht sagen, worum es dabei gehen mag, denn die Heimsuchungen sind knapp und kurz.«

»Es handelt sich nicht etwa um einen anderen Zauberer, der sich in Lupu versetzt hat und uns bespitzelt?«

»Ich glaube nicht. Wahrscheinlich geht es bei dieser Erscheinung in gewissem Maße tatsächlich um die Erlangung von Informationen. Vallia hat überall Feinde. Aber nach dem Tod Phu-Si-Yantongs, nun, da konnte man eigentlich hoffen, daß sich böse Zauberer so schnell nicht wieder zu uns wagen würden.«

Ich bedachte meinen Zauberergefährten mit einem Lächeln.

»Auf Kregen, Deb-Lu? Daß man auf Kregen nicht mehr von bösen Zauberern oder Hexen heimgesucht wird? Ich bitte dich, alter Freund, dein Vertrauen in das Unvermeidliche müßte eigentlich größer sein!«

13

Meine Entscheidung, an Bord eines Vorlcas, eines der fliegenden Segelschiffe Vallias, in das nördlich gelegene Falinur zu fliegen, löste eine gewisse Unruhe aus, ich weiß, und muß sich seltsam ausgenommen haben. Vermutlich gab es Leute, die davon wenig angetan waren.

Der Flug in einem Voller, einem Luftboot, das sich nicht nur selbständig in die Luft erheben, sondern auch mit ziemlich großer Geschwindigkeit vorwärtsrasen kann, war ein begehrter Zeitvertreib. Voller waren nach wie vor rar. Die beiden Silberkästen, von denen einer ein Gemisch aus Mineralien enthielt, der andere Cayferm, sorgten für den Auftrieb; ihre Herstellung war nach den Verwüstungen in Hamal, woher die meisten noch immer kamen, von großen Schwierigkeiten begleitet. In Vallia wußten wir Silberkästen herzustellen, mit denen sich ein Schiff in die Luft heben ließ, indem es sich an gewisse Kraftlinien ätheromagnetischer Felder klammerte. So vermochte das Boot gewissermaßen einen Kiel abzusenken, Segel zu setzen und auch gegen den Wind zu kreuzen.

Vielleicht ist deshalb verständlich, warum ich an Bord eines Flugseglers gehen wollte. Für einen erfahrenen alten Seemann wie mich gab es da allerlei wiederzufinden: zwar nicht den salzigen Meeresgeruch, doch immerhin die Brise in den Segeln, das Ächzen des Holzes, das Gefühl eines lebenden Schiffes ringsum.

Eines Tages, der hoffentlich recht bald heranrückte, würden auch wir Silberkästen produzieren können, mit denen sich Voller antreiben ließen. Ich seufzte.

»Was bekümmert dich, mein alter Dom?« rief eine vertraute Stimme.

»Ich habe an Jaezila und Tyfar gedacht.«

Seg wandte sich um und schaute nach vorn. Wir standen am Bug. Dichte Wolkenmassen wogten über uns und der grünen Landschaft, die tief unten dahinglitt. Jeder Segelfetzen war aufgezogen und stand prall im Wind. Unser Schiff, die *Logans Stolz,* mochte nicht der größte Himmelssegler sein, den wir jemals gebaut hatten, doch gehörte es auf jeden Fall zu den schnellsten.

»Diesem Prinzen Tyfar müßte man mal den Kopf öffnen und das Gehirn reparieren«, sagte Seg mit großem Ernst und einem heftigen Tonfall, der mir nicht entging. Er hatte während meiner Deportation zur Erde bei Jaezila gewissermaßen Vaterstelle vertreten. »Bei Vox! Ich wüßte gern, was da in den Bergen des Westens für Streiche im Schwange sind.«

»Wenn man die Wilden im Zaum halten und den Nachschub für die Silberkästen sichern kann, dann geht uns alles andere, was die Leute da oben noch anstellen, nichts an.«

»Nun ja, je eher sie sich entscheiden, desto besser. Milsi will die Leute kennenlernen.«

»Deine Milsi ist ein Schatz, Seg.«

»O aye.«

»Und ich wünschte, sie und Delia wären jetzt bei uns.«

»Laß uns Layco Jhansi schnell erledigen und Turko entlasten — dann können wir nach Vondium zurückkehren. Bis dahin haben die beiden ihre Probleme mit den Schwestern der Rose bestimmt geregelt.«

»Das kann man nur hoffen. Ah, da kommt Deb-Lu. Es gibt Dinge, die ich dir und ihm mitteilen muß.«

»Lahal, Jak — was sind das für Dinge?«

Die Brise umflüsterte uns und trug das Schiff in ihren Armen vorwärts. Zim und Genodras überfluteten uns mit dem vermengten Licht der Sonnen von Scorpio. Es war ein schöner Tag. Leider mußte ich meinen Begleitern Informationen übermitteln, die ihre Freude an der schönen Szene trüben mußten.

Ein flatterndes Lärmen brachte uns nicht dazu, die Köpfe zu drehen. Weiter hinten ragten mehrere kräftige

Stangen aus der Bordwand des Schiffes. Es waren die Sitzstangen für die Schwadron Flutduins, die wir transportieren: Vögel, die ich nicht zum erstenmal — und sicher nicht zum letztenmal — als die besten Sattelvögel von ganz Paz bezeichnen möchte. Natürlich ist das nur meine private Meinung. Die Flieger waren Jünglinge und Mädchen, die von meinen Djangs ausgebildet worden waren; bis jetzt hatte Vallia nämlich hinter anderen Ländern weit zurückgestanden, was den Einsatz von Flugtier-Einheiten angeht.

Oft flogen die Vögel in einem herrlichen Schauspiel von beiden Seiten herbei, bewegten noch ein letztesmal die breiten Flügel, glitten etwas seitwärts und landeten auf dem erwählten Pfahl. Kräftige krumme Krallen legten sich um das Holz. Daraufhin lösten die Reiter ihre Clerketer und begaben sich über die unterhalb angeordneten Netze an Bord. Beim Blick auf die Sitzstangen mit ihrer Fracht mußte ich an ein Rechenbrett mit Kugeln denken.

»Turku wird sich über die Tiere freuen«, bemerkte Seg.

»Und was wolltest du uns mitteilen, Jak?«

»Also, Deb-Lu. Ich habe dir neulich gesagt, es ist wohl kaum zu erwarten, daß uns hier auf Kregen Zauberer und Hexen in Ruhe lassen. Ich habe Seg ein wenig von den Dingen berichtet, die uns im Coup Blag in den Engen Hügeln des fernen Pandahem begegnet sind. Wir waren damals nämlich getrennt. Milsi und Seg kümmerten sich um ihren Herrschaftsbereich, ich kämpfte nach besten Kräften gegen die pervertierten Anhänger Lems des Silber-Leem, außerdem gegen die Armeen, die in Nord-Pandahem aufgestellt wurden, um das südwestliche Vallia anzugreifen.«

»Ich glaube, du hast uns nichts Gutes mitzuteilen.«

»Nein. Phu-Si-Yantong mag zwar tot sein, aber sein Schatten liegt noch immer über uns.«

»Ah! Ich hatte von einem Kind munkeln hören ...«

Deb-Lu verriet nichts über die Wege, auf denen Zauberer ihre Nachrichten beförderten. Diese Geheimnisse waren nicht für Außenstehende bestimmt. Auf ihre eigene unheimliche Art blieben sie jedenfalls auf dem laufenden.

»Das Kind ist eine Uhu, ein Hermaphrodit namens Phunik. Der Junge verfügt bereits über große Fähigkeiten, auch wenn er die volle Kraft noch nicht erreicht hat. Er stellt einen unbekannten Faktor dar.«

Deb-Lu zog ein überraschtes Gesicht und schob seinen lächerlichen Turban zurecht. »Du meinst — die Gefahr geht von der Mutter des Kindes aus?«

»Ja.«

»Dann ist sie garantiert eine Hexe aus Loh«, sagte Seg.

»Natürlich.« Deb-Lu rieb sich die Nase. »Eine erstaunliche Neuigkeit. Ich hatte bisher den klaren Eindruck, daß Ling-Li-Lwingling tot sei.«

Nun war es an mir, überrascht zu sein. Überrascht! Bei Krun — der Schock durchfuhr meinen ganzen Körper.

»Ling-Li-Lwingling!« rief ich. »O nein, San, nicht sie! Die Hexe ist Csitra ...«

Seg hob die Hand und hielt Deb-Lu fest, der ins Torkeln geriet. Ich wußte nicht, ob er umgesunken wäre, ob die überraschende Nachricht ihn zu einer unvorsichtigen Bewegung verleitete oder ob er sich wirklich schwindlig fühlte. Nun aber schaute er mit Augen zu mir auf, in denen ein schwärzerer Schatten lag als der, von dem ich ihm zu erzählen glaubte ...

»Csitra«, wisperte er.

»Sie herrscht über ihr Labyrinth im Coup Blag und terrorisiert den ganzen Bezirk. Ich kann von Glück sagen, daß ich ihrer Gewalt entrinnen konnte.«

Vielleicht hatten mir bei dieser Flucht die Herren der Sterne beigestanden, ich wußte es nicht. So mächtig ein Zauberer oder eine Hexe auch ist — und Zauberer und

Hexen aus Loh besitzen wirklich unübertreffliche Fähigkeiten —, so macht sich ihr Geheimwissen doch sehr unbedeutend und wirkungslos aus neben den furchterregenden Mächten der Herren der Sterne.

Aus irgendeinem verrückten Grund fiel mir plötzlich eine Geschichte ein, die in Vondium herumerzählt wurde — sie verlieh unserem Gespräch ein besonderes Gewicht. Covell von der Goldenen Zunge, jung und kräftig, ein meisterlicher Dichter, hatte im Verlauf mehrerer Monate ein erstaunliches Vers-Epos verfaßt. Es wurde in Ramons Klubtheater zur Aufführung gebracht, das entgegen seinem Namen gut tausend Zuschauern Platz bot.

Hinterher war Covell von der Goldenen Zunge am Boden zerstört.

Ramon hatte das Epos beschnitten, verkürzt, hatte das Ende fortgelassen und aus dem Ganzen ein groteskes Bruchstück gemacht. Ich kannte diese Geschichte nur von Dritten und konnte nicht für ihren Wahrheitsgehalt einstehen. Mir ging in diesem Augenblick vor allem auf, daß Deb-Lus Reaktion auf den Namen Csitra eines andeutete: Wir mochten die Ereignisse planen, wie wir wollten, doch jemand anderer — Csitra, die Hexe aus Loh — würde ein neues und schreckliches Ende dazuerfinden …

Ringsum bewegten sich auf majestätische Weise die Flugschiffe und Luftboote unserer kleinen Streitmacht durch die dünne Luft. Gegen die Kräfte der Zauberei waren wir wirklich ein winziges Werkzeug …

Seg wandte sich halb um.

»Ein Glas stärkenden Rotwein für den San!« brüllte er. Einer der Jünglinge, der sich in seiner neuen Uniform sehr flott machte, sprang auf und huschte nach achtern. Kurze Zeit später war das Glas Wein zur Hand. Deb-Lu ergriff es dankbar und trank.

»Ling-Li-Lwingling«, sagte ich. »Sie hatte also doch irgendwie mit dem teuflischen Phu-Si-Yantong zu tun.«

Ich muß es gestehen, der panische Unterton, der in meiner Stimme lag, gefiel mir ganz und gar nicht, bei Vox!

»Nur insoweit, als sich aus deiner Mitteilung über Csitra ableiten läßt, daß sie ihm entkommen konnte, Jak. Vielleicht ist sie nicht tot. Ich hoffe es jedenfalls, denn das Gute in ihr war ein großer Faktor.«

Ich hatte die formlose, flüchtige Bekanntschaft mit Ling-Li-Lwingling, einer Hexe aus Loh, in Jikaida-Stadt in den Ländern der Morgendämmerung von Havilfar gemacht. Dies geschah kurz nach meiner ersten Begegnung mit Deb-Lu Quienyin. Damals hatte ich noch keine Ahnung von den verrückten Plänen, die den verwirrten Verstand Phu-Si-Yantongs beschäftigten.

»Sie legt uns den Tod ihres Zauberers zur Last«, sagte ich nun. »Ihr Uhu Phunik haßt uns alle. Kein Zweifel — die beiden wollen Phu-Si-Yantongs verrückte Pläne weiterspinnen.«

Ein Schweigen entstand, in dem nur das Knirschen des Deckholzes, das Flüstern des Windes und das Flattern der Flutduins zu hören waren. Grauweiße Wolken vor uns deuteten an, daß wir wohl bald einen Kurswechsel ins Auge fassen mußten. Aber die faszinierenden Pflichten der Flugnavigation und der Bedienung des Schiffes konnte getrost den Kapitänen und ihren Offizieren überlassen werden. Wenn ich in letzter Zeit Anstalten machte, mich einzumischen und zu helfen, stieß ich immer häufiger auf Zurückhaltung bei diesen guten Leuten, die ihr Handwerk auch ohne mich verstanden — eine verständliche Reaktion, doch bedauerte ich das Ende dieser Phase meiner Karriere als Herrscher.

Endlich sagte Seg: »Als wir aus dem Coup Blag flohen und uns durch den schrecklichen pandahemischen Dschungel mühten, suchte uns eine Erscheinung heim. Mitten in der Luft erschien ein Phanton auf einem goldenen Thron. Wir gingen davon aus, daß es sich um Csitra handelte, die uns bespitzelte.«

»Deb-Lu«, sagte ich heftig, »bist du sicher, daß sie uns hier nicht auch belauert hat?«

Der Zauberer antwortete nicht direkt.

»Wir Zauberer und Hexen aus Loh schützen unsere Geheimnisse, das geht nicht anders. Ich will euch dennoch ein wenig davon offenbaren, denn meines Wissens hat es eine Beziehung zwischen lohischen Zauberern und nichtlohischen Zauberern, wie sie zwischen uns existiert, bisher selten, vielleicht sogar noch nie gegeben.« Er schob seinen Turban nicht zurecht, obwohl das Gebilde gefährlich schief über einem Ohr hing. »Phu-Si-Yantong und ich haben zusammen studiert. Dabei kamen wir uns nicht nahe. Es gab andere, die wir höher schätzten. Aber er und ich standen etwa auf gleicher Stufe.«

Ein Ruf aus dem Vortopp lenkte meinen Blick auswärts. Ein winziger schwarzer Fleck schien vor uns zwischen den Wolken zu hüpfen. Während Deb-Lu weitersprach, ließ ich nicht den Blick von dieser Erscheinung.

»Ich weiß, daß Yantong ein Auge auf Ling-Li-Lwingling geworfen hatte und sie begehrte, daß sie aber — erheblich jünger — nichts von ihm wissen wollte. Unsere Verhaltensregeln — nun ja, ich kann sagen, daß er sie sich nicht mit Hilfe der Thaumaturgie zu Willen machen konnte, weil ihm dann eine schreckliche Strafe gedroht hätte. Hexe Csitra hatte es ihrerseits auf Yantong abgesehen und blieb ihm bis zuletzt treu — und ihre Fähigkeiten spiegelten sich in den seinen.«

»Ich halte sie tatsächlich für eine Frau, die einem Mann treu bleibt«, bemerkte ich.

Deb-Lu nickte. Der Turban schwankte. »Das stimmt.«

»Dann bin ich doch ein wenig erleichtert.«

Segs Stimme meldete sich von einem Punkt hinter mir, und ich vermutete, daß er ebenfalls den näher kommenden Punkt beobachtete.

»Oha, mein alter Dom? Das klingt ja höchst rätselhaft.«

Die Situation hätte vielleicht ein Lachen gerechtfertigt, doch wie Sie wissen, fällt es mir schwer, diese Reaktion zu zeigen.

»Inmitten der Schrecknisse, in der Tiefe des labyrinthischen Coup Blag tat Csitra, als wäre sie Königin Mab ...«

»Was!« entfuhr es Seg.

»Ich wurde eine Zeitlang an der Nase herumgeführt. Als sie dann erkennen ließ, daß ihre Avancen von Zauberkraft gefördert worden waren, und ich zu mir kam und ihr fliehen konntet ...«

Seg lachte nicht laut heraus, doch klangen seine nächsten Worte überaus amüsiert: »Sie hat sich an dich rangemacht! Sie hat etwas für dich übrig. Oh, oh, mein alter Dom, du wirst da unangenehme Fragen beantworten müssen, wenn sich gewisse Leute zusammenfinden ...«

Nun ja, ich glaubte noch immer fest, daß es mir gelungen war, Csitras Klauen durch meinen Glauben an Delia zu entkommen. Die Herren der Sterne hatten mir etwas Luft verschafft — Zeit, die ich zur Flucht nutzen konnte. In einem aber hatte Seg recht. Csitra hatte verhindert, daß ihr Kind Phunik mich zu Tode folterte. Ich nahm an, daß sie das auch heute nicht zulassen würde. Auf diese Weise hatten wir Zeit für Gegenmaßnahmen gewonnen.

Yantong hatte mich für seine Ziele einspannen wollen und seinen menschlichen Werkzeugen befohlen, mich nicht zu töten; nun gab Csitra, allerdings aus fehlgeleiteter Zuneigung, die gleichen Befehle.

Die Situation hatte etwas Ironisches, das sehen Sie selbst. Mir ging es ausschließlich darum, am Leben zu bleiben, bis meine Arbeit in Vallia und Paz beendet war.

Der Punkt, der sich zwischen den Wolken bewegte, wurde allmählich größer, entwickelte Flügel, das Glitzern einer Rüstung und verwandelte sich schließlich in einen Flutduin, der in langem schwebenden Abstieg auf unser Führungsschiff zuhielt.

»Das dürfte ein Begrüßungsbote Turkos sein.«

»Aye«, antwortete ich. »Hoffentlich bringt er die Aussicht auf besseres Wetter mit. Ich glaube, wir müssen um die Wolken herum.«

Endlich hob Deb-Lu die Hand und schob seinen Turban gerade. »Ich werde weiter aufpassen, um die Natur dieser aufblitzenden thaumaturgischen Erscheinungen zu ergründen. Dazu bespreche ich mich auch mit Khe-Hi. Vielleicht erlebt er bei Prinz Drak im Südwesten ja die gleichen Erscheinungen.«

Der Flieger hielt direkt auf *Logans Stolz* zu. Hervorragende Vögel sind die Flutduins, Meister der Lüfte. Der Reiter saß zusammengeduckt da, und ich gewahrte kein Waffenfunkeln.

Der Flutduin beschrieb einen Halbkreis, paßte seine Geschwindigkeit an, bewegte kurz die kräftigen Flügel, streckte die Klauen aus und saß auf dem Holz. Seg und ich schritten nach achtern, um den Kurier zu begrüßen. Als wir die freie Deckzone erreichten, die parallel zur Reihe der Sitzstangen verlief, sahen wir, daß die Dinge nicht so standen, wie wir erwartet hatten.

Vier Besatzungsmitglieder turnten draußen in den Netzen herum, hielten sich mühselig auf den Beinen bei dem Versuch, den Flieger an Bord zu holen. Der Mann ließ Arme und Beine baumeln. Die Arme unter dem Flugleder wiesen Bänder aus ockergelben und umbrabraunen Karos auf, in Rot gefaßt. Es waren die Farben Falinurs, der Schturval Kov Turkos.

Schiffs-Deldar Bolto der Knoten wandte sich von der Reling ab, von der aus er seine Leute dirigiert hatte. Als Bootsmaat war er auf eine große Lunge und eine kräftige Stimme angewiesen. Sein hartes ungleichmäßiges Gesicht erinnerte mich an den Kampf, den er an meiner Seite durchgestanden und der ihm diese Narben verschafft hatte.

»Er ist schwer verwundet, Majister. Ich habe schon nach dem Nadelstecher geschickt, aber der arme Fambly dürfte kaum noch Chancen haben.«

Wir schauten zu, wie die Männer den Kurier an Bord holten und auf einigen hastig zusammengeschobenen Umhängen niederlegten. Er sah schlimm aus; zwischen seinen Rippen ragte ein Pfeil hervor. Die Federn an diesem Pfeil waren strahlendblau.

Segs Gesicht spannte sich bei diesem Anblick.

Der Kurier war ein borstiger Brokelsh, normalerweise wohl kein sehr angenehmer Bursche, aber er war ein Mensch, und er lag im Sterben. Er mußte sprechen, doch schon erschien blutiger Schaum auf seinen Lippen.

»Kov Turko schickt ... dringend ... Treffpunkt ... schnell ...«

Der Kopf rollte zur Seite, die Lider schlossen sich. Der Mann war tot.

Dolan die Pillen, unser Nadelstecher, trat zurück und schüttelte den Kopf.

»Für den armen Kerl kann ich nichts mehr tun.«

Wir standen um den Toten herum. Er hatte sein Leben dem Dienste Vallias geopfert, doch wußten wir nicht, bei welchem Scharmützel er sich die tödliche Wunde geholt hatte. Anweisungen zu den nun einzuleitenden Maßnahmen waren überflüssig. Die Seeleute Vallias wußten, was sie ihren Toten schuldeten.

Als wir schließlich in die Kabine gegangen waren, um in kleiner Runde auf den Toten zu trinken, trat Nath Hardolf ein und teilte mit, daß seiner Ansicht nach der Kurswechsel in kürzester Zeit eingeleitet werden müßte. Die Wolken vor uns zögen sich immer finsterer zusammen ...

»Nun denn, Kapitän Nath«, sagte ich und senkte mein Glas, »dann wollen wir uns mal die Karten anschauen.«

Er warf mir einen verwirrten Blick zu, aber schon

wurden die Karten des vor uns liegenden Terrains hereingetragen. Wir schoben Gläser und Flaschen zur Seite, breiteten die Papiere auf dem Tisch aus und beugten uns über sie.

»Hier«, sagte ich und deutete mit dem Zeigefinger auf eine Stelle, »wollten wir Kov Turko treffen.«

Kapitän Nath Hardolf begriff, was ich damit sagen wollte.

Er war ein meisterlicher vallianischer Kapitän, altgedient, erfahren, widrige Umstände gewöhnt. Er hatte seinen Anteil an Tragödien und Triumphen erlebt, und vielleicht war das Kommando über die *Logans Stolz* für ihn nicht ganz der Karrierehöhepunkt, den ein weniger erfahrener Kapitän darin gesehen hätte.

Die Stelle, wo wir Turkos Abteilung der Armee hatten treffen wollen, lag dicht hinter der Unwetterzone. Der Sturm konnte uns in ungeahnte Fernen verschlagen. Um den Sturm herumzukreuzen, würde so lange dauern, daß niemandem, für den der tote Kurier Unterstützung erbeten hatte, noch zu helfen war. Wenn wir die Stelle erreichten, konnten Turko und seine Armee längst vernichtet sein.

»Gut, Majister«, sagte Kapitän Hardolf, »ich sorge dafür, daß alles dichtgemacht wird.«

»Ausgezeichnet. Gib die Nachricht an den Rest der Flotte weiter. Wir fliegen direkt durch das Unwetter! Mag es auch noch so heftig sein, es wird uns nicht davon abhalten, Kov Turko rechtzeitig zu erreichen.«

14

Eine Armada aus Segeln, die durch die dünne Luft schwebte ... das vermengte Licht der Sonnen von Scorpio, das von der prallen Leinwand reflektiert wurde ... das Funkeln der Verzierungen und Beschläge, der prunkvollen Heckaufbauten und Türme, der Geschützgalerien und drohenden Enterplattformen ... O ja, die Himmelssegler Kregens bieten ein aufmunterndes, inspirierendes Schauspiel. Lautlos bewegen sie sich hoch über dem Land, nichts kündigt ihr Erscheinen an.

Und ich, Dray Prescot, Lord von Strombor und Krozair von Zy, gab gelassen Befehle, die die mächtige Armada in die Gefahr der Vernichtung führen konnten.

Denn eines müssen Sie sich klarmachen: Ich hatte zwar behauptet, der Sturm werde uns nicht daran hindern, zu Turkos Armee zu stoßen, doch gab es keine Garantie, daß wir das wirklich schaffen würden. O nein! Mein Auftrumpfen konnte uns alle in den Tod führen.

Es gibt auf den Meeren Paz' ein Sprichwort, wonach ein einwandfrei geführtes Schiff stets nach Art der Vallianer betrieben wird.

In den Augenblicken, ehe wir von der schwarzen Gefahr verschluckt wurden, zeigten die vallianischen Seeleute der Luft, daß dieses geflügelte Wort seine Berechtigung hatte.

Die Voller, die die Fähigkeit zum Vorwärtsflug besaßen, nahmen die Vorlcas ins Schlepp, deren Segel in dem aufkommenden Unwetter keine Unterstützung bieten konnten, sondern eher ein Hindernis wären. Schleppseile wurden ausgelassen, Drähte festgemacht. Mit buntem seufzenden Flattern senkten sich die Segel herab. Einige entsprechend eingerichtete Schiffe konnten noch die Topmasten herunterholen. Wir zurrten alles fest.

Die Flutduins wurden von ihren Stangen geholt. Die prächtigen Vögel spürten natürlich das Unwetter und protestierten nur wenig gegen das Einsperren. Ein Flügelschlag, das Aufreißen eines Schnabels, schon ließen sie sich nieder. Die Stangen wurden eingeholt und gesichert.

Dies geschah auf allen Schiffen, während Signale wie Blitze von Mast zu Mast flogen.

»Wir sind soweit, Majister«, meldete Kapitän Nath Hardolf.

»Ausgezeichnet, Käpt'n Nath. Nun werden wir sehen, wie wir abschneiden, bei Vox!«

»Bei Corg, Majister! Ich glaube, mir wird dieser Tag Spaß machen. Er wird mir das Blut munterer durch die Adern schicken.«

Ich musterte ihn. Ja, er war dermaßen erfahren, daß ihn in dieser Spätphase seines Dienstes kaum noch etwas aufzuregen vermochte. Nun ja, jetzt stand ihm ein wenig Aufregung bevor. Man ist nie zu alt zum Dazulernen, nie zu alt zum Lieben, nie zu alt, das Leben auszukosten ...

Bei seiner täglichen Pflichterfüllung und aufgrund seiner sonstigen berufsmäßigen Vorsicht war Kapitän Hardolf wohl seit Jahren nicht mehr in die Nähe eines Sturms gekommen ...

Das Unwetter würde ihn aufmuntern, auf die Probe stellen — und die Flotte durcheinanderbringen. Festgezurrt, bis ins letzte abgesichert, hielten wir auf die hoch aufragenden Wolkenberge zu. Schwärze stieg empor, und das Tageslicht schwand und wandelte sich zu einem gespenstischen unterwasserhaften Leuchten, das schnell ins Schwarze abglitt.

Der Sturm packte uns mit scharfen Kiefern und begann uns zu schütteln. Der Wind kreischte und heulte und durchdrang uns. Wir kämpften uns voran.

Nun ja ... Es gibt Stürme im Leben, die wir überstehen oder nicht. Wie ein Opfer im Maul eines Leem wehrten wir uns schwach und leisteten Widerstand, so gut wir konnten. Der Sturm behandelte uns, wie es seiner Natur entsprach, und wir nahmen unsere Strafe hin, gaben den Kampf aber nicht auf — und erreichten dann endlich auf der Rückseite der Störungsfront das helle Licht Zims und Genodras'.

Ein Großteil der Männer und Frauen an Bord hatte grüne Gesichter ...

Nur zwei Zugseile waren gerissen. Die Werften Vallias leisteten gute Arbeit, so daß nur ein Schiff zerbrach und in die Tiefe stürzte und dabei seine Menschen wie Staubkörner aus einem Besen in alle Richtungen verstreute.

Nicht alle verfügten über einen Gürtel mit den zwei kleinen Silberkästen, die dafür sorgten, daß eine Person langsam zu Boden trieb. Nicht alle. Ja, wir Vallianer versuchten mit den uns zur Verfügung stehenden Ressourcen auszukommen, so gut es ging. Solche Unglücke sind nun mal der Preis, der für das Reich zu bezahlen ist. Wieder einmal raste ich über den Punkt hinweg, bis zu dem ich die seelische Pein, die dieser Preis in mir auslöste, zu ertragen in der Lage war.

»Wir haben uns gut gehalten, Majister.« Kapitän Hardolfs Wangen waren gerötet, und er wirkte munterer als je zuvor. »Jetzt glaube ich auch, daß Corg ab und zu auf uns herablächelt.«

Das Schiff, das den Sturm nicht überstanden hatte, *Naghans Antwort*, hatte zu den älteren Einheiten der Streitmacht gehört und hatte Speerträger befördert. Es war ein bedauerlicher Verlust, doch war ich irgendwie froh, daß wir keine Brumbyten oder Bogenschützen oder schwere Infanterie entbehren mußten. Unsere Kavallerie war etwas unterbesetzt — wie üblich. Die Flugeinheiten der Flutduins würden Großes leisten müssen.

Seg hatte den blaugefiederten Pfeil an sich genommen, der Turkos Kurier das Leben gekostet hatte, und betrachtete ihn immer wieder eingehend. Ich verstand sein Unbehagen und empfand es in ähnlicher Weise.

Wenigstens hatten wir ein prächtiges Regiment meiner valkanischen Bogenschützen in unserem Verband.

Marions Jikai-Vuvushis waren bei guter Laune geblieben — ich hätte auch keinen Grund gehabt, etwas anderes zu vermuten. Meine eigenen kampfstarken Kampeone des Wachkorps ließen sich ebenfalls nichts anmerken und reagierten phlegmatisch oder mit Flüchen, wie es ihrem Temperament entsprach.

So rasten wir denn in das Licht der Zwillingssonne hinaus, ausgespuckt wie die Kerne einer Apfelsine. Noch immer waren alle Schiffe sturmfest. Alle waren wie durch den Wolf gedreht. Bösartige Ausläufer des Sturms bedachten uns mit letzten heftigen Böen und wirbelten die Schiffe durcheinander. Auf der Ebene tief unter uns lagen die Zelte und Lager einer Armee.

Diese Armee war vom Sturm ebenfalls nicht unbeeinflußt geblieben; viele Zelte waren eingerissen, Umfriedungen eingestürzt, und wir hätten uns beinahe ein Lächeln abringen können angesichts der Verrenkungen der Gestalten, die dort unten entflohenen Reittieren nachjagten.

»Genug Platz zum Landen«, bemerkte Kapitän Hardolf. »Mit Bäumen dürfte es keine Schwierigkeiten geben.«

»Je eher wir unten sind und alles richten können, desto besser«, meldete sich Seg, und seine Stimme klang so ruhig und gelassen wie immer und hatte eine seltsam beruhigende Wirkung auf mich. Ich war irgendwie nervös. Nun ja, bei Zim-Zair, hatte man nicht ein Recht darauf, mißgelaunt und kurzangebunden zu sein, wenn durch eigenen Befehl andere gute Kämpfer, Männer und Frauen, in Lebensgefahr geraten waren?

Unser Erscheinen sorgte im Lager für große Aufregung. Bleiche Gesichter wandten sich den niederstoßenden Schiffen entgegen, wir sahen Leute durcheinanderlaufen, und viele von denen, die entflohenen Tieren nachhetzten, machten sich auf den Rückweg ins Lager.

»Turko hat dort eine ziemlich große Armee beieinander«, bemerkte Nath na Kochwold, beugte sich über die Bordwand und legte eine Hand über die Augen.

»Weshalb die große Eile?« wollte Seg wissen.

Die ersten Schiffe berührten den Boden: Besatzungsmitglieder sprangen hinaus, um alles zu sichern. Als ich über die Bordwand zu steigen begann, wußte ich, daß eine große Horde muskulöser Burschen mich umringen würde. Zwischen denen neuerdings auch die geschmeidigen Gestalten von Jikai-Vuvushis auftauchen mochten ...

Im Nachklang des Sturmes wehte noch ein lebhafter Wind, in der Luft lag ein besonders frischer Geruch, und im Gras glitzerten viele Millionen Lichtpunkte. Nacheinander setzten die anderen Schiffe auf. Bei der Landung bildeten wir eine genau festgelegte saubere Formation. Ein verdammt großer Voller landete unmittelbar vor der *Logans Stolz* und versperrte mir die Sicht auf das Lager.

»Nun ja, ich kann mir vorstellen, daß Turko nun ganz schnell angerannt kommt«, sagte ich. »Wir sollten ihm entgegengehen.«

»Ich freue mich auf das Wiedersehen mit dem Mann«, sagte Seg und rieb sich die Hände.

»Wenn du ein paar Runden mit ihm auf die Matte willst, Seg ...«

»Was?« rief Seg lachend. »Da kann ich ja gleich versuchen, einen Berg aus dem Boden zu reißen und umzudrehen, oder einen Fluß aus seinem Bett.«

»Sehr poetisch.« Turko war ein großer Khamorro, ein Meister des waffenlosen Kampfes. Seine bloßen Hände waren weitaus tödlicher als manche Waffe in weniger geschickten Händen.

Hinterher versuchten wir herauszufinden, wer den ersten Schrei ausgestoßen hatte. Niemand vermochte zu sagen, wer den Alarm auslöste. Wir wußten nur, daß wir eben noch dankbar waren, den Sturm verlassen zu haben und auf dem Boden zu sein, froh über das Wiedersehen mit Freunden, daß wir im nächsten Augenblick aber Feinden gegenüberstanden, die keinen anderen Gedanken kannten, als uns alle zu vernichten.

»Die Farben!« gellte der Schrei. »Das sind nicht die Farben von Falinur! Das ist Vennar!«

Und so war es.

Wir erblickten nicht Turkos Banner aus ockergelben und umbrabraunen Karos, gesäumt mit Rot, mit dem Drachen als dramatischem Symbol, sondern die Farben Vennars, ocker und silbern unter der Strigicaw.

»Layco Jhansi!« rief ich und hätte am liebsten ausgespuckt. »Jetzt wissen wir, was Turkos Kurier uns mitteilen wollte!«

Ja, wir wurden überrascht. Jhansis Männer kamen im Laufschritt aus den Lagern und formierten sich zu Reihen. Das geschah schnell und geschickt. Der Mann, der dem alten Herrscher als Erster Pallan gedient hatte, der für ihn das Land regiert hatte, der sich verschworen hatte, um den Herrscher zu ermorden, dessen Verrat bittere Früchte getragen hatte — dieser Mann stellte als Söldner nur erstklassige Leute ein.

In all dem Durcheinander zeigten die Jungs von der Wache, daß auch sie sich von der Falle nicht aus dem Konzept bringen ließen. Auch wenn es sich nur um eine unbeabsichtigte Falle handelte.

So wie die Wacheinheiten sich zusammensetzten, herrschte eine natürliche Rivalität zwischen der Schwertwache des Herrschers und den Gelbjacken des Herrschers — aber das beflügelte den Einsatz nur, bei Bogolin! Es war ein schöner Anblick, wie die Männer ihre Rüstungen hervorholten und festmachten, wie sie sich die Helme auf den Kopf knallten und nach den Waffen griffen. Es waren rauhe, harte, haarige Burschen, die vielleicht nicht den Gegner beeindruckten, die aber auf mich Eindruck machten, bei Zair!

Während dies alles im Gang war, eilte ich zur Takelage und enterte den Hauptmast hoch, als befände ich mich wieder wie in alten Zeiten in der Nelsonschen Marine. Immer höher stieg ich hinauf, bis ich von einer Rah einen guten Ausblick auf das Wespennest hatte, das wir mit unserer Landung aufgescheucht hatten.

Die Gegner waren überaus zahlreich. Hier lagerte eine sehr große Streitmacht, etwa doppelt so groß wie die unsere. Ich hielt Ausschau nach den Bogenschützen. Der blaugefiederte Pfeil, der Turkos Kurier getroffen hatte, ließ mich bereits ahnen, was ich sehen würde — und ich sah es.

Bogenschützen aus Loh.

Ich sah sie laufen, im Begriff, ihre Schußformationen einzunehmen. Großgewachsene rotschöpfige Männer, jeder mit einem großen lohischen Langbogen und einem Köcher voller Pfeile, bewehrt mit den Federn des König-Korfs, waren sie die berühmtesten aller Bogenschützen in Paz. Layco Jhansis Pakt mit den Ractern brachte ihm große Vorteile, denn es ging nicht nur um Geld, wenn man Söldner dieser Qualität in seinen Dienst bekommen wollte. Sie forderten gewisse Garantien, ehe sie sich verpflichteten. Offensichtlich hatte Jhansi diese Garantien gegeben — und eine davon war das Recht zur Plünderung nach einem Sieg.

Ein schneller Rundblick brachte mich zu der Überzeugung, daß wir den bevorstehenden Kampf gewinnen konnten, wenn wir entschlossen und schnell handelten. Ich rutschte am Mast zum Deck hinunter und rief nach Kapitän Hardolf.

»Majister!«

»Geben Sie Signal an die Flotte. Wir steigen auf.«

»Wir — *was?*« japste Seg.

»Majister!« bellte Nath na Kochwold. »Meine Jungs steigen bereits aus und sind zum Kampf bereit ...«

»Deine Kerchuri würde abgeschossen, Nath!«

»Meine Chodku und deine valkanischen Bogenschützen sorgen für Deckung!«

»Wir können nicht davonlaufen«, sagte Seg. »Turko ...«

»Turko war mit uns hier auf der Ebene von Marndor verabredet und schickte einen Boten, der uns an einen anderen Ort bestellen sollte. Offensichtlich wurde er zurückgedrängt.«

»Wenn das so ist, sollten wir diesen Haufen niederkämpfen und ihn damit entlasten.«

Das Teuflische war, daß Seg recht hatte. Ich zeigte mich auf meine alten Tage als Hasenfuß, ich Dray Prescot. Und doch widerte mich der Gedanke an, die jungen Burschen und Mädchen in den Kampf zu schicken und sterben zu lassen.

Wie auch immer — mir blieb keine andere Wahl mehr. Jhansis Männer legten einen dröhnenden Kavallerieangriff vor, der genau auf unsere Mitte zielte. Sie hofften uns offenbar gleich bei dieser ersten Attacke ins Wanken zu bringen und ohne großen Widerstand zu besiegen.

Dieses Ziel war für Jhansi nicht unerreichbar, obwohl wir aus allen Schiffen quollen und uns formierten. Er konnte uns treffen, ehe wir zu Atem gekommen waren.

»Laßt Voller starten!« brüllte ich. »Greift aus der Luft an! Schickt die Flutduins hoch! *Bratch!*«

Ich griff mir Nath na Kochwold, indem ich kräftig seinen Oberarm packte.

»Nath! Laß die Kerchuri eine dichte Formation einnehmen. Schilde nach oben. Wir schicken dich los, wenn der erste Angriff abgeschlagen ist.«

»Aber ...«

»Los!«

»Quidang!«

Targon der Tapster und Naghan ti Lodkwara meldeten, daß die 1SWH formiert und dazu bereit sei, die Sache anzupacken — wie sie es ausdrückten.

»Gut«, antwortete ich. »Zu Anfang müßt ihr vielleicht den größten Druck aushalten.«

»Das werden wir, Majister!« brüllte Clardo der Clis, eine narbige, häßliche Erscheinung in einer strahlend gelben Uniform.

»Aye, Majister«, sagte Drill das Auge auf seine temperamentvolle Art, ein gedrungener Bursche mit den Schultern eines Bogenschützen; seine gelbe Uniform stand Clardos in nichts nach.

Clardo der Clis kommandierte die Churgurs und Drill das Auge die Bogenschützen des Ersten Regiments der Gelbjacken des Herrschers. Sie würden sich von ihren rivalisierenden Kameraden aus der 1SWH auf keinen Fall in den Schatten drängen lassen.

Der dunkelhäutige Fakal der Oivon war bei ihnen und hielt sich wie immer ein wenig im Hintergrund. Larghos der Sko-Händige, der langgesichtige Hyr-Paktun aus Gremivoh, kämpfte diesmal nicht bei uns, da er das Kommando über die Stabschlinger der 3GJH übernommen hatte.

Marion trat vor und schien mir alle möglichen rhetorischen Versprechungen machen zu wollen.

Hastig sagte ich: »Marion, ich möchte, daß sich deine Mädchen bei diesem Kampf in meiner Nähe halten. Sorg dafür!«

Sie zuckte zusammen und erbleichte ein wenig. »Quidang!« sagte sie dann.

Targon sagte mit schiefem Lächeln: »Es gefällt mir ganz und gar nicht, dich mit so vielen flotten Mädchen allein zu lassen ...«

Wieder wollte Marion etwas sagen, wurde diesmal aber von Seg unterbrochen.

»Ich nehme die valkanischen Bogenschützen und sehe zu, was ich aus ihnen herausholen kann, wie ich sie warmbekomme. Paß auf, daß du tüchtig Druck machst!«

»O aye!«

Wie sollte ich das fertigbringen, wenn ich von Leuten umgeben war, die es darauf anlegten, sich zwischen mich und die heranfliegenden Pfeile, die angreifenden Lanzen zu schieben!

»Das dürfte eine interessante Erfahrung werden, Seg. Bestimmt kannst du den Bogenschützen aus Loh zeigen, was Pfeile, die die Federn des valkanischen Zim-Korf tragen, anzurichten vermögen!«

»Da sei Erthyr mein Zeuge!«

Trompetenklang war zu hören. Jedermann eilte auf seinen Posten. Korero nahm hinter mir Aufstellung; nichts würde ihn von dort vertreiben können. Volodu die Lungen spuckte aus und wischte das Mundstück seiner zerdrückten Trompete sauber. Cleitar die Standarte entrollte mein Schlachtsymbol, jene Fahne, die von erfahrenen Kämpfern die Alte Kampfflagge genannt wurde. Ortyg der Tresh hob die Unionsflagge von Vallia. Nun ja, wir waren so bereit, wie wir nur sein konnten ...

Flutduins stiegen auf. Ihre Reiter funkelten in den Lichtstrahlen Zims und Genodras'. Voller rasten empor. Wir mochten zwar gegen einen doppelt so starken Gegner stehen, doch hatten wir Luftunterstützung, die sich entscheidend für uns auswirken konnte.

Wenn nicht — dann stand uns ein schneller, stiller Abgang bevor.

Was später als Schlacht von Marndor bekannt werden sollte, begann also auf denkbar undisziplinierte Weise.

Jhansi hatte ebenfalls eine Lufteinheit unter seinem Kommando. Er hatte Söldner angeworben, die Fluttrells flogen, behäbige Vögel mit einer lächerlichen Kopfflosse, die dem Reiter im Sattel zuweilen in den Weg geriet. Auch diese Tiere stiegen nun massiert auf, um unseren Flugkämpfern Widerstand zu leisten.

Unsere Soldaten stürmten noch immer aus den Schiffen, stellten sich in Reihen auf, richteten die Waffen aus. Die Voller wirbelten am Himmel durcheinander, nahmen eine Formation ein, bildeten eine Reihe, die den Feind mit Feuer und Tod übergießen sollte.

Unsere Flugkavallerie mochte schon in der Luft sein und sich in den Kampf stürzen wollen, ganz anders sah es jedoch mit unserer bodengebundenen Kavallerie aus. Für den Transport der Satteltiere hatten wir vernünftig ausgestattete Schiffe verwendet, Schiffe mit Gehegen und Käfigen und einer größtmöglichen Bequemlichkeit für alle Mitreisenden. Der Sturm hatte die Tiere gehörig durcheinandergebracht. Sie waren unruhig und wollten ihre Gehege nicht verlassen und trampelten wiehernd und ächzend herum. Einige Burs, um sie zu beruhigen, hätten einen großen Unterschied ausgemacht. Wie die Dinge standen, würden wir diesen Kampf mit sehr wenig Bodenkavallerie beginnen müssen.

Ich war halb entschlossen, die Käfigschiffe wieder aufsteigen zu lassen, um sie aus dem Weg zu haben. Jiktar Mophrey, Kommandeur der Trotrix-Einheiten, bat mich allerdings um eine Chance, und ich gab nach und ließ ihn zu seinen Schiffen zurückkehren, wo er in dem Bestreben, seine Tiere in Aktion treten zu lassen, herumfluchte und brüllte und seine Reitpeitsche schwenkte.

Trotz der Hektik ringsum verweilten meine Gedanken kurz bei der ungewöhnlichen Situation, daß hier in unserer Armee, in der Tiere so knapp waren, meine Wächter über jeweils zwei Reittiere verfügten — und doch erschien das notwendig. Die Wächter leisteten auf dem Rücken ihrer Zorcas eine Arbeit, die sie mit Nikvoves nicht hätten schaffen können.

Die Kommandeure der Gardeeinheiten hatten die Situation eingeschätzt und erkannt, daß sie heute als Infanterie kämpfen mußten. Darauf verstanden sie sich hervorragend. Ich schaute zu, wie sie Aufstellung nahmen und losmarschierten, Reihe um Reihe, funkelnd, prachtvoll, in einheitlichem Rhythmus.

»Dort sollte ich jetzt eigentlich mitmarschieren«, sagte ich unruhig zu Korero.

»Mag sein. Und vielleicht sollte ein Kommandant sich

an einer Stelle aufhalten, von der aus er die Schlacht leiten kann.«

Eine scharfe Zunge führte Korero, der goldene Kildoi. Seine beiden dicken Schilde neigten sich über mich; er hielt sie gleichgültig mit zweien seiner vier Hände oder der Schwanzhand. Sollte dennoch ein Pfeil an dieser Abwehrmauer vorbeikommen, würde er eher Korero treffen als mich, und so war es auch vorgesehen — durch Korero den Schildträger. Da nützte mein Murren gar nichts.

»Wenn ich das Signal gebe, hört man mich besser von hier«, meinte Volodu.

Widerstrebend stimmte ich bei. Aber ich traf eine Vereinbarung mit mir selbst — wenn es darauf ankam, würde ich bei meinen Männern sein und den Angriff mitmachen. Und wenn ich dieses Vorhaben in die Tat umsetzte, würde mein kleines Gefolge in meiner Nähe sein und in das Gebrüll der anderen einfallen.

Der erste stürmische Angriff der feindlichen Kavallerie scheiterte, wie es sein sollte, an unserem Dustrectium*. Dann sah ich Jhansis Bogenschützen aus Loh herbeimarschieren, eine feste, kompakte Einheit aus allzu vielen Reihen. Ich schätzte die Zahl auf annähernd fünfhundert Bogenschützen, ein ganzes Regiment.

Seg mußte diese Zahl vermindern, wenn wir die Gelegenheit zu einem Gegenschlag haben sollten. Seine valkanischen Bogenschützen, die sich sehr über ihren Erfolg gegen die attackierende Kavallerie freuten, fuhren sich mit der Zunge über die Lippen und begannen ernsthaft zu schießen.

Aber der Kampf würde nicht von den Bogenschützen allein entschieden werden. Aus der Luft stürzten unsere Voller zum Angriff herab. Pfeile sirrten empor. Varters

---

* Dustrectium: die Feuerkraft von Bogenschützen und Artilleriemaschinen. — *A. B. A.*

machten ihr metallenes Geräusch und ließen Felsbrokken wirbeln. Feuertöpfe brodelten und fauchten.

Nun ja, Sie wissen natürlich, daß ich auch bei Schlachten mitgewirkt habe, die nicht gewonnen werden konnten. So manchesmal wurde ich zurückgeschlagen. Aber zur Ehre Vallias muß gesagt werden, daß wir unsere Kämpfe in letzter Zeit gewonnen hatten. Hier und jetzt sollte es eine knappe Sache werden.

Die massierten Blöcke der Bogenschützen aus Loh hatten keine Freude an den Luftangriffen. Viele schossen in die Höhe. Sie mochten zwar hervorragende Bogenschützen sein, doch wissen selbst Bogenschützen aus Loh nicht genau zu sagen, wie genau sie treffen gegen schnell dahinrasende, in wirrem Durcheinander über der Formation kreisende Ziele. Als Segs valkanische Bogenschützen die dichten Formationen aufs Korn nahmen, waren die schlimmen Folgen offensichtlich.

Die engen Bogenschützenreihen schwankten — es dauerte nicht lange, da brachen sie auseinander. So schnell sie konnten, flohen die Männer.

Wir jubelten ungeachtet der Schrecknisse, die noch ringsum auf dem blutigen Felde im Gange waren — die blinde Panik unserer Gegner war zu offensichtlich.

Jhansi mußte zwar bestürzt sein, daß die Perle seiner Infanterie so schmählich wich — aber er selbst schwankte nicht. Ein zweiter großer Kavallerieangriff begann.

Wir wehrten uns nicht weniger heftig als bei der ersten Angriffswoge.

Die gegnerische Luftkavallerie war längst in die Flucht geschlagen worden, die Fluttrells in alle Winde zerstreut. Nun kehrten unsere Flutduins zurück und begannen den Bodenstreitkräften Jhansis weitere schlimme Wunden zuzufügen.

»Er hat noch seine Infanterie«, sagte Korero.

»Aye, er scheint gut zu zahlen. Die Männer halten sich gut.«

»Masichieri sind das bestimmt nicht.«

»Nein. Volodu, bläst du jetzt ›Phalanx vorrücken‹?«

Anstelle einer Antwort hob Volodu seine alte Trompete an die Lippen und stimmte ein schrilles Signal an, das durch das Brausen und Lärmen deutlich zu hören war.

Die Trompeter der Kerchuri stimmten sich sofort auf das Kommando ein. Jede der sechs Jodhris, aus denen die Kerchuri bestand, blies zum Vorrücken, und jede der sechs Relianches innerhalb einer Jodhri bestätigte den erregenden Drang nach vorn. Die Phalanx geriet in Bewegung. Es war keine volle Phalanx, sondern nur eine Kerchuri, dennoch bebte der Boden. Die Helme wurden gesenkt, die Schilde neigten sich im vorgeschriebenen Winkel. Die Lanzen wurden zu einer borstigen Wand des Todes formiert. Die Phalanx griff an.

An den Flanken paßten die Hakkodin mit ihren Hellebarden und zweihändigen Schwertern auf, daß niemand den Versuch machte, die Formation von der Seite aufzubrechen. Die Chodku der Bogenschützen deckten die Brumbyten mit einem fauchenden Schirm aus Pfeilen.

Neben der Phalanx setzte sich die schwere Infanterie in Bewegung — die Churgurs, die Schwert- und Schild-Kämpfer — und bewegte sich auf ihre behäbige, doch täuschend schnelle Art. Die ganze Streitmacht rückte vor.

Aber noch war der Kampf nicht vorbei.

Jhansi hatte wesentlich mehr Männer als wir. Er leitete sie gut, aber er wurde mit unserer Lufthoheit nicht fertig.

Als unsere Phalanx auf seine Infanterie traf, hatte ich den Eindruck, ein wildgewordener Stier durchbräche einen dünnen Gartenzaun.

Kleine Teile seiner Infanterie wirbelten in alle Richtungen davon. Die Ebene war übersät mit Fliehenden, die Schwerter und Schilde, Speere und Bögen fortwarfen. Die Phalanx stürmte hinter ihnen her.

Über den kompakten Kämpferreihen wehten die Kampfflaggen, Lanzenspitzen schimmerten im Licht der Sonnen.

Unsere Speerträger hatten wir während des Unwetters verloren. Wir folgten der zersprengten gegnerischen Armee noch ein Stück, dann bliesen wir zum Sammeln. Wir hatten keine leichte Infanterie, keine Kreutzin für die Verfolgung, keine Kavallerie, die dafür sorgen konnte, daß der Feind sich nicht neu formierte.

Hier und jetzt brauchten wir sie auch kaum.

Aus der Luft, von Bord der Voller, aus dem Sattel der Flutduins, wurden die Überlebenden verfolgt, bedrängt und gehetzt.

Diese Aktionen ließen sich fortsetzen, bis die Sonnen von Scorpio unter dem Horizont versanken.

Wir übrigen konnten unterdessen zu Atem kommen und Bilanz ziehen. Nun würde die schlimme Rechnung aufgemacht werden.

Niedergeschlagen und erschöpft wandte ich mich von der Szene des Todes ab.

So endete die Schlacht von Marndor.

15

Turko der Khamorro hob mich vom Boden hoch, beschrieb mit mir eine schwungvolle Drehung und knallte mich auf die Matte.

Dann trat er einen Schritt zurück, stemmte die Hände in die Hüften und lachte dröhnend.

»Du bist weich geworden, Dray Prescot! Deine Muskeln werden zu Wasser! Deine Entschlossenheit schmilzt wie der Schnee im Frühling!«

Ich rappelte mich schweratmend auf und starrte ihn finster an.

»Du hast recht, Turko, verdammt recht. Ich bin letzthin weich geworden. Aber, mein Freund ...«

Und ich stürzte mich auf ihn.

Turko bietet wahrlich ein Beispiel für eine vollkommene Muskulatur. Er hatte außerdem ein verflixt gut geschnittenes Gesicht, fröhlich und liebenswert, und verstand es immer wieder, mich mit seinem leisen Spott auf meine wahre Größe zurechtzustutzen. Khamorros, die aus dem Lande Herrell im südlich gelegenen Havilfar stammen, sind berühmt und berüchtigt. Es wird gemunkelt, diese Menschen kennten Geheimnisse, die sie in die Lage versetzen, einem anderen die Knochen zu brechen und zu zerdrücken. Jedenfalls tun sie das gelegentlich.

Kein Khamorro fürchtet sich vor einem Kampf gegen einen Bewaffneten. Was die waffenlose Verteidigung angeht, so werden sie von niemandem übertroffen, allenfalls könnten sich die kriegerischen Mönche Djandiuns und ein oder zwei andere Gruppen mit ihnen vergleichen, die die Disziplinen begreifen und wissen, wie die Handkante einzusetzen ist. Aus persönlicher Anschauung meine ich, daß die Disziplinen der Krozairs aus Zy die Khamorros etwas in den Schatten stellen. Aber es gibt in Havilfar oder den anderen östlich gelegenen Ländern der Kontinentgruppe Paz nur wenige, die das Binnenmeer Turismonds, das Auge der Welt, besuchen oder überhaupt nur von seiner Existenz wissen.

So kämpften Turko und ich im Sportsaal des Palastes einige Runden auf der Matte. Dabei ging es wie üblich aus — am Ende lag Turko flach auf dem Rücken, schaute mich mit gewohntem spöttischen Ausdruck an und rief: »Also gut, Dray, ich biete dir meine Kehle. Vielleicht bist du doch noch nicht ganz so abgeschlafft.«

Darauf gab es keine Antwort. »Gehen wir in den Pfeilbauer-Turm, um uns die Kehle anzufeuchten. Seg wartet bestimmt schon.«

Nach dem Duschen trockneten wir uns ab. Dann legten wir weite Roben an, verließen den Sportsaal und gingen zum Pfeilmacherturm hinüber. Das Bauwerk hatte früher Jadeturm geheißen, bis Seg, der vorher hier Kov war, ihm den neuen Namen gab. Wir befanden uns in einer Anlage, die Turko seinen Palast nannte — genaugenommen handelte es sich um die Burgfeste Falnagur, die hoch über der Hauptstadt Falanriel aufragte.

»Ich gebe zu, ich bin überrascht, daß du den Pfeilmacherturm nicht längst umgetauft hast, Turko.«

»Außerhalb Herrelldrins bedeuten Namen wenig, Dray. Und sicher findest du genug andere Gründe, über mich zu spotten. So trage ich manchmal ein Schwert ...«

Ich war ehrlich erstaunt.

»Was?«

»O aye, das tue ich.«

Ich schüttelte den Kopf.

»Da friert doch eher Eis in einer herrelldrinischen Hölle!«

»Seit du mich zum Kov von Falinur gemacht hast, haben sich die Dinge eben verändert.«

»Zum Besseren, davon bin ich überzeugt. Laß uns nur erst Jhansi endgültig vertrieben haben.«

»Ich wünschte, ich wäre bei der kleinen Aktion dabei

gewesen. Willst du das Scharmützel wirklich die Schlacht von Marndor nennen?«

»Wenn es nur um mich ginge, würde ich mir die Mühe sparen. Aber es war ein Kampf. Soldaten sind gestorben. Es gab mutige Taten. Die Männer verdienen es.«

»Du meinst — Orden?«

»Warum nicht? Auf jeden Fall lohnt es einen Bob, den man sich voll Stolz an die Brust heftet.«

»Einverstanden.«

Wie wir schon vermutet hatten, war Turko mit seinem Teil der Armee in Bedrängnis geraten und hatte einen Kurier geschickt, der uns den Wechsel des Treffpunkts mitteilen sollte. Die Folge davon — viele Männer lagen in den Lazaretten. Das große Problem bestand darin, daß Jhansi nach seinem Pakt mit den nördlich von ihm operierenden Ractern Söldner von Übersee anwerben und sich im Kampf viel stärker hervortun konnte. Die Grenze zwischen Falinur und dem westlich gelegenen Vennar verlief nach Norden und Süden und war praktisch nicht zu verteidigen. Jhansi konnte sich immer neue Stellen für seine Überfälle aussuchen, angreifen und wieder verschwinden. Turko hatte schon gute Fortschritte bei der Säuberung Falinurs erzielt. Jetzt sah es so aus, als sei die ganze Arbeit umsonst gewesen.

Die Feste Falnagur war nach heftiger Belagerung erobert worden, und jetzt hatte Turko in seiner Provinzhauptstadt das Sagen. Während wir durch den Innenhof schritten und dann eine schmale Wendeltreppe erklommen, dachte ich daran zurück, wie ich Seg an dieser Stelle besucht hatte. Die Zeiten ändern sich. Damals kannte Segs Frau Thelda kein anderes Thema als Königin Lushfymi aus Lome. Thelda war inzwischen glücklich mit Lol Polisto verheiratet. Der alte Herrscher war tot, und Königin Lust wollte tatsächlich meinen Sohn Drak heiraten.

Wo sich Thelda im Augenblick aufhalten mochte ...

tslee-tha-tsleethi: gemach, gemach! Diese Information hätte Seg aus der Ruhe bringen können. Vielleicht auch nicht. Nein, natürlich nicht. Seg hatte Thelda für tot gehalten, er hatte angenommen, sie wäre zu den Eisgletschern Sicces eingegangen. Daß sie lebte und mit Lol Polisto glücklich war, hatte ihm gewissermaßen Frieden beschert, denn in Milsi hatte Seg die vollkommene Partnerin gefunden.

Kapt Erndor gesellte sich vor den Privatgemächern zu uns.

»Hai, Erndor!« rief ich und gab ihm die Hand. »Es freut mich sehr, dich zu sehen.«

»Lahal, Strom. Wir stecken ein wenig in der Klemme, das siehst du selbst. Aber nachdem du nun hier bist ...«

»Kov Seg und ich bringen einige Regimenter mit.«

»Meine Worte bezogen sich nicht auf Regimenter, Strom.«

Da hatte er wohl recht. Die alten valkanischen Freiheitskämpfer, die sich viel darauf einbildeten, mich Strom zu nennen und nicht Majister, können einiges aushalten. Sie sind wirklich kernig-rauh. Zum Beispiel Kapt Ender, der mit mir Schulter an Schulter für die Säuberung Valks gekämpft hatte — der konnte sich zwischen zwei Mühlsteine werfen und die zu Pulver zermahlen.

Gleichwohl haben Valkanier auch eine leichtfertige, spitzbübische Seite, nichts mögen sie lieber als ein Lied anzustimmen und einen Kummer zu ertränken. Auf das Schwenken wohlgefüllter Kelche verstanden sie sich ebenso wie auf den Umgang mit ihren Schwertern.

Seg rief: »Es ist eingeschenkt. Echter Jholaix!«

»Bei Morro dem Muskel!« rief Turko. »Welch ein Segen, wenn man mit der Tochter einer Weinfamilie aus Jholaix verheiratet ist!«

Seg schaute uns entgegen. Er hatte soeben die Kelche gefüllt. Milsi und er hatten Kisten des hervorragenden Jahrgangs von ihrer zweiten Hochzeitsfeier in Jholaix mitgebracht. Dabei hatte es keine Probleme gegeben; Milsis Familie hatte Seg mit offenen Armen empfangen. Daß es dafür vielleicht noch andere Gründe gab, mag später ausgeführt werden. Zunächst wollten wir das großartige Getränk genießen.

»Hervorragend!« verkündete Erndor, und sein ernstes Gesicht zeigte ein breites Lächeln.

»Dazu gibt es leider schlechte Nachrichten«, sagte Seg. Er war soeben von einem privaten Erkundungsflug über das Land zurückgekehrt, dessen Kov er einmal gewesen war. Sein Bericht löste bei uns Stirnrunzeln aus.

»Du bestätigst mir damit nur Dinge, die ich längst weiß, Seg«, sagte Turko nachdenklich und trank einen Schluck. »Aber ich bin froh, daß du meine Äußerungen damit unterstützt. Ich weiß, daß sie sich deprimierend anhören.«

»Nicht deprimierend, Turko!« sagte ich energisch. »Sondern realistisch. Du hast dich hier in Falinur außergewöhnlich gut gehalten. Wenn es das verdammte Bündnis nicht gäbe ...«

»Nun, können wir das nicht sabotieren?«

Seg schaute sich in dem Zimmer um. Früher hatte er mit Thelda hier gewohnt. Ich schwieg, ich brachte kein Wort heraus; ich konnte nur hoffen, daß er darüber hinwegkam.

Turkos Einrichtungsgeschmack hatte den Raum verändert. An der Wand hingen ein einzelner Bogen, ein einsames Schwert, ein einziger Speer. Turkos Bilder zeigten Menschen, die sich beim sportlichen Kampf herumwälzten. An Plastiken entdeckte ich einige Silber- und Bronzeexemplare, die vorwiegend Ringkampfszenen darstellten.

Die Tische waren beladen mit Speisen und Weinen. Die Stühle waren tief und bequem. Wir konnten die ganze Nacht hier sitzen und diskutieren und Pläne schmieden.

Auf dem Fensterbrett stand eine Flick-Flick-Pflanze

und krümmte ihre Tentakel auf der Suche nach Fliegen, die sie in ihren orangeroten Kegel stecken wollte. Turko hatte einige angenehm duftende Pflanzen gesammelt, die in Töpfen aus pandahemischer Keramik herumstanden. Ich nahm Platz, streckte die nackten Füße aus und griff nach Segs Jholaix.

»Auf Milsi«, sagte ich.

Feierlich tranken wir. Bei Krun! Der Wein war gut!

»Nun wollen wir eine Methode suchen, Jhansi aufzureiben!«

Erndor machte an einer Seite den Tisch frei und rollte die Landkarte aus. Wir starrten darauf und fühlten uns nicht wenig bedrückt, das kann ich nicht verschweigen.

»Ich«, sagte ich, »finde in meinem dämlichen Voskschädel nicht die geringste Idee.«

»Eines sollte man bedenken«, meinte Seg, »die neunte Armee ist trotz aller Rückschläge guten Mutes.«

»O aye«, bestätigte Erndor, »die Männer halten sich gut, halten sich gut. Aber man fragt sich, wie lange sie sich noch unbeschadet aus Gebieten zurückdrängen lassen wollen, die zuvor so mühselig erobert worden waren.«

»Welche Informationen erhältst du von deinen Spionen, Turko?« Ich musterte ihn aufmerksam. »Wenn wir rechtzeitig erfahren könnten, wo der elende Jhansi angreifen will ...«

»Viele Männer und Frauen sind ausgeschickt worden. Wir erhalten aber nur karge Informationen. Die beiden letzten Meldungen waren sogar völlig falsch.«

»Dann hat er deinen Apparat hier unterlaufen und führt dich in die Irre.«

»Ja. Wir sind zu der Stelle losmarschiert, an der wir seine Armee zu finden erwarteten; statt dessen schlich er sich hinter uns und eroberte zwei Städte.«

»Eine schlimme Sache.«

Eine Silberschale mit Squishes stand auf dem Tisch. Ich nahm eine der kleinen Früchte, schaute sie an und füllte mir dann damit den Mund. Es schmeckte angenehm.

»Ah«, sagte Turko, »zu gern sähe ich Inch mal wieder! Wir stehen in Verbindung. Er kämpft wie ein Dämon für seine Schwarzen Berge.«

»Mit Inch und dir, Turko«, sagte Seg unruhig, »müßten wir Jhansi wie eine faule Frucht zerdrücken können.«

»Ich habe eher den Eindruck«, sagte ich, »daß die Zeiten vorbei sind, in denen wir als Abenteurer durch die Welt stromerten und irgendwo unser Glück zu machen versuchten. Inzwischen seid ihr Kovs und tragt Verantwortung für eigene Ländereien ...« Ich hielt inne und fuhr fort: »Zumindst ist Inch ein Kov, der kämpfen muß, und du, Turko, stehst hier mit dem Rücken zur Wand ...«

»Und ich habe keine Ländereien«, merkte Seg an. »Aber das macht mir nichts aus.«

Beiläufig sagte ich: »Es ist vorgesehen, dich zum Hyr-Kov von Balkan zu ernennen, wenn der derzeitige Amtsinhaber stirbt; er hat keine Erben.«

Turkor und Erndor waren so vernünftig, den Mund zu halten.

Seg atmete tief durch. »Angeblich bin ich auch noch König von Croxdrin. Aber na ja, wenn es Milsi glücklich macht — meinetwegen. Wir reisen von Zeit zu Zeit dorthin zurück. Aber Balkan? Die Leute dort halten sich doch aus allen Dingen heraus.«

»Genau. Die Balkaner dienen lediglich den eigenen Interessen. Es ist eine reiche Provinz, und du wirst dich da oben gut stehen, Seg, und wenn du wie ich den ständig abwesenden Hausherrn spielst, dann wird man den Laden für dich instand halten und dir das Geld haufenweise anschleppen.«

»Das ist großzügig ... Himmel, nein, so meine ich das nicht!«

»Na, trink den prächtigen Jholaix, den uns deine Frau

netterweise spendiert hat. Dann wollen wir uns wieder dem Problem Jhansi zuwenden.«

»Wir reden später darüber, mein alter Dom, beim Verschleierten Froyvil, ja!«

So wandten wir uns wieder Turkos Problemen zu.

Während ich dem guten Wein zusprach und das Gespräch sich allen möglichen Aspekten der Lage zuwandte, beschäftigten sich meine Gedanken plötzlich mit dem Umstand, wie komisch es doch im Leben eines Herrschers zuweilen zuging. Dem Uneingeweihten mochte die Macht eines solchen Mannes gewaltig erscheinen. In Wahrheit aber, und das habe ich schon mehrmals erklärt, wechselt die Macht mit Stärke und Charakter, mit dem Einfluß auf andere regierende Gruppierungen, auf die Parteien, auf den Goodwill der Bevölkerung, auf Geschäfts- und Bankinteressen. So mancher Herrscher übernimmt Besitztümer verstorbener Edelleute, die ohne Erben sterben, in die eigene Regie, um sie dann, wenn er will, loyalen Freunden anzuvertrauen. Wie leicht mag es doch erscheinen, einfach zu sagen: »Du bist jetzt der Hyr-Kov von Balkan!«

Nun ja, vielleicht zeigte sich ja auch hier wieder die ungezügelte, pragmatische Art Kregens, vielleicht würde Seg für sein neues Kovnat noch kämpfen müssen.

Eine Wende des Gesprächs erregte meine Aufmerksamkeit.

»Mit dem Neuzugang an Flugkämpfern«, sagte Kapt Erndor, als es eben an der Tür klopfte, »kann ich ein einigermaßen vernünftiges Luftpatrouillen-Netz aufbauen.«

Die Tür öffnete sich und ließ Nath na Kochwold herein, der einen sehr staubigen Eindruck machte. Er deutete mit den Fingern auf seinen Mund. Lachend zog Seg einen Krug herbei. Nath griff danach, schluckte, wischte sich die Lippen und sagte: »Bei Vox! Es ist wie eine Nacht des Notor Zan da draußen!«

»Alles in Ordnung?«

»Aye. Die Jungs schlafen. Und zwischen den verschiedenen Kerchuris gab es nur vier Streitereien. Bemerkenswert.« Er trank einen weiteren Schluck und richtete den Blick auf Erndor. »Deine Luftpatrouillen. Wenn sie die Grenze abdecken sollen, mußt du sie sehr weit auseinanderziehen.«

»Sehr.«

»Wie dem auch sei«, sagte Seg frohgemut, »es gibt da sicher viele bekannte Routen. Bei meinem Kundschafterflug habe ich mir mehr als einmal gesagt, wie offen doch das Land daliegt. Bestimmt gibt es oft benutzte Wege, die wir außer acht lassen können.«

»Richtig.«

»Wenn du mir die Flutduins überließest, Strom, könnte ich sofort ein System etablieren.«

»Ausgezeichnet, Erndor, ausgezeichnet.«

Nath sagte: »Wirklich schade, daß die Flotte nach Vondium zurückkehren mußte. Wir haben eigentlich nicht genug Lufttransporter zur Verfügung, um eine größere Streitmacht schnell genug an den Schauplatz der Dinge zu befördern.«

»Das«, sagte Turko, »war ja auch der Grund für meinen Rückzug — und indirekt auch für eure Schlacht von Marndor.«

»Hmm«, sagte ich, »vielleicht können wir Farris überreden, uns einen oder zwei Voller zu überlassen. Es tut mir leid, daß Deb-Lu Quienyin nach Vondium zurückkehren mußte. Seine Gegenwart hier wäre sehr beruhigend gewesen.«

Die anderen antworteten nicht, sondern tranken. Sie wußten genau, was ich meinte.

»Wenn du mich entschuldigst, Strom, ich möchte zu Bett. Ich habe morgen einen anstrengenden Tag.«

»Das gilt wohl für uns alle.«

Erndor sagte gute Nacht und ging. Seg stand aufrecht in meiner Nähe und leerte seinen Kelch. Nath na Kochwold schenkte sich den Rest der Flasche ein.

»Ich trinke das eben noch aus. Es gibt mit Turko noch ein paar Einzelheiten zu besprechen.«

So brachen Seg und ich gemeinsam auf. Man hatte uns in schönen Gemächern auf der anderen Seite des Hofes untergebracht. Das steinerne Tor wurde von einem von Turkos Männern und einem Kampeon aus der 1SWH bewacht. Die beiden salutierten, als wir ihnen eine gute Nacht wünschten. Der Vorraum war mit Teppichen ausgelegt und präsentierte Krüge aus pandahemischer Keramik, die überlebensgroße Statue einer tanzenden Talu, schwere Sturmholzstühle und einen breiten Tisch, auf dem Besucher ihre Mäntel ablegen konnten. Der Teppich fühlte sich unter unseren Füßen sehr dick an.

Seg gähnte.

»Ich freue mich eigentlich auf mein Bett, mein alter Dom. Bis morgen früh!« Schnellen Schrittes ging er die Treppe hinauf. Dabei stieß er beinahe mit einem Mädchen zusammen, das die Stufen herabkam. Sie hatte eine gelbe Schürze umgebunden und trug ein Messingtablett, auf dem eine halbe Flasche, zwei Krüge und ein Teller Palines standen.

Mit gewohnter Zuvorkommenheit entschuldigte sich Seg, überzeugte sich, daß dem Mädchen nichts geschehen war, und entschwand nach oben.

Sie kam an mir vorbei und wollte die Augen dabei eigentlich gesenkt halten, doch konnte sie einem schnellen kurzen Blick in mein Gesicht nicht widerstehen. Ich rang mir eine Grimasse ab, die als Lächeln durchgehen mochte, und sagte: »Die Wächter sind dir dankbar, daß du dich um sie kümmerst, glaube mir.«

Sie errötete, brachte ein piepsiges: »Jawohl, Majister« heraus und huschte nach draußen. An ihren Pantoffeln bemerkte ich hübsche weiße Schleifen.

Ich hatte gerade die oberste Stufe erreicht, als ich von draußen das Klappern vernahm. Ich blieb stehen, legte eine Hand auf die Balustrade und schaute in die Vorhalle hinunter.

Die Lampen warfen wirre Lichtfelder auf den Teppich, betonten die phantastischen Verzierungen eines roten Krugs. Die Blüten füllten die Luft mit einem zugleich schweren und aufmunternden Geruch.

Durch die offene Tür erreichten mich zwei Geräusche, die einen schrecklichen Kontrapunkt bildeten.

Das entsetzte Schreien eines Mädchens. Und das fauchende Knurren eines Ungeheuers.

Wie ein Verrückter rannte ich die Treppe wieder hinunter.

Auf halbem Wege erblickte ich die schlanke graue Gestalt, die hinter dem Mädchen hersprang. Die Kleine wollte fliehen, stürzte aber haltlos auf den luxuriösen Teppich.

Gleich würde der Werwolf seine langen gelben Reißzähne in den weichen Körper bohren.

Es gab für mich nur eine Möglichkeit.

Mit einem kämpferischen Aufschrei stürmte ich die Treppe hinunter und zog dabei mein Schwert, mein nutzloses Schwert aus Stahl.

16

Stahl! *Stahl!* Nutzloser Stahl ...

Der hübsche Drexer, der in den Waffenschmieden Valkas entstanden war, darauf angelegt, die besten Elemente des havilfarischen Thraxters, des vallianischen Clanxers und des sagenhaften Savantischwertes in sich zu vereinen, die ganze Geschicklichkeit, Umsicht, all das Wissen und Können — es sollte umsonst sein, ohnmächtig, verschwendet ...

Ich eilte so schnell die Treppe hinab, daß ich beinahe auf die Nase gefallen wäre. Der Werwolf erblickte mich. Die im Lampenschein rötlich schimmernden Augen schienen Funken zu sprühen. Speichel hing dick und klumpig zwischen den Lefzen. Er atmete schwer. Er ließ keinen Zweifel daran, was er war: ein böses, lebensgefährliches Geschöpf, das so etwas wie menschliche Gnade nicht kannte.

Der Werwolf sprang über das Mädchen, um mich anzugreifen. Er fauchte die Treppe herauf und zog dabei die schwärzlichen Lippen zurück, um die spitzen Hauer bloßzulegen. Am Nacken sträubte sich das Fell zu einer dicken Bürste. O ja, trotz der Eile, mit der ich mich bewegte, sah ich, daß ich es hier mit einem teuflischen Werwolf zu tun hatte.

Von der vorletzten Stufe sprang ich ab. Ich sauste in hohem Bogen über den Rücken der Bestie und landete katzenfüßig auf dem Teppich. Mit einem furchterregend tiefen Knurren fuhr sie herum. In dem Herzschlag vor dieser Wende hieb ich mit dem Schwert nach ihr und brachte ihr am Hinterbein einen tiefen Schnitt bei.

Der Werwolf schrie auf — wer hätte das nicht getan? — und wich aus. Mein zweiter Hieb verfehlte knapp die zurückweichende Schnauze.

Die Wunde am Hinterbein behinderte das Ungeheuer nicht im geringsten. Es schien völlig unberührt zu sein.

Mit einer gutturalen Lautexplosion sprang es erneut vor.

Diesmal gelang es mir, mich seitlich unter ihm hindurchzurollen. Dabei gab ich ihm den alten Leemjäger-Trick zu spüren.

Wäre er doch nur ein Leem gewesen, eines der wildesten Raubtiere, die es auf dieser Welt gibt, dann wären ihm jetzt die Eingeweide aus dem Leib gequollen! Ich sah Blut. Ich sah es, das schwöre ich. Aber schon landete das Wesen kreischend auf dem Teppich und drehte den hageren Körper herum, um mich erneut anzugreifen.

Bei diesem einseitigen, seltsam unheimlichen Kampf ging es ohne den unangenehmen Geruch frisch vergossenen Blutes ab. Ich habe, wie Sie wissen, gegen so manches wilde Tier gekämpft und mir dabei gegen die verschiedenen Rassen gewisse Techniken zurechtgelegt — zu meiner Schande, wie ich eingestehen muß, denn einige kämpfen lediglich so wild, weil es ihrer Natur entspricht. Jedenfalls wäre jedes vierbeinige Tier dieser Wolfsgattung, mochte es auch noch so groß sein, längst erledigt gewesen.

Als der Ganchark erneut attackierte, gewann ich dabei den Eindruck, daß er sich so schnell bewegte wie ein normaler Wolf. Meine Hiebe schienen ihm nichts auszumachen.

Nun versuchte ich einen neuen Trick und versetzte dem Ungeheuer einen Streich auf die Schnauze. Der Werwolf jaulte auf und wurde nach rechts geschleudert, während ich mich gleichzeitig nach links in Sicherheit brachte. Wieder war keine Wunde zu beobachten.

Erst wenige Augenblicke waren vergangen, seit ich so tollkühn die Treppe hinabgestürzt war. Das Mädchen lag ohnmächtig am Boden, und wir Kämpfenden umkreisten sie und suchten die Gelegenheit, uns gegenseitig anzufallen. Er zuckte vor, und ich benutzte mein Schwert und wich zurück, und wieder griff er an. So konnte es die ganze Nacht weitergehen ...

Es konnte nicht mehr lange dauern, da würde Seg die Treppe herabgelaufen kommen, ein Gedanke, der mich alarmierte und mir die Entschlossenheit schenkte, ein schnelles Ende zu suchen — aber wie?

Das Monstrum raste mit klaffender Schnauze auf mich los, und ich landete zwei weitere Hiebe, die es eher zurücktreiben als verletzen sollten. Die Wächter von der Tür waren wohl längst zu den Eisgletschern Sicces eingegangen.

Der nächste Angriff ließ mich gegen einen herrlichen irdenen Krug aus Pandahem prallen. Das schöne Stück krachte zu Boden, Keramikstücke spritzten in alle Richtungen. Ich wich seitlich geduckt aus und hätte mir beinahe an den ausgestreckten Fingern der tanzenden Talu eine schlimme Wunde geholt.

Meine linke Hand umfaßte den Bizeps eines der acht Arme der Statue. Starr blickte ich dem nächsten Angriff entgegen — und erst dann ging mir ein Licht auf.

Dummkopf! Onker! Get-Onker! Natürlich!

Nun mußte ich es nur noch möglich machen. Das Fläschchen in meinem Gürtelbeutel war heil. Ich griff danach, fummelte damit herum, zog das Gebilde heraus. Wenn ich es fallen ließ, während der Ganchard geifernd erneut auf mich lossprang ...

Herumwirbelnd duckte ich mich, wehrte das Wesen ab und achtete darauf, daß ich ihm nicht direkt in den Weg geriet. Die Zähne sahen sehr unangenehm aus. Wieder näherte ich mich auf Umwegen der Statue des tanzenden Talu. Die acht Arme, die zu dem vertrauten hingebungsvollen Kreis gereckt waren, bestanden wie Leib und Beine aus Bronze. Der geheimnisvoll lächelnde Kopf war aus Gold.

Aber die Fingernägel ...

Ich schmierte das Ganjid auf so viele Fingernägel, wie

ich während dieses Vorbeihuschens erreichen konnte, zielte einen bösen Hieb auf den Werwolf und sah ein Stück graues Fell davonfliegen. Mehr konnte ich ihm nicht schaden — noch nicht. Weitere Fingernägel wurden ebenfalls mit Ganjid beschmiert. Dann wich ich zurück, ließ das Fläschchen fallen und hielt mich bereit.

In diesem Augenblick tönte Segs Stimme von der Treppe: »Dray!«

»Zurückbleiben, Seg!«

Der Werwolf sprang. Ich wartete ab, ließ das Schwert vor seinen geröteten Augen hochzucken, wie ich es schon oft getan hatte, und wich dann zur Seite aus. Diesmal aber hieb ich ihm das Schwert mit voller Kraft ins Gesicht und ließ los. Die Klinge glitt in ein Auge, das spürte ich ganz deutlich.

Aufschreiend hielt das Wesen inne, und dann ...!

Das Schwert begann sich wieder aus dem Auge zu schieben. Es bewegte sich sichtlich auswärts. Zitternd stand der Unhold da, die Zunge hing ihm aus dem Maul, während das Schwert von übernatürlichen Kräften aus dem Auge geschoben wurde und dröhnend auf den Teppich fiel.

Der Unhold fauchte, als wisse er anzuerkennen, daß der Hieb ein weniger gut ausgerüstetes Wesen getötet hätte, ein Raubtier, das nicht über Werkräfte verfügte ...

Er sprang.

Ich packte die überlebensgroße Statue der tanzenden Talu an zwei unteren Armen, hob sie hoch, drehte sie um und hielt sie schräg nach vorn. Der Ganchark sprang auf mich zu und landete geradewegs auf der spitzen Hecke, die aus den Dudinterfingern der Statue gebildet wurden.

Später zählten wir die Zahl der Fingernägel, die seine Haut durchdrungen hatten.

Fünf.

Fünf Fingernägel aus Goldsilberlegierung, beschmiert mit Wolfsbann, fünf dünne Finger genügten, um das Wesen zu töten.

Seg eilte brüllend in die Vorhalle. Andere Leute erschienen, denen ich keine Vorwürfe machen kann, daß sie meinen Kampf etwa aus dem Hintergrund beobachtet hatten. Immerhin hatten sie dann den Mut gehabt, nicht fortzulaufen. Im Kreis standen wir um den Werwolf herum und starrten ihn an, und zwei Mädchen beugten sich über das ohnmächtige Hausmädchen.

»Die Punkturfrau kommt«, sagte ein Pachak, der ein Amtszeichen trug.

Wir starrten den Unhold an.

Wer würde zum Vorschein kommen, wenn die üblen okkulten Kräfte die furchteinflößende graue Gestalt verließen?

Das graue Fell begann zu schimmern, der strenge spitze Kopf rundete sich, die Umrisse wurden weicher — und dann lag vor uns der Wächter, der am Eingang gestanden und uns eine gute Nacht gewünscht hatte.

»Larghos m'Mondifer«, sagte ich. Ein erfahrener Kampeon, der kürzlich als Jurukker in die 1SWH eingetreten war.

Nun aber geschah etwas, auf das wir nicht im geringsten gefaßt waren.

Der Tote öffnete die Augen.

Ehe jemand schreien oder ohnmächtig werden konnte, ging der Mund auf. Ein seufzendes Entweichen von Luft war zu hören, als wäre ein lange verschlossenes Grab erbrochen worden, dann sagte die Leiche Larghos' m'Mondifer:

»Dies, Dray Prescot, war nicht mein Werk.«

Nun ertönten doch ringsum die Schreie, nun sanken die Nervenschwachen bewußtlos zu Boden.

Der tote Larghos m'Mondifer lief schwarz an. Die Haut leuchtete wie Emaille, ermattete, bis sie aschen wirkte. Risse erschienen überall wie ein Spinngewebe.

Schließlich sackte der Wächter in sich zusammen, war bald nur noch ein Umriß in schwarzem Staub auf dem dicken Teppich, aber auch diese Überreste verschwanden und ließen nichts übrig von einem ordentlichen vallianischen Kämpfer, der in einen Werwolf verwandelt worden war.

17

Der Werwolf von Vondium war also nicht allein gewesen ...

Gründliche Nachforschungen ergaben nichts, was den armen Larghos m'Mondifer von seinen Kollegen im Gardekorps unterschieden hätte. Er hatte seine Pflicht getan, hatte Wache gestanden und sich in der Schlacht von Marndor hervorgetan. Mir mißfiel die Tatsache, daß die beiden bisher gestellten Werwölfe Mitglieder meiner Leibgarde gewesen waren.

Und was sollte das rätselhafte Verhalten der Leiche, diese Verbreitung von Rätseln?

Seg sagte: »Mir und Milsi wurde berichtet, es gebe Werwölfe auf den Ebenen von Nord-Croxdrin. Werwerstings sollten das sein.«

Marion legte den Kopf auf die Seite und schaute ihn an. Nath na Kochwold zog ein grimmiges Gesicht. Das Gespräch fand während unseres üblichen schnellen zweiten Frühstücks statt, und die allgemeine Laune war nicht sonderlich gut.

»Was hat der arme Bursche nur gemeint, zum Teufel?« wollte Turko wissen.

»Er hat meinen Namen gesprochen. Ein Toter! Ich geb's zu, ich weiß die Lösung nicht. Da Deb-Lu mit eigenen wichtigen Dingen beschäftigt ist, sollten wir sofort Khe-Hi-Bjanching kommen lassen.«

Khe-Hi hielt sich im Südwesten des Landes bei Drak auf. Gegen seine Hinzuziehung konnte niemand etwas haben, denn die ganze Angelegenheit wurde immer rätselhafter und war ohne Zauberer aus Loh wohl nicht in den Griff zu bekommen.

Die nächsten Tage verbrachten wir in denkbar schlechter Stimmung. Es wurden zwei weitere Werwolfangriffe gemeldet, die Todesopfer forderten.

Wir ließen aus Vondium Dudinterwaffen kommen.

An Bord eines schnellen Vollers traf Khe-Hi-Bjanching ein, ein rothaariger Mann, dessen streng-attraktives Gesicht ein wenig runder geworden war. Über die Situation war er informiert; Zauberer aus Loh haben eben ihre Kommunikationswege.

Mit seiner knappen harten Stimme sagte er: »Ich habe das Ganjidrezept und beginne sofort mit der Herstellung, Majister. Eine üble Sache. In Vallia schwirrt es nur so von Gerüchten.«

»Gerüchte haben keine tödlichen Reißzähne, Khe-Hi.«

»Die Sache hat Aspekte, die mich interessieren. Deb-Lu ist im Augenblick sehr beschäftigt.«

Nichts lag mir ferner, als danach zu fragen, was zwischen diesen beiden mächtigen Zauberern vorging. Sie waren Freunde. Davon war ich überzeugt, und beide hatten mir und Vallia schon vorzügliche Dienste geleistet. Khe-Hi machte sich auf den Weg in die Küche, während seine Jünger die Zutaten zusammenzutragen begannen.

Bei der Zusammenstellung der Ingredienzen würde es keine Panne geben. O nein! Khe-Hi war um etliches jünger als Deb-Lu und befand sich von Periode zu Periode im Aufschwung, was seine magischen Fähigkeiten betraf — jedenfalls hatte ich den Eindruck. Ich kannte ihn länger als Deb-Lu, und weil Delia mir aufgetragen hatte, ihn aus einem Loch herauszuholen, sah er sich in meiner Schuld. Wir hatten oft genug darüber diskutiert und waren wohl zu der Erkenntnis gekommen, daß unsere Freundschaft und gegenseitige Loyalität auf einer viel höheren Ebene angesiedelt waren, als sie nur von Dankbarkeit definiert werden konnte.

Im Rückblick auf die anstrengenden Tage in Falinur, die wir mit dem Bemühen verbrachten, die Grenze zu halten, Layco Jhansi zurückzuwerfen und mit den verdammten Werwölfen fertigzuwerden, ist mir vor allem ein Gefühl der Ratlosigkeit in Erinnerung. Was immer ich auch unternahm, führte in eine Sackgasse. Wir schickten Luftpatrouillen los und konnten mehrere feindliche Vorstöße abfangen. Alle Beteiligten leisteten hervorragende Arbeit. Die Soldaten flogen los oder marschierten ins Feld und setzten sich nachdrücklich ein. Wir hielten Jhansi in Schach und starteten sogar eigene Überfälle gegen ihn.

Aber wohin sich der Herrscher von Vallia auch wandte — kurze Zeit später erschienen auch die Werwölfe.

Dies lag nach einiger Zeit offen auf der Hand.

Wir erwischten drei weitere dieser armen Geschöpfe. Alle drei waren Mitglieder meines Gardekorps.

Ich begann ernsthaft mit dem Gedanken zu spielen, die 1SWH und die 1GJH nach Vondium oder zu Drak zu schicken.

Dann kam es zu einer besonders unangenehmen Szene. Wir befanden uns im hohen Norden und verfolgten einen Angreifertrupp. Wir hatten die Teufel überrascht, die gerade einen entlegenen Hof niederbrannten. Als wir später inmitten der Ruinen der Anlage Rast machten, wurden nicht weniger als vier Mädchen aus dem Ort auf die schreckliche und vertraute Weise getötet: ihnen wurde die Kehle zerfetzt.

Daraufhin stellten wir eine Falle und erwischten den unsäglichen Ganchark.

Der Mann entpuppte sich als Nalgre die Nachhut, ein Mitglied des ausgewählten Trupps, der für Turkos Sicherheit sorgte.

Andrinos, der Khibilringer, der jetzt ein gutes Verhältnis zu Turko hatte, schüttelte den Kopf und schürzte die Lippen. Wir standen um den Toten herum.

»Dies alles verheißt nichts Gutes«, sagte er.

»Warte, Andrinos! Wir wollen sehen, ob er spricht.«

Aber außer Larghos m'Mondifer öffnete kein Toter die Augen und den Mund und richtete das Wort an mich — jedenfalls bis jetzt nicht ...

In jenen schlimmen Tagen kamen Elemente des alten

Dray Prescot wieder an die Oberfläche. Mehr als ein Mann zuckte vor mir zurück, obwohl ich ihn ganz gelassen anschaute. Die Atmosphäre heizte sich auf. Wir waren zu wenig Leute für die Probleme, die uns heimsuchten, aber das war eigentlich keine neue Sache, sondern im Grunde schon die Norm.

Zufällig hörte ich an einem Regenabend durch eine Zeltöffnung ein Gespräch mit. Der Lauscher an der Wand ... ich kenne das alte Sprichwort.

Zwei Soldaten aus einem Regiment, das Turko zugeordnet war, unterhielten sich in jenem leisen murmelnden Ton, der erkennen ließ, daß sie alte Freunde waren und sich vor Lauschern nicht fürchteten.

»Ich sage dir eins, Nath, das Land ist verflucht.«

»Das stimmt, bei Vox! Und das alles, seitdem dieser Kov Seg zurückgekehrt ist. Er wurde ja schon einmal von hier vertrieben ...«

»Aye. Aber Kov Turko geht strenger gegen die Sklavenherren vor.«

»Das mag ja sein, Mondo. Aber es stimmt garantiert, daß Seg von Werwölfen angesteckt wurde — in seinem eigenen Königreich, in welcher teuflischen Ecke der Welt das auch liegen mag. Er hat es selbst gesagt.«

Ich bückte mich in die Zeltöffnung, trat über die Spannleine und sagte: »Aufstehen! Achtung!«

Die beiden erkannten mich und rappelten sich auf. Sie versuchten Haltung anzunehmen, was ihnen aber kläglich mißlang, so heftig zitterten sie.

»Ich werde euch nicht auspeitschen oder foltern lassen, nicht einmal einen schnellen Tod will ich euch gönnen. Aber laßt euch eins sagen: Kov Seg Segutorio ist nicht die Ursache dieser Werwolfplage. Er ist kein Zauberer. Wäre er das, wärt ihr wegen eurer Dummheit vielleicht längst in kleine grüne Kröten verwandelt worden.«

Die beiden standen vor mir und sahen sehr mitgenommen aus. Sie kamen gar nicht auf den Gedanken, die Flucht ergreifen zu wollen, noch weniger wäre es für sie in Frage gekommen, mich anzugreifen — sie wußten, was das auf meinem Rücken hängende Krozair-Langschwert anrichten konnte.

Daß ich die hervorragende Waffe benutzt hätte, stand für mich fest. Hier ging es um die Gerüchte, die meiner eigenen Glaubwürdigkeit sowie der meiner Freunde so großen Schaden zufügten.

Ich entließ Nath und Mondo mit einer Aufforderung zur Zurückhaltung. Dann forderte ich sie auf, den Kopf nicht hängen zu lassen, denn bestimmt würden wir über die Gancharks siegen. Sie schlichen davon und sahen aus, als wären sie aus großer Höhe von einer Klippe gestürzt.

Ich hatte die beiden nicht angefaßt, aber das altbekannte Gesicht, das mich verändern kann, das Gesicht, das als Prescotsches Teufelsgesicht berüchtigt ist, mußte seine ganze böse Macht entfaltet haben.

Die Entscheidung, Seg von dem Gespräch nichts zu erzählen, fiel mir leicht; mich daran zu halten, war allerdings schon problematischer.

Auf dem Rückflug nach Falanriel sagte Seg auf seine täuschend beiläufige Art: »In dieser Sache gibt es mehr Gerüchte als Fliegen über einer Leiche.«

»Sieht so aus.«

Der Wind blies uns ins Gesicht, die Sonnen schienen, in der Luft lag jene besondere Süße, die sich nur auf Kregen findet — trotzdem durchlief mich ein Schauder des Unbehagens.

»Ja, mein alter Dom«, sagte er, »es sieht so aus, als gäben die Leute dir die Schuld daran. Ich habe das natürlich klargestellt.«

Das konnte ich mir vorstellen.

Und mußte Seg nun natürlich berichten, was Nath und Mondo gesagt hatten.

»O ja, klar doch. Ich habe das auch schon gehört. Aber man legt die Schuld vor allem dir zu Last, Dray, weil die Werwölfe überall dort erscheinen, wo du auftauchst.«

»Das ist doch nur ein Zufall.«

Seg schaute zum Horizont. »Vielleicht, vielleicht aber auch nicht.«

Ich blieb stumm. Offenbar war Seg eine Idee gekommen.

Er fuhr fort: »Wir können natürlich nicht wissen, ob das stimmt oder nicht. Aber gehen wir zunächst mal davon aus, daß es zutrifft. Den Grund dafür werden wir vielleicht nie erfahren. Aber wenn es so wäre, läge darin für uns doch eine klare Spur, eine Chance, ein Hebel, den wir gegen die Werwölfe einsetzen könnten, ja?«

»Wenn es so ist, wenn das Schlimme, das du da andeutest, wirklich stimmt — wie machen wir uns das zunutze?«

»Ich werde mich darüber ein bißchen mit Khe-Hi abstimmen.«

Ich drehte mich zu ihm um. »Ja, Seg, ja. Tu das! Ich gebe zu, die Sache geht mir an die Nieren.«

Zu einem weiteren betrüblichen Zwischenfall kam es kurz nach unserer Landung.

Eines der Mädchen, die zum Opfer eines Werwolfs geworden waren — natürlich wußten wir nicht, ob die von uns erwischten Werwölfe mit jenen identisch waren, die die Untaten begangen hatten —, war ein junges sorgloses Mädchen gewesen, das mit seinem Wesen auch den verhärtetsten Griesgram erweichen konnte. Pansi das Lied, so hatte sie geheißen. Sie hatte in einer gut beleumundeten Taverne in Falanriel gearbeitet und war zerfleischt in einer Gasse aufgefunden worden.

Ihr Vater, Nolro der Jähe, ein kleiner Mann mit einem dichten Büschel vallianisch-braunen Haars und einem wohlgerundeten festen Bauch, reagierte sehr zornig auf den Tod seiner Tochter. Offenbar kannte er einiges von den Geschichten und Gerüchten, die im Umlauf waren. Und er schien seine Wut eine Zeitlang genährt zu haben. Seine Frau war vor langer Zeit gestorben. Nachdem Sasfri ihm genommen worden war, hatten sich seine Hoffnung und Zuneigung allein auf Pansi das Lied konzentriert.

Und nun war sie tot, auf schreckliche Weise einem Werwolf zum Opfer gefallen, den der Herrscher nach Falanriel gebracht hatte.

Wir entfernten uns vom Voller, als Nolro der Jähe, außer sich vor Kummer und Verzweiflung, durch die Reihen der Wächter brach und sich mit einer Eisenstange auf mich stürzte.

Zair sei Dank, daß ich nicht selbst in Aktion treten mußte, sondern nur brüllen konnte: »Tut ihm nichts!«

Meine Burschen rückten zusammen und nahmen dem Mann die Eisenstange weg.

Nolro kreischte hysterisches Zeug, und der massige Körper zitterte von oben bis unten.

»Werwolf-Freund! Tod dem Herrscher!«

Ich sagte zu Jiktar Vandur: »Kümmere dich um ihn, Vandur. Laß einen Nadelstecher kommen. Versuch ihn sanft zu behandeln. Wenn er sich beruhigt hat, werde ich ihn besuchen.«

»Quidang!« Vandur, ein denkbar abgebrühter Kämpfer, die Brust voller Bobs, zupfte an seinem Schnurrbart. »Ich würde allerdings dagegen wetten, daß er sich je wieder ganz erholt.«

»Ich hoffe, du irrst dich. Aber ich fürchte, du hast recht.«

»Wenn ich diese Gerüchteschmiede erwische, knüpfe ich sie auf — bei der Klinge von Kurin!«

Sie können sich also vorstellen, daß ich nicht gerade fröhlicher Stimmung war, als wir uns dem Pfeilmacherturm näherten. Ich gewann den Eindruck, daß die Werwölfe und die Gerüchte mich der Bevölkerung entfremdeten. Jener Bevölkerung, die seinerzeit lautstark gefordert hatte, daß ich als Jak der Drang und dann als Dray Prescot ihr Herrscher werden und sie von ihren Problemen befreien sollte — diese Menschen forderten nun bereits mein Blut.

Später ließ Jiktar Vandur ausrichten, Nolro der Jähe habe sich beruhigt. Die Ärzte hatten ihn überall mit Akupunkturnadeln gespickt, und er konnte wieder hören und vernünftig sprechen. Ich begab mich in den kleinen Sanitätsraum, in dem sein Bett stand. Eine schwere Last lag mir auf der Seele.

»Majister«, sagte er. »Wie du siehst, kann ich dir nicht die volle Ehrerbietung erweisen.«

Als Sarkasmus ging dieser Satz am Ziel vorbei. Aber er bot mir einen Ansatzpunkt. Ich versuchte einen kühlen freundlichen Ton anzuschlagen, als ich sagte: »Du solltest wissen, Nolro, daß mir die volle Ehrerbietung ebenso gleichgültig ist wie die sonstige Verbeugerei und Speichelleckerei. Du scheinst ein etwas verzerrtes Bild von mir zu haben.«

»Ich begreife nicht, wieso meine Pansi tot ist oder wieso überall dort, wo du erscheinst, Werwölfe auftauchen ...«

Ich ließ mich nicht auf kunstvoll aufgebaute Argumente ein, sondern redete mit ihm, als läge er im Fieber. Ich wies auf offensichtliche Dinge hin: daß ich als verflixter Herrscher doch wohl kaum solchen Kummer über das Volk bringen würde, wenn er uns allen schaden mußte. Sein Ausdruck umwölkte sich, und ich sah, daß er diese simple Logik zu verarbeiten versuchte.

Dann: »Aber die Werwölfe tauchen überall dort auf, wo du bist ...«

»Das bestreite ich ja nicht, Nolro. Ich bestreite nur, daß ich ihr Erscheinen auslöse.«

Er schüttelte unruhig den Kopf. »Aber das ist doch ein und dasselbe.«

»Dir lastet die Trauer um deine Tochter auf den Schultern«, sagte ich. »Ich weiß, wie dir zumute ist.« Und, bei Zair! das war nicht gelogen ...

Er versuchte die gefesselten Handgelenke auseinanderzuzerren, doch ich verdrängte die schlimmen Erinnerungen und fuhr hastig fort: »Ich trage die Trauer um alle Töchter, um alle Söhne auf meinen Schultern, Nolro.«

Unser Gespräch ging noch weiter. Die Ärzte hielten sich im Hintergrund und waren bereit dazwischenzugehen, ebenfalls die Wache, und an der Tür wartete eine alte Reinmachefrau, die unter ihrer gelben Schürze die Hände verschränkt hatte. Ich fand, Nolro habe den Schock über den Tod Pansi des Lieds noch nicht überwunden, begriffe aber immerhin, daß die Gründe dafür nicht so einfach waren, wie er sich eingebildet hatte.

»Ich verspreche dir eins, und dabei ist Opaz mein Zeuge. Wir werden dem bösen Geheimnis der Gancharks auf die Spur kommen. Wir werden dafür sorgen, daß diese Geschöpfe niemandem mehr schaden können. Das verspreche ich dir, Nolro, und allen Bewohnern Falanriels, allen Vallianern.«

»Ich glaube dir, Majister ...«

Ich zog mein Messer, meine alte Seemannsklinge, die ich wie immer an der rechten Hüfte trug. Ich zerschnitt seine Fesseln. Er schaute mich verblüfft an, und aus den Augenwinkeln gewahrte ich die heftige Reaktion der Ärzte, der Wächter und der alten Reinmachefrau.

»Zurückbleiben!« sagte ich heftig, ohne mich umzudrehen.

Dann hielt ich Nolro das Messer hin, mit dem Griff voran.

»Wenn du die Schuld bei mir siehst, Nolro der Jähe, dann benutze dieses Messer. Stich damit zu und laß die Gerechtigkeit siegen!«

Also, beim Schwarzen Chunkrah! Das war eine gefährliche Geste ...

Nolro ergriff das Messer. Interessanterweise zitterte es nicht in seiner breiten roten Hand. Er betrachtete die Klinge. Dann schaute er mich an. Mit heftig eingesogenem Atem warf er dann das Messer auf die Bettdecke.

Sein Gesicht war dermaßen verzerrt, daß seine Bewegung nicht ohne Wirkung auf mich blieb.

Weitere Worte waren überflüssig. Ich nahm das Messer wieder an mich, steckte es fort und verließ den Raum.

Ich brauchte niemanden aufzufordern, die Geschichte zu verbreiten. Die Anwesenden würden herumlaufen und allen berichten, was sich zwischen dem Herrscher von Vallia und Nolro dem Jähen abgespielt hatte.

Dennoch konnte nichts auf der Welt das Lächeln und die Musik Pansi des Liedes zurückbringen ...

18

Die häßliche Wahrheit sah so aus: Irgendwie hatte das alles mit mir zu tun. Irgendwie geschah es, daß die Werwölfe auftauchten, wo immer ich mich blicken ließ.

Dies konnte kein reiner Zufall sein.

Der tote Larghos m'Mondifer hatte zu mir gesprochen. Ich zitterte bei dem Versuch, mir vorzustellen, wer da seinen Kadaver benutzt hatte, um das Wort an mich zu richten. Wenn der Gedanke, den ich nicht näher verfolgen wollte, tatsächlich zutraf, dann steckte Vallia wirklich in der Klemme.

In dieser Zeit, in die unser ausgedehnter Feldzug gegen Layco Jhansi fiel, faßte ich den Entschluß, mich nicht mehr in Falanriel blicken zu lassen und überhaupt allen Städten fernzubleiben. Während ich meine Tage in den Feldlagern oder im Freien zubrachte, hoffte ich möglichen Werwölfen die Gelegenheit zu nehmen, junge Mädchen anzufallen. Dies erwies sich als richtig. Dennoch gingen die Untaten weiter; Posten stehende Soldaten wurden zerfleischt. Wir erwischten die Werwölfe. Es hatte in diesem Zusammenhang auch keinen Sinn, zwei Männer oder eine Frau und einen Mann zusammen auf Posten zu schicken. Oft verwandelte sich einer der beiden in einen Werwolf und vernichtete den anderen. Wir bildeten Wachen in der Größe einer Audo, zu acht oder zehnt, doch so ist das wohl mit der menschlichen Natur: Noch immer tauchten Werwölfe auf und fanden Opfer, die allein waren. Trotz strengster Anordnungen gab es immer wieder Dummköpfe, die ohne Begleitung anzutreffen waren.

Ein Beispiel war typisch.

Drei Männer, die zusammen Wache hatten, waren gute Kameraden, Soldaten, die in der Phalanx zusammen gekämpft hatten und sich gegenseitig ihr Leben anvertraut hätten. Einer ging Wein holen und blieb dabei in Sichtweite des Zelts. Als dieser Mann, Fonrien der Haken, zum Zelt zurückkehrte, lag dort Nath Furman, einer seiner Kameraden, im eigenen Blut. Der Werwolf huschte soeben davon. Als die Verfolgung schließlich ergebnislos aufgegeben wurde, kehrte der dritte Gefährte, Nugos der Ahnungslose, blutüberströmt ins Lager zurück und berichtete, er habe den Ganchark verfolgt.

Der Fall schien klar auf der Hand zu liegen.

»Nehmen wir einmal an«, sagte Nath na Kochwold, der für die Sache zuständig war, weil die Männer Brumbyten waren, »nehmen wir einmal an, Nugos der Ahnungslose wäre nicht der Ganchark? Wie könnten wir ihn dann kaltblütig töten?«

»Die Beweise scheinen klar zu sein«, sagte Decor. Er bot ein eindrucksvolles Bild in seiner Lanzenträgeruniform, unter der sich die Muskeln wölbten, und sein Gesicht wirkte so hart wie der Rand des Kax, der seine Brust schützte. Als Brumbytevax teilte Decor die Sorge Naths um die Phalanx. »Es ist zwar grausam, aber es muß geschehen.«

Das weite Zelt, in dem wir uns zusammengefunden hatten, hallte von den Stimmen der Streitenden wider. Es schien klar zu sein, daß Fonrien der Haken, ein Brumbyte, losgegangen war, um den Wein zu holen, daß sich Nugos der Ahnungslose, ein Faxul, ein Anführer der Reihe, daraufhin sofort in einen Werwolf verwandelt hatte. Dann hatte er Nath Furman, dem Laik-Faxul, die Kehle aufgerissen und war geflohen.

»Es handelt sich um eine Angelegenheit der Phalanx«, erklärte Brytevax Decor. »Unter direkter Anordnung vom Herrscher.«

Dies war die typische Haltung streng nach Vorschrift, wie sie von Kommandeuren eingenommen wird, die Probleme in den eigenen Reihen halten wollen. Sie bedingte eine Abwendung von den Einwänden Kov Turkos und Kapt Erndors. Turko hatte damit sicher seine

Schwierigkeiten, ehe er die Gelegenheit willkommen hieß, sich von einer unangenehmen Sache zu distanzieren. Er war entschlossen und geradlinig, unser Turko, doch hatte er Herz, das wußte ich nur zu gut.

Die schnell begründeten Traditionen der Phalanx, die von mir zu einer Zeit angeregt und gefördert worden waren, als das Schicksal Vallias von der Kampfkraft unerfahrener Soldaten mit neuen Waffen abhing, hatten sich unterdessen prächtig weiterentwickelt. In der Phalanx mochte zwar noch kein eigenes Gesetz gelten, doch erledigte man dort die Dinge gern auf eine ganz eigene Art und stand für diese Art ein — auf dem Schlachtfeld wie auch sonstwo. Das ist vermutlich eines der Dinge, die man in Kauf nehmen muß, wenn man eine Elite schafft.

Wenn ein Mitglied der Phalanx ein bedauerlicher Werwolf war, würde die Phalanx die Sache regeln. Queyd-arn-tung!

Aber trotzdem — einmal angenommen, Nugos der Ahnungslose war kein Werwolf? Was dann?

Auf einfache Fragen schüttelte Nugos nur den Kopf. Was die Ereignisse anging, antwortete er ganz offen. Er erinnerte sich an nichts seit dem Augenblick, da Fonrien der Haken losgegangen war, um Wein zu holen, bis zu dem Augenblick, da er sich blutbefleckt am Boden hokkend wiedergefunden hatte. Er ging davon aus, daß er hinter dem Werwolf hergehetzt war und sich dabei verwundet hatte, ehe er schließlich das Gedächtnis verlor.

»Wahrscheinlich war es so«, sagte Nath na Kochwold.

Sie alle, wie sie da in dem großen Zelt versammelt waren, wußten, daß der Herrscher von Vallia die Folterung als Mittel der Informationserlangung nicht duldete. Nicht einmal jetzt kam ich in Versuchung, auf dieses widerliche Mittel zurückzugreifen.

Als Nugos ins Wachzelt geschafft worden war, sagte ich: »Wir müssen versuchen, diesen Fall zu unserem

Vorteil umzudrehen. Baut eine Hütte — kein Zelt — mit zwei Räumen. Laßt dazwischen ein Beobachtungsloch. Nugos kommt in eine Hälfte, von der anderen her wird er beobachtet. Natürlich muß er stets von ausreichend Leuten bewacht werden.«

»Und wer spielt den Köder?« Seg stieß natürlich sofort zum Kern des Problems vor.

»Ein Audo eurer Kämpfer mit dudintergerüsteten Pfeilen müßte ihn aufhalten können. Die Wache soll sich zum Eingreifen bereithalten. Ja, ich glaube, man könnte sich bei den Jikai-Vuvushies nach einer Freiwilligen umsehen.«

Nun ja, so widerlich das alles auch war — es geschah.

Der arme Nugos der Ahnungslose! Ein passender Name, o ja!

Ein schlankes wendiges Mädchen, deren Figur im ledernen Kampfanzug besonders gut zur Geltung kam, trat vor. Minci Farndion, Deldar des neuen Garderegiments, meldete sich sofort freiwillig und war damit nur einen halben Herzschlag schneller als ihre Gefährtinnen.

Ich hatte nicht den Wunsch, dem unangenehmen Versuch beizuwohnen. Die Phalanx, die eifersüchtig über ihre Stellung und Privilegien wachte, regelte alles allein. Minci besuchte den Gefangenen mit einem Tablett voller Speisen. Der arme Nugos verwandelte sich und wurde augenblicklich von Pfeilen getroffen und von Dudinterklingen niedergestreckt; die auf der Lauer liegenden Wächter zögerten nicht.

Nun ja, wenn ich die Ursache dieses Kummers und Leids war, würde ich nichts unversucht lassen, die schrecklichen Dinge aufzuklären — aber Szenen wie diese, o nein, sie schmeckten mir nicht, bei Krun!

Wir konzentrierten uns wieder mehr auf unseren Kampf gegen Layco Jhansi, verstärkten die Flugpatrouillen und erwischten zwei seiner Einheiten bei Hinterhalten. Allmählich hatten wir das Gefühl, daß er vorsichtiger operierte, und beschäftigten uns mit dem Gedanken an einen kühneren Vorstoß auf Vennar-Gebiet.

Etwa um diese Zeit erreichte uns die Nachricht, daß sich Natyzha Famphreon, die Kov-Witwe von Falkerdrin, gegen ihre Krankheit aufbäumte. Sie klammerte sich mit einer Beharrlichkeit ans Leben, wie ich sie bei ihr schon von früher kannte. Ein zäher alter Vogel war Natyzha. Obwohl sie sich als erklärte Racteranhängerin gegen mich gestellt hatte, hatte ich das Gefühl, daß die Welt etwas verloren hatte, als sie schließlich doch dahinschied.

Khe-Hi stellte klar, daß er wie Deb-Lu von Zeit zu Zeit ein kurzes Aufflackern okkulter Kräfte spüre.

»Diese Erscheinungen treten zufällig auf, San?«

»Ja, Dray. Ich glaube, sie haben mit dem Ganchark-Phänomen zu tun.«

»Ich auch. Aber wer ...?«

»Wenn er nicht tot wäre, wüßte ich sofort, wen ich da nennen müßte, bei Hlo-Hli!«

»Frau und Kind sind noch am Leben.«

»Dann müssen sie es sein.«

»Das fürchte ich auch.«

Khe-Hi zupfte an der karmesinroten Schnur, die ihm die Hüfte umspannte. Sein glattrasiertes Gesicht war traurig und grimmig zugleich. Er sagte: »Deb-Lu und ich haben im Lauf der Perioden für Vallia wirkungsvolle Verteidigungsmöglichkeiten geschaffen — und auch für dich, das weißt du. Aber jede Verteidigung ist zu überwinden, wenn der Gegenstoß hart und konzentriert genug ausfällt.«

»Was mich betrifft, da glaube ich fast, die Dame hätte Gefühle für mich entwickelt. Das ist ihr Pech. Ihr Kind, der Uhu Phunik, ist die eigentliche böse Macht.«

»Du weißt, daß Csitra Phu-Si-Yantong geliebt hat? Ja, Ling-Li-Lwingling kam des Weges und verdrehte ihm den Kopf. Deb-Lu hat dir diese Tatsachen offenbart. Wenn Csitra sich wirklich einbildet, Gefühle für dich zu hegen, Dray, so mußt du bedenken, daß sie eine Frau ist, die sich streng an ihre Besessenheit hält.«

»Ich sollte da wohl dankbar sein.«

»O ja, ganz recht.« Die metallische Stimme des Zauberers ließ kein Amüsement zu. »Wenn dies alles Phuniks Werk ist, werden Deb-Lu und ich mit ihm schon fertig. Es dürfte viele Jahresperioden dauern, bis er an unser vereintes Kharrna auch nur annähernd heranreicht.«

»Und Csitra?«

»Als wir Yantong in den Quern von Gramarye schickten, spürten wir, daß sie ihn unterstützte. Sie hat Kräfte. Ich glaube aber, daß sie nicht einmal mit ihrer Uhu in der Lage ist, uns zu überwältigen.«

»Warum unterbindest du das Spiel der beiden dann nicht?« fragte ich mit größerer Schärfe, als ich beabsichtigt hatte. »Beim widerlichen entzündeten linken Augapfel Makki-Grodnos!«

»Ich werde deine ganz verständliche Frage beantworten, wenn ich mich weiter mit Deb-Lu beraten habe.«

Diese Zurechtweisung hatte ich verdient.

Ich nickte mürrisch, und Khe-Hi empfahl sich.

Ich, Dray Prescot, Lord von Strombor und Krozair von Zy, habe keine Lust, mich in einen Unheilprediger zu verwandeln. Aber — bei Krun! — diese diabolischen okkulten Ereignisse blieben nicht ohne Wirkung auf mich.

Als ich mich dann aber auf die Suche nach Seg und Nath machte, um mit ihnen zu trinken und die bevorstehende Offensive zu besprechen, kam mir der Gedanke, daß sich Khe-Hi bei unserem Gespräch irgendwie seltsam aufgeführt hatte. Was war anders gewesen? Ich fand Seg und Nath im Zelt der Offiziersmesse und griff achtlos nach irgendeinem Glas, während ich im Geiste noch einmal das Gespräch durchging.

»Hai, Dray! Du siehst aus, als hättest du eine Zorca verloren und einen Calsany dafür gefunden.«

»Etwas in der Art«, sagte ich — und plötzlich hatte ich die Lösung.

Der Zauberer aus Loh hatte irgendwie nervös-verschlagen ausgesehen, als er von Ling-Li-Lwingling sprach, der Hexe aus Loh, die ich im Zentrum Havilfars, in Jikaida-Stadt, kennengelernt hatte.

Warum wohl?

Nath setzte das Gespräch fort, das von meinem Eintritt unterbrochen worden war. Seltsamerweise ging es dabei um Khe-Hi.

»Wir wissen nicht, wie die Infektion vonstatten geht«, sagte Khe-Hi zu mir. »Es könnte auf verschiedene Art passieren. Wird ein Opfer kurz nach der Ansteckung von Dudinter berührt, besteht die Chance, daß es geheilt werden kann.«

»Kann man sich darauf verlassen?«

»Nicht bei allen. Die Umwandlung, so berichteten Männer, die bei Nugos dabei waren, erfolgte außergewöhnlich schnell.«

Ich sagte: »Aber er war vorher schon einmal Werwolf gewesen — wir wissen nicht, wie lange.«

»Das Teuflische daran ist«, sagte Seg, »daß vielleicht schon in diesem Augenblick ein Dutzend dieser niederträchtigen Wesen da draußen herumstreift.«

Dieser Gedanke konnte jeden unruhig machen, konnte über jeden Rücken einen kalten Schauder schikken.

Bewußt schoben wir diese unwillkommenen Gedanken in den Hintergrund und beschäftigten uns ernsthaft mit den weiteren Plänen. Seg, Turko, Nath, Kapt Erndor — jeder dieser Männer hätte die bevorstehenden Aktionen auch allein planen können; ich wurde nicht gebraucht. Als Herrscher, so könnte man sagen, war mein Platz eigentlich im Zentrum, in der Mitte, in Vondium.

Bei Zair! Ich hatte nicht die Absicht, mich in die Nähe Vondiums zu begeben, solange ich bei jedem meiner Schritte von den blasphemischen Werwölfen belauert wurde, den gespenstischen Heimsuchungen böswilliger Zauberer. Auf keinen Fall, bei Krun!

Zufällig wußte ich von Forschungen, die auf der Erde im Zusammenhang mit Werwölfen und der Krankheit der Lykanthropie betrieben wurden. Den Legenden zufolge war Silber das Metall, das Wermonstren ein Ende machte. Bei Nugos war ein Versuch gemacht worden, ein einfaches Experiment: man hatte ihm einen Dudinterring auf einen Finger gesteckt. Er hatte sich kein Unbehagen anmerken lassen.

Dieses einfache Mittel, Gancharks in Menschengestalt aufzuspüren, hatten wir also nicht. Und bedenken Sie eines: Jeder intelligente Bursche, der weiß, daß er sich bei Vollmond in einen Werwolf verwandeln wird, kann sich ohne weiteres Schellack oder ein ähnliches Mittel auf die Hände schmieren und ist dann durchaus in der Lage, den silbernen Kerzenhalter anzufassen.

Eine gewisse Aufmunterung verspürten wir, als Tom Tomor ein Regiment valkanischer Bogenschützen zur Verstärkung schickte, und zwei Eliteregimenter Pachaks aus Zamra. Unsere Kampfkraft nahm allmählich zu. Nach wie vor waren wir knapp an Satteltieren. Sollten sich die vor mir als wagemutig angesehenen Pläne meines Kregoinye-Gefährten Pompino realisieren lassen, müßte er jetzt bereits mit seiner schönen neuen Galeone in Richtung Vondium unterwegs sein. Er war nach Pandahem gereist, um aus Segs Königreich Croxdrin Hersanys zu importieren, schwere sechsbeinige Tiere, die ein kalkweißes Fell besaßen. Ich fragte mich, ob er dort dabei den Werwerstings begegnet war, von denen Seg gesprochen hatte.

Dabei fiel mir ein, daß ich mich zwar auf die Tröstungen Makki-Grodnos verlassen konnte, daß mir aber die Göttliche Dame von Belschutz ein wenig fehlte ...

Nun ja, der ganze wilde Haufen war mit Pompino gesegelt. Wenn er zurückkehrte, wenn er das jemals schaffte, und wenn er wirklich Satteltiere erworben hatte, wobei er bestimmt schamlos Obolya Metronim, einen Spezialhändler für Satteltiere, ausnutzte, war er uns herzlich willkommen. Pompino würde wohl ziemlich hart mit Obolya verhandeln, der sich der Zorcanim nannte. Wenn ich meinen Khibilgefährten Pompino richtig einschätzte, würde er sich seinen Spitznamen Iarvin verdienen, indem er keinen Zweifel daran ließ, daß er ein persönlicher Freund Jak Leemsjids war, der zufällig der persönliche Freund des Königs und der Königin von Croxdrin war.

Diese Gedanken veranlaßten mich, Seg zu fragen, wie es seinen Freunden aus Croxdrin in Vallia erginge. Er antwortete, die beiden Pygmäen Diomb und Bamba seien in Milsis Begleitung abgereist, und der Rest seines halsabschneiderischen Haufens versuche sich in das Regiment zu integrieren, das aufzustellen ich angeregt hatte.

»Das kann uns noch sehr nützen, Seg, wenn die Sache mit Balkan konkret wird. Aus diesem Hyr-Kovnat erreichen uns nur wenige Nachrichten. Ich hoffe nur, die Dinge lassen sich, wenn es soweit ist, glatt abwickeln.«

Aber noch während ich diese Worte sprach, wußte ich, daß es nicht so sein würde. Schließlich befanden wir uns auf Kregen ...

Briefe trafen ein und wurden abgeschickt. Ich hörte von Drak, der uns berichtete, Dayra sei wie ein Wirbelwind bei ihm durchgereist. Er meldete, seine Schwester wolle seine andere Schwester Lela in Havilfar besuchen. Dies erstaunte mich.

In der Angelegenheit der Werwölfe machten wir keine spürbaren Fortschritte — vor diesem Problem standen wir, wie Seg es ausdrückte, wie ein Taschendieb, der alle Finger verloren hatte.

Wir drängten Layco Jhansis Streitkräfte allmählich zurück. Bei mehr als einem Gespräch vor der Schlacht wurde angeregt, nach dem Sieg gegen Vendalume vorzurücken, das er zu seiner Provinzhauptstadt gemacht hatte.

»Wir schnappen uns dort den Rest und knüpfen ihn auf, dann regelt sich der Rest von allein«, versprach Turko. Dieser Mann brauchte die Muskeln nicht spielen zu lassen, wie man es bei Spielen Khamorros erlebte. Mein Turko war in letzter Zeit in anderer Hinsicht gewachsen und gereift, mit seinem Körper hatte das nichts mehr zu tun.

»Dein Spionagenetz funktioniert jetzt besser«, sagte ich. Wir beobachteten den Untergang der Zwillingssonnen Zim und Genodras, die ihr Licht unbarmherzig über das Schlachtfeld schickten, auf dem nun die Mediziner taten, was sie konnten. Es war ein anstrengender Kampf gewesen; wir hatten eine ziemlich große Streitmacht Jhansis in die Zange genommen und vernichtet — ein Ereignis, das später als Schlacht von Farnriens Rand bekannt werden sollte. Die neuen Regimenter hatten sich bestens bewährt und nur wenige Verluste erlitten, und nun herrschte in unseren Reihen Feststimmung. »Ich wünschte, ich hätte einen gewissen übergewichtigen Burschen zur Verfügung, für uns die Augen offenzuhalten ...«

»Naghan Raerdu?« fragte Turko lachend. »Aye, ich erinnere mich an ihn und an die heißen Tränen, die er vergießt, wenn er lacht.«

»Ein trefflicher, glänzender Mann, dessen Dienste unschätzbar sind, Turko.«

»Nun ja, wir haben hier ziemlich gut abgeschnitten. Und auch von Inch kommen gute Nachrichten.«

»Ja, ich hatte daran gedacht — das kannst du mit Inch regeln —, Vennar in der Mitte zu teilen. Die Hälfte an dich, die Hälfte an Inch.«

»Das ist nicht nur fair, sondern großzügig gegenüber beiden ...«

»Ihr müßt natürlich beide einverstanden sein ...«

»Aber ja. Ich sehe da kein Problem, bei Morro dem

Muskel! Wenn Inch im Westen von mir herrscht, kann ich endlich wieder ruhig schlafen.«

Wie schnell hatte sich doch Turko daran gewöhnt, wie ein hoher Herr zu denken!

Das Lärmen der Truppe setzte sich fort. Wir hatten das Hauptlager mit den Zelten und Gerätschaften und Hilfskräften einige Meilen hinter uns gelassen. Nun wollten wir rasten und dann zurückmarschieren. Die Zwillingssonnen gingen unter, schon war die Jungfrau mit dem Vielfältigen Lächeln aufgegangen und verbreitete ihren verschwommenen rosafarbenen Schimmer. Wir standen mit unseren Getränken in der kühlen Nacht und bemerkten plötzlich Schatten, die sich jenseits des Schlachtfeldes auf der Ebene bewegten.

»Was ...?« entfuhr es Turko.

Nath na Kochwold trabte auf dem Rücken einer Zorca herbei und deutete in die Richtung.

»Die Lurfinge der Ebene versuchen sich an den Toten zu laben ...« Plötzlich hielt er inne und stand in den Steigbügeln auf. Er starrte in die Nacht hinaus.

»Na?« fauchte Turko.

»Ich glaube — bei Vox! Es stimmt! Viele, sehr viele ...«

Ich sprang bereits auf eine Varter und balancierte auf dem Wurfarm hinauf. So schaute ich in die mondhelle Landschaft hinaus. Der rötliche Schimmer warf lange unsichere Schatten. Trotz dieser schwachen Beleuchtung konnte kein Zweifel bestehen, was da für schreckliche Gestalten in riesiger Horde vorbeihuschten.

Heulend, ein gewaltiges Rudel, die grauen Rücken wie eine Gezeitenwoge, huschten die Werwölfe in gewaltigem Strom vorbei. Ihr Ziel war unser wehrloses Lager und alle Helfer und Begleitpersonen darin.

19

Es blieb mir nichts anderes übrig, als wie ein Wahnsinniger auf die angebundenen Zorcas zuzulaufen und mich auf den Rücken des erstbesten Tiers zu werfen. Das Schicksal führte mich zu einer prächtigen kastanienbraunen Stute, die sich sofort beruhigte, als ich ihre Mähne packte. Auf dem nackten Rücken reitend, den Kopf gesenkt, die Füße zusammengepreßt, hetzte ich hinter der blasphemischen Horde her.

Nath ritt neben mir. Es war wie ein Wunder, aber auch Seg und Turko waren zur Stelle. Andere schlossen sich uns an. Volodu blies sich die Lungen aus dem Leib, sein Alarm erscholl im ganzen Lager.

Als wirre langgezogene Gruppe galoppierten wir hinter dem heulenden Werwolfhaufen her.

Jeder einzelne von uns, davon war ich überzeugt, zählte auch mindestens eine Dudinterklinge zu seinem üblichen kregischen Waffenarsenal.

Nichts war schneller als eine Zorca, mochte es vier, sechs oder acht Beine haben — oder nur zwei. Einige Reiter, die mir folgten, ritten auch Sleeths, zweibeinige Dinosaurier, Swarths, vierbeinige Dinosaurier, Totrixes, sechsbeinige Satteltiere, die sehr massig und stur sind, Zorcas mit ihren vier beweglichen Beinen und dem eleganten Stirnhorn — und sogar Nikvoves.

Erfüllt von dem wütenden Begehren, die Gancharks niederzukämpfen, rasten wir durch die im Mondschein rätselhaft wirkende nächtliche Landschaft.

Wenn es die jaulende Horde übernatürlicher Wesen bis in unser Lager schaffte ... es gab dort Frauen, und männliche Vertreter der sanfteren kregischen Rassen, die nicht wußten, welches Ende eines Speers oder Schwerts das gefährlichere war. Sie alle mochten einen schlimmen Tod sterben müssen, wenn die Ungeheuer über sie herfielen ... Nein. O nein, ich durfte das nicht zulassen.

Hier waren Csitra und ihr Uhu Phunik am Werk. Nun ja, unsere beiden Zauberer aus Loh arbeiteten bereits daran, diese diabolischen Einwirkungen auf Vallias Angelegenheiten zu unterbinden. Csitra mochte ein Auge auf mich geworfen haben, doch Phunik haßte mich, haßte uns alle, sowohl wegen der Vernichtung seines Vaters als auch wegen der Zerschlagung seines Wahns, über ganz Paz zu herrschen. Wenn Phunik denselben Weg beschritt wie sein Vater Yantong, stand uns eine neue Periode größter Schwierigkeiten bevor, eine neue Zeit der Unruhe.

Je weiter das heulende Rudel vorankam, desto größer wurde die Gefahr, daß der Schlacht von Farnriens Rand das Massaker von Farnriens Rand folgen würde.

Die Frauen und Lagerhelfer, die Diener und Waffenwarte, die Tierpfleger und Köche hatten nicht die geringste Chance gegen die tobenden Werwesen.

Es gibt auf dem bizarren Kregen so manche Rasse, die sich nicht auf das Kämpfen versteht, die keine Kämpfer hervorbringt, seien sie nun männlichen oder weiblichen Geschlechts. Die Relts, sanfte Vettern der Rapas, Xaffer, die irgendwie rätselhaft entrückt wirkten, Dunders mit flachen Köpfen, Ahlnims, eine Rasse, aus denen viele Mystiker und Weise hervorgehen — diese und andere Rassen folgten ihrem Tagesablauf, während die Bühne der Welt widerhallt von den Taten der Chuliks und Khibils, der Rapas und Fristles. Diese Menschen waren wahrlich jede Mühe wert, sie zu retten.

Schnell und fließend galoppierte die Zorca unter mir. Sie bewies ihre Qualität in jener Nacht, als die Werwölfe in großem Schwarm das Lager angriffen. Andere Zorcas hielten mit uns Schritt. Wir vermochten das Pack zu überholen, seitlich auszubrechen und nebenherzureiten. Seg klammerte die Beine um sein Tier und begann bereits zu schießen.

Ich verwendete das ganjidbeschmierte Dudinterschwert und hatte bald darauf das Gefühl, auf einen dahinströmenden Fluß einzuhauen. Tote Unholde blieben als dunkle Flecken auf der Ebene zurück. Im Reiten hoben und senkten wir unentwegt die Schwerter, und das Rudel wurde kleiner.

Zuletzt stürzten sich einige verbleibende Gancharks auf uns — eine Reaktion, die wohl eher ihrer eigenen Natur entsprang als der okkulten Macht, die sie antrieb. Auch diese Angreifer schalteten wir aus. Nur drei oder vier liefen mit klagendem Jaulen in die Dunkelheit davon.

Seg erledigte zwei mit Pfeilen, und eine Gruppe unserer Kämpfer verfolgte die anderen.

Unser Lager war in heller Aufregung, doch schickten wir sofort Boten los, die für Beruhigung sorgen sollten. Eine große Leistung war vollbracht worden. Es folgte die unangenehme Arbeit, die Leichen einzusammeln. Nun ja, es waren Männer dabei, die wir nicht kannten, doch einige waren uns nicht fremd. Die kreischende Werwolfhorde hatte aus Angehörigen zahlreicher Regimenter bestanden. Einige hatten Blut auf den Lippen, was uns befürchten ließ, daß noch weitere Schrecknisse unserer Entdeckung harrten.

»Das alles kann nur ein Gutes haben.« Seg stand neben mir und schaute zu, wie die Toten aufgereiht wurden. Unsere Gesichter waren wie erstarrt.

»Ach ja?«

»Aye, mein alter Dom. Ich hatte in der Truppe schon mit Ärger gerechnet. Mit Meutereien. In manchem Regiment regte sich Unwillen, neben der Garde zu dienen.«

So etwas hatte ich vermutet und befürchtet.

Turko sagte: »Der Unbekannte, der diese schlimmen Dinge plant, dürfte sich heute nacht verrechnet haben.«

»Wir stecken alle in der Sache drin, die Wache, die Regimenter aus Vondium, auch deine Truppenteile, Turko, sogar die aus Valka. Wenn wir uns zerstreiten …«

»Dieser Kampf hat uns einen echten Vorteil verschafft.« Im Fackelschein wirkten Segs wilde blaue Augen, als sprühten sie Blitze — ein dummes Bild, aber genau diesen Eindruck hatte ich. »Fanriens Rand hat uns gegenüber Jhansi in den Vorteil gebracht. Ich wäre für ein sofortiges Vorrücken unserer gesamten Streitmacht.«

Die allgemeine Zustimmung ging in der lärmenden Ankunft einer Soldatenhorde unter, die zwei schmutz- und blutbeschmierte arme Kerle herschaffte, deren Uniformen zerrissen waren. Als die Ordnung wiederhergestellt war, begriffen wir, daß die beiden armen Kerle von dem Trupp entdeckt worden waren, der die fliehenden Werwölfe verfolgt hatte. Sie hatten dasselbe Schicksal erlitten wie Nugos der Ahnungslose.

»Ihr wißt, was geschehen muß«, sagte ich mit meiner kalten Stimme, die ich gar nicht mochte. Bei Zair! Ich war in diesen schlimmen Tagen kein glücklicher Mann. Ich empfahl mich und überließ es den anderen, die unangenehme Angelegenheit zu besprechen.

Ich kam an einem Lagerfeuer vorbei und entdeckte zwei Jikai-Vuvushis, die sich in den Armen lagen und zum Herzerbarmen schluchzten. Ich sagte mir, daß mich das nichts anginge. Was immer die Trauer der beiden auslöste ... nun ja, vielleicht konnte ich mal ein Wort mit Marion darüber wechseln.

Sie erzählte mir, daß sich natürlich Bindungen zwischen Mädchen und Männern entwickelt hatten, eine starke Zuneigung, sogar Liebe — und daß Ehen sich anbahnten.

»Aber?«

»Aber, Majister, viele der Männer, die sich die Mädchen ausgesucht haben, kamen ums Leben — einige in der Schlacht, einige verwandelten sich in Werwölfe, andere wurden Opfer von Werwölfen. Ich bin sehr betrübt ...«

»Warum hast du mir das noch nicht gemeldet?«

»Das ist eine Sache der Frauen. Ich wollte dich nicht

mit unnötigen Problemen belasten. Du hast genug Sorgen.«

Natürlich hatte sie recht. Meine Delia hätte mich in dieser Situation schnell zur Ordnung gerufen. Ich wünschte Marion eine gute Nacht und begab mich in mein Zelt.

Eine ziemlich große Horde umstand dieses Zelt.

Ich seufzte.

Jeder dieser braven Kämpfer und Kampfmädchen war bereit, sich zwischen mich und den Feind zu schieben. Selbst wenn dieser Feind ein scheußlicher Ganchark war, was ja immerhin passieren konnte. Der Gedanke, daß sich jeder dieser prächtigen Menschen in einen Werwolf verwandeln und den erstbesten Mitmenschen überfallen konnte, erfüllte mich mit einem intensiven, schmerzhaften Zorn, der aber völlig sinnlos war.

Die Angewohnheit, einen Vorgesetzten mit ›Jis‹ anzureden oder, im Falle einer Frau, mit ›Jes‹, war auf dem Vormarsch — ähnlich wie auf der Erde ›Herr‹ und ›Frau‹ gesagt wird. Meine Beschützer würden mich Majister nennen, wenn sie mich kennenlernten, ›Majis‹, wenn sie ein Weilchen bei mir waren. Beim Schwarzen Chunkrah! Meine schöne Garde wurde von der okkulten Gefahr der Werwölfe unterwandert, marode gemacht, vernichtet. Mir kam der Gedanke, daß ich vielleicht nicht um die Notwendigkeit herumkam, eine Expedition in die Engen Hügel von Süd-Pandahem zu unternehmen, um in einem schnellen Streich alle Schrecknisse zu vernichten, die sich im Labyrinth des Coup Blag ballten.

Ich wollte mich eben erschöpft auf meine Felle sinken lassen, als ein Mädchen in den Innenraum des Zelts huschte. Sie war eine Jikai-Vuvushi, die ich eher in ihrer Rüstung zu sehen gewohnt war, behangen mit Stahlwaffen. Heute trug sie ein weites rosafarbenes Gewand und war mit noch mehr tödlichen Waffen ausgestattet, die allerdings nicht aus Stahl bestanden. Sie hatte eine kleine achtsaitige Hüftenharfe bei sich.

»Darf ich dir etwas vorsingen, Majis, ehe du einschläfst?«

Ich war zu müde, um Einwände zu erheben.

»Na schön, Floring. Ich fürchte nur, ich bin heute abend ein schlechtes Publikum.«

Floring Mecrilli, eine Jikai-Vuvushi und Schwester des Schwertes, schlug die Saiten ihrer Harfe an und spielte. Sie hatte eine schöne Stimme. Ich weiß nichts mehr von dem, was sie spielte und sang. Das Ständchen war höchst ungewöhnlich.

Nach einiger Zeit legte sie die Harfe auf den Teppich, kam mit einer geschmeidigen und zugleich aufreizenden Bewegung näher und sank auf die Knie. Das nach vorn fallende Haar verdeckte halb ihr Gesicht. Ihr Gewand war weit und locker.

»Wenn ich noch etwas für dich tun kann ...«

»Nein, und ich danke dir sehr, Floring. Jetzt laß mich schlafen.«

»Wenn du es befiehlst.« Sie schmollte. Sofort war ich beunruhigt. »Gestatte mir wenigstens, dich auf die Lippen zu küssen, um meiner Liebe zu dir Ausdruck zu geben.«

Ich fuhr zurück, richtete mich auf und sagte mit einer Stimme, die durch das Tor einer Festung hätte klingen können: »Das steht dir nicht zu, Floring Mecrilli. Jetzt verlaß dieses Zelt — sofort!«

Sie zuckte zurück. Ihre Brüste bewegten sich mit der Heftigkeit ihrer Reaktion. Das Auge, das ich hinter dem herabhängenden Haar sehen konnte, wirkte glasig und starr. Sie fuhr sich mit der Zunge über die Lippen.

»Bitte, Liebster ...«

Ich sprang auf, packte sie an den Schultern, drehte sie um und schob sie durch die nächste Zeltbahn. Dort ließ ich sie los, denn ich wollte sie nicht vor ihren Kameraden beschämen.

»Geh, Floring, dann will ich die Sache vergessen! Wenn nicht, muß ich dich daran erinnern, daß du Soldat bist und dem Mazingle unterliegst und den Vorschriften, die für alle vallianischen Soldaten gelten.«

Mit einem letzten Blick, in dem meiner festen Überzeugung nach Verblüffung und Unverständnis über sich selbst lagen, lief sie fort. Ich ging wieder zu Bett und versetzte ihrer Harfe dabei einen Tritt.

Kurz bevor ich einschlief und dabei noch einmal an Delia dachte, wie ich es an jedem Abend meines Lebens tue, erinnerte ich mich an mein Erstaunen ob der Art und Weise, wie Khe-Hi von Ling-Li-Lwingling gesprochen hatte. Vielleicht waren dort ebenfalls romantische Gefühle im Spiel?

Am nächsten Morgen erwischte ich Khe-Hi beim Frühstück und stellte ihm eine direkte Frage.

»Als ich mich in LionardDen, auch als Jikaida-Stadt bekannt, aufhielt und Kazz-Jikaida kämpfte, wurde das Spiel von Ling-Li-Lwingling als Jikaidasta kontrolliert.«

»Ja, Dray. Sie ist im Jikaida sehr gut. Das Spiel ist für sie allerdings nicht zur Leidenschaft geworden.«

Ich schaute ihn streng an. »Sie wußte, daß ich aus Vallia stammte, und obwohl ich Jak genannt wurde, meine ich, daß sie gewußt hat, wer ich war. Erst jetzt begreife ich, woher sie das wissen konnte.«

Er wollte etwas sagen, doch ich sprach weiter, ohne daß mein starrer Blick ihn losließ: »Ich glaube, du weißt, daß ich dir ein großes Wohlwollen entgegenbringe, Khe-Hi. Wenn ich irgend etwas tun kann, um deine ... äh ... Beziehung? Romanze? mit Ling-Li zu fördern, dann sag es mir, um der süßen Beruhigung willen!«

Er schielte nicht gerade, doch rötete sich sein Gesicht, was bei einem berühmten Zauberer aus Loh nun wirklich etwas Besonderes war!

»Ich erzähle es dir. Ling-Li ist viel gereist, um den unwillkommenen Annäherungen Phu-Si-Yantongs zu entgehen. Eine Station ihrer Reise war Jikaida-Stadt, wo du sie kennengelernt hast. Die Begegnung hat sie weitaus mehr überrascht, als du dir vorstellen kannst. Sie verabscheute Yantong und half gern dabei, sein üblen Pläne zunichte zu machen.«

»Du wußtest also, daß ich dort war und mich mühselig ans Leben klammerte?«

»Mehr oder weniger. Danach hatten wir eine Weile den Kontakt mit dir verloren. Ling-Li begab sich nach Balintol.«

»Und du? Hör mal, Khe-Hi, ich möchte mich nicht einmischen. Aber wenn ihr Zauberer und Hexen euren Einfluß in der Welt bewahren wollt, müßt ihr Familien gründen, das ist logisch. Also?«

»Na schön, Dray. Ja, ich möchte Ling-Li heiraten, und ich bin guter Hoffnung, daß sie meine Gefühle erwidert.«

»Na — dann geh doch in Lupu und fordere sie auf, nach Vallia zu kommen! Bei Krun! Du weißt, daß ich sie herzlich willkommen heißen würde.«

»Sie hat mir gesagt, du wärst so hart wie der Granit der Berge. Du hättest in ihrem Angesicht kein bißchen nachgegeben, dabei beugte doch jeder angstvolle Sterbliche den Nacken vor einer Hexe aus Loh!«

Mir entrang sich ein Laut, der ein Lachen hätte sein können. »Bei den eitertriefenden Achselhöhlen und den ungezieferverseuchten Haaren Makki-Grodnos!« Ich war höchst amüsiert. »Deine Dame war also gekränkt über meine primitive Art. Nun ja, ich stand immerhin in einem Kampf ...« Ich wollte nicht an diese Auseinandersetzung und an Mefto den Kazzur zurückdenken. »Wenn sie nach Vallia kommt, wird sie mit dem ihr zustehenden Respekt in allen Ehren empfangen. Aber wie du selbst weißt, Khe-Hi, halten wir in Vallia keine Sklaven mehr.«

»Mal sehen, was sie sagt, Dray. Und — vielen Dank!«

Andrinos verzog sein fuchsiges Khibilgesicht. »Meine wunderschöne Frau Saenci hat mir soeben Zwillinge geschenkt! Werwölfe oder nicht, San, ich freue mich darauf, den schrecklichen Szenen der Nacht den Rücken zu kehren, wenn die Kinder gefüttert werden müssen.«

Turko schluckte den Rest einer Scheibe Boskbraten herunter und sagte gefühlvoll: »Du magst gegen das Verheiratetsein anreden, wie du willst, mein ringender Dom Andrinos, aber in mir siehst du ein ganz jämmerliches Opfer dieses Systems. Einen Kov ohne Kovneva. Ein Mann ohne Gefährtin, ohne Frau, ohne warme Zweisamkeit in der Nacht. Na?«

Andrinos wurde dieser Herausforderung auf die überlegene Weise des Khibils gerecht.

»Ach, es gibt in deinem Leben doch so viele Mädchen, Turko, daß du sie schon gar nicht mehr zählen kannst! Und nachdem wir nun die Jikai-Vuvushis im Lager haben, bist du sogar im Feld entsprechend beschäftigt, ich weiß!«

Turkos erstauntes Gesicht löste lautes Gelächter aus, das wohl aber nicht nur auf seine amourösen Neigungen zurückging, sondern ein wenig auch aus unserer verzweifelten Lage geboren war.

Ich sagte: »Ich wurde gestern nacht von Floring Mecrilli besucht, die zur Harfe singt. Ich fürchte, die arme Seele ist in großer Not, trocken wie die Ockergebiete.«

Turko wurde sofort hellhörig. »Ach, sie spielt Harfe? Floring Mecrilli?« Er griff nach einer ersten Paline, um damit das Frühstück zu beschließen. »Ob die Schwestern des Schwertes ihr wohl auch die waffenlose Verteidigung beigebracht haben? Hmm — versteht sie sich auf den Ringkampf?«

20

Turkos Neunte Vallianische Armee hielt sich bereit, direkt gegen Vendalume vorzugehen, die Hauptstadt unserer Feinde.

Wir waren keine sonderlich kampfstarke Armee, doch zeigten sich unsere Formationen gestählt, gefestigt durch die Erfahrung, beflügelt durch den Sieg. Layco Jhansi — Renegat, Möchtegern-Töter eines Herrschers, Mörder und Verräter — reagierte mit zunehmender Nervosität und Furcht auf unsere Angriffe. Die Zeit, da er ungestraft seine Einheiten in Turkos Falinur schicken konnte, damit sie Städte und Dörfer niederbrannten, war vorbei. Er hatte sehr viele Männer verloren und bekam diesen Mangel nun zu spüren. Sicher war es auch zu Desertionen gekommen.

Wenn wir dagegen eine Stadt oder ein Dorf eroberten, brannten wir die Häuser nicht nieder. Natürlich nicht. Schließlich befanden wir uns in Vallia.

Wenn uns Söldner in die Hände fielen, Paktuns, die sich ihren Lebensunterhalt damit verdienten, daß sie sich als Kämpfer verdingten, wurden sie zur Küste geschafft, wo man sie mit Schiffen von Vallia fortbrachte. Wir hielten keine Sklaven und warben keine Söldner an. In diesen Punkten herrschten in Vallia strenge Sitten.

Den Zivilisten schärften wir ein, daß sie in erster Linie Vallianer seien. Sie hatten sich fälschlicherweise auf Layco Jhansis Seite gestellt, weil er ihr Oberherr war. Den Titel eines Kovs von Vennar trug er nicht mehr. Er war ausgestoßen, verbannt. Als Vallianer mußten wir die Insel Vallia wieder zu einem Ganzen zusammenschmieden. Im Hinblick auf meine Entscheidungen über das weitere Schicksal Vennars sollten sie Kov Turko als ihrem neuen Oberherrn Treue schwören. Nun ja, der Mensch ist nun mal, wie er ist — nur wenige ließen erkennen, daß sie an Layco Jhansi festhalten wollten.

Die Erkenntnis, daß er sich gegen den alten Herrscher verschworen, daß er Ashti Melekhi ermordet hatte und nachweislich ein Verräter war, blieb nicht ohne Eindruck auf die Leute. Außerdem galt Turko auch außerhalb seines bisherigen Gebiets als strenger, aber gerechter Kov — und dies ließ die Menschen zuversichtlich in die Zukunft schauen.

Der gute alte Tom Tomor schaffte es, mir ein weiteres prächtiges Bogenschützenregiment aus Valka zu schikken. Er teilte außerdem mit, daß er sich mir am liebsten angeschlossen hätte. Aber darauf konnte ich nur mit grausamer Ablehnung reagieren. Immerhin lenkte er Valkas Geschicke, und das war dort nun einmal die wichtigste Aufgabe.

Nath na Kochwold erneuerte den Vorschlag, eine Kerchuri von der zweiten Phalanx zu uns zu holen, die im Hawkwa-Land stationiert war. Wir diskutierten noch sehr zurückhaltend darüber, als plötzlich brausender Flügelschlag aufhallte. Vor den Zelten stehend, hoben wir die Köpfe, legten Hände über die Augen und äußerten uns staunend und entzückt.

Die Befehlshaber der beiden valkanischen Bogenschützenregimenter, die Jiktare Fangar Emiltur und Nalgre Ephanion, lachten erleichtert; sie hatten das Geheimnis lange bewahren müssen.

»Tom Tomor hat uns gebeten, dir nichts zu verraten, Strom. Es sollte eine wunderbare Überraschung werden.«

»Die ist ihm gelungen!« rief ich begeistert. »Die ist ihm gelungen!«

Tom schickte nicht weniger als fünf wunderschöne Flutduin-Schwadronen, geritten von Valkanern, vorzüglich ausgebildet, kampfstark, Könige der Lüfte. Diese unschätzbare Verstärkung konnte uns bei dem Angriff auf Vendalume die Flanken absichern.

Am gleichen Vormittag suchte Khe-Hi ein Gespräch unter vier Augen. Überall im Lager waren die Vorbereitungen für den großen Feldzug im Gange. Die Luft trübte sich vom Rauch der Lagerfeuer. Kochgerüche wurden vom Wind fortgetragen. Und über alles legten die Sonnen von Scorpio ihr vermengtes Licht.

»Also, Khe-Hi?«

»Nun ja, Dray, ich habe mit Ling-Li gesprochen. Ich kann nicht beschreiben, wie es passiert ist ...«

Ich unterbrach ihn. »Vermutlich sagte sie sinngemäß, sie akzeptiere meine Entschuldigung für das dumme Verhalten, daß ich an den Tag gelegt hätte?«

»Du kennst uns zu gut, Dray!«

»O nein. Mit Zauberern und Hexen aus Loh kenne ich mich ganz und gar nicht aus. Aber sprich weiter.«

»Sie wird nach Vallia kommen.« Er senkte den Blick. Zwar trat er nicht von einem Fuß auf den anderen — immerhin war er ein sehr bedeutender Zauberer —, doch sah er aus wie ein ahnungsloser Jüngling, der sich zum erstenmal verliebt hatte. »Und ich hoffe, ich hoffe wirklich, daß sie ... daß sie die Erkenntnis gewinnt ... ich meine ...«

»Khe-Hi. Du hast meinen Segen und den der Herrscherin Delia. Wir werden alles tun, was in unserer Macht steht, um dir zu helfen.«

»Vielen Dank.«

»Wie ist es Ling-Li-Lwingling in Balintol ergangen?«

»Nicht gut. Die Menschen dort sind wirklich seltsam, alle Bewohner dieses riesigen Subkontinents. Sie hat sich zuletzt in Pandahem aufgehalten.«

Ich plauderte hier nicht einfach nur aus Höflichkeit, denn mir liegt das Wohlergehen aller meiner Leute am Herzen — zu denen eben auch die Zauberer aus Loh gehören. Trotz aller Sorgen war das Glück zweier Individuen, eines Mannes und einer Frau, stets von größter Wichtigkeit.

»Interessant. Ich war nämlich vor kurzem selbst noch dort, das weißt du. Im Norden oder Süden?«

»Im Süden.«

Ich starrte Khe-Hi an.

»Du willst mir doch etwas mitteilen, San. Heraus damit!«

»Es wird dir aber nicht gefallen.«

»Nun ja, solche Dinge habe ich mir in meinem Leben schon oft anhören müssen.«

»Bei Ling-Li war das keine bewußte Sache; sie betont, daß sie sich total irren könnte. Sie hat aber das Gefühl ...«

»Mein lieber San. Wenn eine Hexe aus Loh ein Gefühl hat, dann steckt darin — bei Krun! — in der Regel die Wirklichkeit!«

»Bei Hlo-Hli, du hast recht!«

»Also?«

Sein rotes Haar schimmerte im ergiebigen Licht Zims und Genodras', das weite Gewand, von der karmesinroten Schnur zusammengehalten, war fleckenlos sauber. Die metallische Stimme klang noch härter als normal.

»Was ich vorschlage, muß in aller Verstohlenheit ablaufen. Wir müssen die Jikai-Vuvushis zusammenrufen, jene Schwestern des Schwertes, die mit Marion und Strom Nango aus Hamal zurückgekehrt sind ...«

Ich hob die Hand. Plötzlich spürte ich eine seltsame Beklemmung.

»Wenn deine Worte die Wahrheit wiedergeben — und ich wüßte keinen Grund, dir nicht zu glauben —, dann sind wir tatsächlich in einer üblen Lage.«

»Hexe Csitra hat geschickt geplant.«

»Bei Zair!« Mir war schrecklich zumute. »Ich kann nur ahnen, was sie angerichtet hat. Sie hätte jedenfalls den Willen, uns zu vernichten.«

»Mit der Hilfe Ling-Lis, Deb-Lus und meiner Wenigkeit könnten wir dem Rätsel auf die Spur kommen und dann Maßnahmen ergreifen, um sie und ihr hermaphroditisches Kind zu besiegen.«

»Tu, was du tun mußt, Khe-Hi. Ich weise Targon den Tapster und Naghan ti Lodkwara an, dich in jeder Beziehung zu unterstützen. Wer muß außer Turko und Seg sonst noch Bescheid wissen?«

»Es ist gleichgültig, wer es weiß — außer Marion und ihren Mädchen. Die Sache ist wirklich traurig, aber ...«

»Traurig! Es ist eine scheußliche, diabolische, unmögliche Sache!«

»Ja.«

»Und dieser Hamalier, dieser Strom Nango ham Hofnar?«

»Bleibt abzuwarten, wie er aus der Sache herauskommt.«

»Du müßtest von uns allen am besten wissen, wie katastrophal der Versuch enden kann, mit dem Schwert gegen die Thaumaturgie zu kämpfen!«

»Man kann einem Zauberer aus Loh ebenso leicht den Kopf abschlagen wie jedem anderen, wenn man den richtigen Augenblick wählt.« Khe-Hi straffte die Oberlippe. »Ich sage das nur, weil du diese Tatsache längst kennst und weil die meisten Menschen so etwas nicht glauben würden.«

Es wäre überflüssig gewesen, hierzu etwas zu sagen.

Wenn ich über einen der großen Wendepunkte meines kregischen Lebens hinweg auf diese Ereignisse zurückblicke, so muß ich mir Mühe geben, die Vorstöße und Aktionen in der richtigen Reihenfolge aufzuführen. Die Ereignisse bildeten gewissermaßen Kettenglieder. Wurde eines entfernt oder falsch angebracht, konnte die gesamte Kausalität auf der Strecke bleiben. Einen Teil des umfassenden, unsäglich bösen Plans konnte ich bereits erahnen — anhand der Informationen, die Khe-Hi mir gegeben hatte, aufgrund eigener Beobachtungen, meines Wissens um Csitra und ihren hermaphroditischen Nachkommen und der unangenehmen Folgen der okkulten Aktionen.

Es war ein umfassender und böser Plan — zugleich

aber auch schlicht. Ich wußte noch nicht alles, doch mit Hilfe der Zauberer würden wir ihn in allen seinen Verästelungen bloßlegen ...

Von den Überlebenden der Pastang aus Marions Regiment, die in Hamal in einen Hinterhalt geraten war, lebten noch fünfzehn Kämpferinnen. Die anderen waren bereits im Kampf gefallen. Eine Person, Wincie ti Fhronheim, war nach Vondium zurückgekehrt, um in aller Ruhe ein Kind zur Welt zu bringen. Die Mädchen waren in einem Zelt versammelt, das wir für diesen Zweck errichtet haben. In unauffälliger Entfernung wachte eine starke Einheit der 1SWH, 1GJH und der Schwestern der Rose, der Großen Damen und anderer Schwesternschaften aus dem Vuvushi-Regiment, das noch keinen Namen hatte.

»Wo ist Floring Mecrilli?« wollte Marion wissen, die — zu Recht — darauf bestanden hatte, dabei zu sein.

Niemand wußte es.

Khe-Hi schürzte die Lippen.

»Egal. Wir können schon mit den Mädchen anfangen, die wir haben. Jurukker Mecrilli finden wir dann schon, wenn es nötig sein sollte.«

Mit anderen Worten: Dreizehn Schwestern des Schwertes waren versammelt, um sich der Untersuchung eines Zauberers aus Loh zu stellen.

Für mich war die Sache klar: Khe-Hi-Bjanching sah ehrfurchtgebietend streng aus und beherrschte die Szene von Anfang an. Ihn umgab die mystische Aura der Thaumaturgie, die auch dem mutigsten Sterblichen das Herz zum Stocken bringen kann.

Er postierte uns, wie er uns brauchte.

Die Mädchen saßen auf Klappstühlen, die man zu einem Halbkreis zusammengestellt hatte. In der Mitte baute sich Khe-Hi auf. Auf diese Weise konnte jede Jikai-Vuvushi sein Gesicht sehen und ihm in die Augen schauen. Ich hielt mich hinter dem Halbkreis, um ebenfalls seine Augen wahrnehmen zu können. Dabei wußte ich, was geschehen konnte, wenn sich ein Sterblicher in die Augen eines Zauberers aus Loh vertiefte ...

Langsam hob Khe-Hi die Arme. Ein Zauberer aus Loh kam ohne jedes spektakuläre Herumgerede aus. Er brauchte keine Hilfsmittel, keine Schädel, keine Montarchs, keine klimpernden Knochenstücke. Er brauchte auch kein weihrauchstinkendes Feuer. Es verlangte ihn nicht nach magischen Büchern. Aus sich selbst heraus, aus seiner ureigenen magischen Kraft verwendete er das im Verlauf vieler Perioden mühsam erlernte Wissen und verbreitete die Macht, die er brauchte und zu schrecklicher Wirkung entfalten konnte.

Dicht neben mir hörte ich Seg atmen — eine ungewöhnliche Beobachtung, denn normalerweise ließ sich kein Jäger seinen Standort auf diese Weise anmerken. Seg stand ebenso im Bann der Dinge wie ich. Turko war losgeflogen, um ein Churgur-Regiment zu inspizieren. Auf meiner anderen Seite standen daher Nath na Kochwold und Kapt Erndor und ließen erkennen, daß ihnen die Bedeutung dieses Augenblicks nur zu bewußt war.

Ich schaute über die Köpfe der sitzenden Mädchen und nahm plötzlich neben Khe-Hi eine Bewegung wahr. Es war, als beginne dort die Luft vor Hitze zu flimmern. Auf seiner anderen Seite entstand eine ähnliche säulenförmige Störung.

Ich wußte, was dies bedeutete. Die Phantomschatten verdichteten sich, formten sich zu real wirkenden menschlichen Umrissen. Es waren tatsächlich echte, lebende Menschen, allerdings nicht körperlich anwesend. Sie befanden sich viele Meilen entfernt und waren mit Hilfe ihrer Kharrna in Lupu gegangen und projizierten Schemen ihrer selbst, die an diesem unheimlichen Verhör teilnehmen sollten.

Rechts von Khe-Hi erschien die vertraute Gestalt Deb-Lu Quienyins. Genausogut hätte er persönlich hier sein können; er schenkte mir ein halbes Lächeln und schob seinen Turban zurecht. Der Anblick dieses aus der Ferne übermittelten Bildes beruhigte mich sehr.

Links von Khe-Hi erschien eine Frau, die ich seit meinem Aufenthalt in Jikaida-Stadt nicht wiedergesehen hatte. Sie schien sich nicht verändert zu haben, doch war ihre lupale Projektion nicht so kräftig und fest wie die Deb-Lus. Ihr rotes Haar schimmerte in einem Licht, dessen Quelle nicht hier im Zelt zu finden war. Ihr kleines Gesicht sah immer noch so aus, als wäre es aus schönstem Chem-Elfenbein geschnitzt, ohne Falte, mit festem Fleisch und einer klaren Ausprägung von Lippen und Wangenknochen. Ihre blauen Augen widmeten mir nur einen kurzen Blick, der wie immer sehr direkt und herausfordernd ausfiel. Dann widmete sie sich wie die beiden Zauberer aus Loh den Gründen, die ihr Bild hierhergeführt hatten.

Obwohl wir uns in einem Augenblick höchster Anspannung befanden und jeder Anwesende wußte, daß sich katastrophale Ereignisse entfalten würden, bekam ich den unmerklichen Austausch zwischen Khe-Hi und Ling-Li mit. Die beiden waren sich der Anwesenheit des anderen bewußt, das war zu sehen. Ein wahrlich erstaunlicher Umstand für einen schlichten Seemann wie mich. Die beiden hatten die Rituale der Brautwerbung durchgeführt, sie hatten eine Romanze angefangen, obwohl sie durch endlose Meilen getrennt waren — nicht nur die physikalische Weite der Welt, die sie trennte. Sie waren Teile einer okkulten Romanze, und ich wünschte ihnen alles Gute.

Khe-Hi senkte die ausgestreckten Arme. Die Hände bewegten sich dabei durch die Phantomgestalten neben sich. Nun konnte ich nur noch in seine Augen schauen, nichts anderes nahm ich wahr.

Aus den Augen und Gehirnen der Jikai-Vuvushis strömten Bilder in die miteinander verbundenen Augen und Gehirne der drei Thaumaturgen — und von ihnen wurden sie weitergegeben und erreichten mich.

Ich sah alles.

Die Vorbereitungen waren abgeschlossen. Wir kamen sofort zur Sache. Eine Horde Kriegerinnen hockte hinter Felsbrocken, duckte sich gegen den staubigen Boden. Hoch über die triste Szene ragten die zerklüfteten Gipfel der hamalischen Berge des Westens.

Die Wilden krochen näher heran, schossen, lachten und ließen sich wieder fallen. Sie schienen mit den Jikai-Vuvushis zu spielen.

Bald mußte das Ende herangerückt sein.

Die Mädchen waren hungrig und durstig und hatten blutunterlaufene Augen. Viele wiesen Wunden auf. Dennoch gaben sie nicht auf. Es waren Schwestern des Schwertes, und sie würden bis zum Tod kämpfen.

Mir kam besonders unheimlich vor, daß ich die Gesichter erkannte. Ich kannte sie alle, denn hier und jetzt dienten sie als Jurukker des Wachkorps. Jinia ti Follendorf starrte um einen Felsbrocken herum und hatte den letzten Pfeil auf der Bogensehne. Hikdar Noni Thostan, die Befehlshabende der Pastang, nahm die Mitte des lächerlichen Verteidigungsringes ein und hielt sich bereit, an jeder gefährdeten Stelle sofort zu Hilfe zu kommen. Ihre schmutzige braune Faust umklammerte das Schwert. Minci Farndion, noch nicht zum Deldar befördert, lag auf der Lauer, jeden Moorkrim aufzuspießen, der es wagen würde, über ihren Stein zu springen. Floring Mecrilli war ebenfalls zur Stelle; sie hatte noch zwei Pfeile und gab in diesem Augenblick einen an eine Gefährtin ab, deren Köcher leer war.

Noni reagierte als erste auf das rätselhafte Phänomen. Der Blickpunkt veränderte sich auf schwindelerregende Weise, und ich schaute über die verstreut liegenden Felsbrocken, über die dahinschleichenden Gestalten der Wilden auf einen Felsvorsprung an einer kahlen Bergwand.

Auf diesem Felsvorsprung erblühte ein Licht und wuchs an.

Seg neben mir japste — zumindest hatte ich das Gefühl.

Das Licht erweiterte sich. Die Strahlung wogte von der Felskante herab und segelte über die tieferliegenden Felsen. Nun sah ich einen thronähnlichen Stuhl, der auf unheimliche Weise erglühte und sich durch die Luft bewegte. Seidenbehänge wogten davon herab, flatterten aber nicht im Fahrtwind. Chavonth- und Lingfelle bedeckten auf luxuriöse Weise den Thron und die kleinen Vorstufen. Über dem Thron bildete ein juwelenbesetzter Baldachin den keilförmigen Kopf eines Dinosauriers nach, ein Gesicht, das in dämonischem Zorn nach unten zu blicken schien. Die Kiefer klafften, die Reißzähne funkelten silbern, und jedes Auge war ein rubinrot glühendes Höllenfeuer. Der Thron mit seinem Risslaca-Baldachin entfaltete eine überwältigende Wirkung, wie er da lautlos durch die Luft segelte.

Und doch war dies alles nur Rahmenwerk für die Frau, die lässig auf dem Thron saß.

Grün und schwarz gekleidet, übersät von kostbaren goldenen Ornamenten, lag sie halb ausgestreckt und hatte eine weiße Hand stützend unter das Kinn gehoben. Das Gesicht wies eine intensive Blässe auf. Das dunkle Haar ragte über ihrer Stirn spitz herab und sank ihr in dicken Locken auf die Schultern. Die grünen Augen, funkelnde Jadeschlitze, musterten die Szene unter ihr. Um die Stirn zog sich ein juwelenbesetztes Band und stützte in der Mitte einen keilförmigen Jadekopf, der das Maul aufgerissen hatte und dessen Rubinaugen einen bösen Blick versprühten.

Segs Luftschnappen war unmißverständlich.

»Csitra!«

Der Thron schwebte über den Moorkrim dahin. Zwei oder drei dieser Wesen, mutiger oder törichter als ihre Gefährten, riskierten einen Schuß. Die Pfeile durchstießen mühelos die Erscheinung. Die Frau schloß ein wenig die mit Goldplättchen bedeckten Lider. Der Mund, ein purpurroter Blütenumriß, nahm eine schmollende Form an.

Die Wilden brachen zusammen. Sie sackten zu Boden und rührten sich nicht mehr, unverwundet, aber tot, ausnahmslos tot.

Die Jikai-Vuvushis starrten in die Höhe. Kein Geräusch, kein Geruch, nichts störte die Ruhe der Berge außer dem vorrückenden Phantomthron mit der Hexe aus Loh.

Die Szene waberte und schwankte. Ich blinzelte. Schwarze und rote Lichtblitze legten sich davor, wie richtige Blitze in einer Nacht des Notor Zans. Die Felsbrocken, die Berge, die Leichen der Moorkrim, auch der Thron — alles schimmerte, als sähe ich es durch Rauch oder als Szene tief unter dem Meer.

Csitra — wenn die Erscheinung wirklich die Hexe aus Loh aus dem Coup Blag darstellte — schickte okkulte Energien aus. Sie hatte die Wilden mit einer bestimmten Absicht vernichtet; nun beeinflußte sie die Jikai-Vuvushis, die nacheinander auf den harten Boden sanken und sich nicht mehr rührten.

Die Vision verblaßte, flackerte noch kurz auf und verschwand.

Ich kam zu mir, umgeben von dem Ächzen und Murmeln von Männern und Frauen, die wieder zum Leben erwachten. Es roch nach Zelt und geöltem Leder — und Schweiß.

Was wir beobachtet hatten, war von ungeheurer Bedeutung. Wir würden die Szene erkunden. Ich setzte größtes Vertrauen in Khe-Hi und Deb-Lu. Trotzdem blieb auch mir eine Aufgabe ...

Deb-Lus Bild schwankte, als bereite er seinen Abgang vor. Ling-Li-Lwinglings Projektion blieb und wandte sich nun halb in Khe-His Richtung. Ich meldete mich energisch zu Wort.

»Sana, einen Augenblick noch! Wir sind uns begegnet, du wirst dich daran erinnern. Ich muß dir mitteilen, daß du in Vallia herzlich willkommen bist ...«

»Da singst du wirklich ein völlig neues Lied, Tiks ...«, setzte sie an und hielt inne. Vielleicht war ihr klargeworden, daß niemand gern als Tikshim bezeichnet wird, was schlimmer ist, als wenn man auf der Erde ›mein Guter‹ genannt wird — und daß diese Anrede sich schon gar nicht für einen Herrscher eignet, in dessen Land sie künftig vielleicht leben wollte.

»Komm nach Vallia, Ling-Li-Lwingling! Ich schätze Khe-Hi ungemein. Was diese Csitra angeht — irgendwie tut sie mir leid, denn sie liebte einen bösen Mann.«

»Ich denke darüber nach, Dray Prescot.«

Und mit diesen Worten war sie verschwunden, als wäre eine Lampe ausgeschaltet worden.

Die Jikai-Vuvushis saßen wie Mäuse auf ihren Stühlen; sie waren wie erschlagen von der Offenbarung, die ihnen zuteil geworden war, von den Geheimnissen, die in ihren Erinnerungen unerreichbar verborgen waren.

Khe-Hi verschwendete keine Zeit auf seine eigenen Angelegenheiten. Vielmehr sagte er: »Ich glaube, ich weiß nun ungefähr Bescheid, Dray. Das *Wie* ist mir noch nicht ganz klar, doch reicht es aus, um zu schließen, *daß* es tatsächlich geschehen ist.«

»Csitra hat die Mädchen in den Bann ihrer okkulten Magie gezogen.« Ich atmete tief durch und spürte nun doch den ersten Anflug einer Hoffnung, daß wir der Plage der Werwölfe Herr werden konnten. »Sie wußten es nicht — wissen es noch immer nicht —, aber sie sind es, die überlebenden Jikai-Vuvushis aus den Bergen des Westens, die die Werwölfe haben entstehen lassen.«

»Ja. Ohne Zweifel.«

»Beim Verschleierten Froyvil!« entfuhr es Seg. »*Turko!* Ich hatte gleich so eine Ahnung, daß er nicht das Churgur-Regiment inspiziert — und Jurukker Floring Mecrilli ist nicht hier! Ich möchte wetten ...«

»Typisch Turko — und das Mädchen gab sich große Mühe, mich zu umgarnen ...«

Wir eilten aus dem Zelt. Turko! Wenn wir recht hatten — und wir wußten, daß es keine andere Interpretation gab —, dann wurde unser Gefährte Kov Turko, Turko der Schildträger, in einen Werwolf verwandelt!

21

»Kov Turko! Turko der Schildträger!« Leute liefen im Lager herum und brüllten sich die Seele aus dem Leib. »Jurukker Mecrilli! Floring Mecrilli! Turko!« In alle Richtungen liefen Männer und Frauen, rissen Zelte auf, stürzten Karren um, wühlten stapelweise Vorräte um. Der Lärm stieg zu den Sonnen auf. Ich war in einer schrecklichen Verfassung. Der alte Turko sollte sich in einen Ganchark verwandeln? Der Gedanke war unerträglich.

Nachdem ich sinnlos brüllend durch das Lager gelaufen war, zwang ich mich, zur Ruhe zu kommen. Ich mußte gründlich überlegen. Eine Flutduin-Patrouille wurde zum Churgur-Regiment auf der Ebene geschickt — für den Fall, daß sich Turko wirklich dorthin begeben hatte.

Schweratmend eilte Khe-Hi herbei. »Dray! Dray! Es besteht immer noch die Chance, daß gar nichts geschehen ist.«

»Was?«

»Die Impulse okkulter Energie. Es muß sich dabei um die Signale handeln, mit deren Hilfe Csitra ein Mädchen aktiviert. Ich glaube, sie hat die Mädchen verzaubert, damit sie ihr Kharrna dazu benutzen konnte, durch ihre Augen zu spionieren ...«

»Mein Val!«

»... und wenn ein Opfer und die Situation reif waren, befahl sie dem Mädchen ...«

»Was denn? Ein Stück aus ihm herauszubeißen?«

»Nein, aber ...«

Ich dachte an zurückliegende Ereignisse. An Wächter, die im Dienst küßten. Daran, daß es Floring Mecrilli vor allem darum gegangen war, mich zu küssen. An das Blut am Mund von Männern, die als Werwölfe erwischt worden waren und die doch kein Opfer getötet hatten. Ich glaubte die Wahrheit zu kennen.

»Csitra schaut durch die Augen eines Mädchens, erblickt einen Mann und löst dann ihren Einfluß aus. Das Mädchen und der Mann küssen sich.«

»Ich ordne eine komplette Zahnuntersuchung an. Man weiß ja, daß sich Zähne aushöhlen lassen, um damit ein Gift abzusondern. Bestimmt handelt es sich um kein gewöhnliches Gift ...«

»Bei Vox, nein!«

Seg eilte herein: »Man glaubt, er hat einen Voller genommen!« brüllte er. »Komm, Dray!«

»Khe-Hi!« rief ich. »Geh in Lupu, suche ihn und gib uns Bescheid!«

»Sofort!«

Seg und ich hatten die Reihen der parkenden Voller noch nicht erreicht, als eine gespenstische Gestalt bei den Anlegeketten der Flugboote erschien; der Turban saß schräg auf einem Ohr.

»Er ist mit der Jikai-Vuvushi nach Gliderholme geflogen. Es gibt dort eine Taverne mit Namen *Die Süße Gregarian.*«

»Warn ihn, Deb-Lu! Warn ihn!«

Deb-Lus lupale Projektion schwankte und verschwand. Seg und ich sprangen mit einem Satz in den Voller. Die Bedienungsmannschaften warfen die Ketten ab. Als wir schon aufstiegen, warf sich eine Gestalt mit einem Riesensatz gegen das Boot. Wir schauten über die Bordwand und sahen Nath na Kochwold an einer herabbaumelnden Kette unter uns baumeln und fluchend zu uns heraufschauen. Wir zerrten ihn an Bord, verzichteten aber auf jede scherzhafte Bemerkung über diese Art des Einsteigens — woran Sie ermessen können, wie uns zumute war.

Auf dem schnellen verzweifelten Flug zu dem Marktflecken Gliderholme, den wir erst kürzlich aus Jhansis Klauen befreit hatten, versuchten wir uns einigermaßen vernünftig über die Angelegenheit zu unterhalten und nicht in haltloses Stammeln zu verfallen in Erwartung der Niederlage und Turkos scheußlichen Todes.

Denn natürlich wußten wir genau, was zu tun war ...

»Ausgehöhlte Zähne«, sagte Nath und erschauderte. »Na, aber wie viele Zähne auf jedes Mädchen?«

Wir begannen zu rechnen.

»Sehr viele«, knurrte Seg. »Denkt an das jaulende Rudel, das uns nach Farnriens Rand überfallen wollte.«

»Da wurde reichlich geküßt, soviel steht fest.«

Andere Flugboote rasten uns nach. Weder Deb-Lu noch Khe-Hi ließen sich mit Lupu-Erscheinungen blikken. Wir drückten den Geschwindigkeitshebel so weit vor, wie es ging. Wir brausten durch die süße kregische Luft unter der Zwillingssonne und beteten zu allen Göttern und Geistern.

Obwohl es auf der Erde schon in der Frühzeit Spekulationen dazu gegeben hatte und die kregischen Weisen über ein wissenschaftliches und medizinisches Wissen geboten, das weit über das der Erde der damaligen Zeit hinausging, wußte ich nicht in vollem Umfang, was ein Virus war oder anrichten konnte. Heute ist mir klar, daß Csitra jenes Virus einsetzte, der einen Mann in einen Werwolf verwandelte. Die Krankheit der Lykanthropie, in deren Bann eine Person sich einbildet, ein Werwolf zu sein, mußte ebenfalls damit zu tun haben. Das Mädchen lächelte und lockte, und der törichte Mann erlag dem Charme, und Csitra verfolgte das alles durch die Augen des Mädchens. Ein süßer Kuß, angenehm und saftig, dann das kurze Zupacken, der Liebesbiß, das Zeichen der Leidenschaft. Und später die schreckliche Veränderung, wenn Csitra sie wollte, die jaulende Verfolgung, das Schreien, die entsetzten Opfer ... Ja, Hexe Csitra hatte schon einen großen Schaden angerichtet ...

Und die armen verdammten Jikai-Vuvushis hatten von allem keine Ahnung ...

Wie laut mußte Csitra gelacht haben, als die Mädchen

meinem Wachkorps angegliedert wurden. Eine solche Förderung ihres Vorhabens hätte sie niemals voraussehen können. Ihr Plan hatte bestens funktioniert. Offenkundig versuchte sie mich zu isolieren und in Verruf zu bringen. Wenn ich von Gancharks begleitet wurde, wo immer ich auftauchte, würden die Menschen mich meiden, würden mit Fingern auf mich zeigen, würden murren und finster starren und schließlich einen Aufstand anzetteln. Csitra wollte mich nicht umbringen, sondern nur sichergehen, daß ich in Vallia keine sichere Heimat mehr besaß.

Ihr Uhu, Frucht ihrer unglücklichen Verbindung zu Yantong, hatte ganz andere Motive. Jetzt begriff ich auch, was Csitra mir durch den toten Larghos m'Mondifer hatte mitteilen wollen. Phunik hatte veranlaßt, daß Larghos mich in der Gestalt des Werwolfs angriff. Eine andere Erklärung gab es nicht.

Seine Mutter übte noch immer Macht über ihn aus. Solange diese Beherrschung andauerte, konnte ich mich ein wenig sicherer fühlen. Was sollte aber geschehen, wenn die Uhu Phunik reifte und sich selbständig machte?

Ich mußte mich an Deb-Lu Quienyin und Khe-Hi-Bjanching halten. Vielleicht hatte ich Glück und konnte neben den beiden auch auf Ling-Li-Lwingling bauen. Ich hoffte es jedenfalls.

»Dort ist sie!« rief Seg. »Die Stadt! Wo ist nur die verflixte Taverne?«

Der Gedanke an alles, was zu verlieren war, wenn wir Turko nicht zu retten vermochten, ließ mich erbeben, als müßte ich ein gewaltiges Gewicht heben. Ich dachte an die Zeit zurück, da Turko und ich vor den Menschenjägern geflohen waren, da wir uns in den Mungul Sidrath gewagt hatten, an ein Dutzend gemeinsamer Abenteuer, an unsere Flucht aus den Ringerzelten in Mahendrasmot. Nein! Ich wollte Turko nicht verlieren. Es durfte nicht geschehen!

Seg machte das Schild der Taverne aus. Er landete den Voller so heftig im Hof, daß das Boot praktisch zerschellte. Wir sprangen über die Bordwand, achteten nicht auf das aufgeregte Geschrei, sondern stürmten in das Gasthaus.

Seg ist nun wirklich ein kräftiger Bursche, und als sich ihm eine große Masse Bauch und Doppelkinn in den Weg stellte, war ein prächtiger Rückwärtssalto zu beobachten. Nath stieg über den gestürzten Mann, und schon rasten wir die hölzerne Treppe hinauf. Vier Türen waren oben zu sehen, die eine halb offen, die wir also mißachten konnten. Drei Türen ...

Jede traten wir auf.

Der Lärm von unten mußte die Bewohner der Zimmer längst aufgeschreckt haben, die bestimmt auch nachschauen wollten, was sich da tat. Das Schicksal, das unser Leben lenkt, wenn es so etwas gibt, bedenkt mich manchmal mit einem Lächeln, häufiger jedoch mit einem Stirnrunzeln.

Nath wollte eben die erste Tür auftreten, da öffnete sie sich von selbst und gab den Blick auf ein pelziges Fristlemädchen frei. Dann krachte mein Fuß gegen meine Tür, und schon stürmte ich über die Schwelle. Das Schicksal hatte mich auserwählt ...

Turko, der eine sehr hübsche Robe trug, stand im Begriff, einen Kelch mit Wein zu füllen. Er befand sich in einem schlichten Tavernenzimmer mit Gardinen, Lampen, Tischen und Stühlen — und einem Bett in der Nische. Auf dem Bett lag Floring Mecrilli. Sie trug nicht sonderlich viel, aber noch genug, um die Selbstachtung nicht zu verlieren. Turko hob den Blick und verschüttete Wein über den Tisch.

»Zur verdammten Hölle ... was ...?«

Floring entrang sich ein so durchdringender und angstvoller Schrei, daß Turko und ich zusammenzuckten und sie anschauten. Sie wälzte sich vom Bett und warf Decke und Laken fort. Dabei war ihr Gesicht gespenstisch verzogen, die Augen unnatürlich weit aufgerissen, und der Zeigefinger zeigte …

Er wies direkt auf die gespenstische Gestalt Deb-Lus, die schwankend am Fußende des Bettes materialisierte.

»Khe-Hi!« war Deb-Lus Stimme schwach zu hören. »Halt dich bereit, San, und zwar schnell …«

Deb-Lu verschwand.

»Zum Teufel, was geht hier eigentlich vor?« brüllte Turko.

»Turko, halt dich von dem Mädchen fern!« rief ich. »Wenn dir dein unsterbliches Ib lieb ist!«

Csitra, die die Szene ränkeschmiedend durch Florings Augen beobachtete, unternahm einen letzten Versuch. Sie wußte, daß sie nur noch eine Chance hatte: Sie mußte versuchen, ihre okkulte Kraft durch den Verteidigungsschild zu pressen, den unsere beiden Zauberer aus Loh errichtet hatten. Sie wußte aber auch, daß die Magier stark waren und sie schnell zurückdrängen konnten.

Floring Mecrilli, eine geschmeidige schnelle Jikai-Vuvushi, warf sich, getrieben von magischen Kräften, auf Turko.

Er torkelte rückwärts. Da er Turko war, stützte er sich nicht mit beiden Händen ab, sondern verwendete eine, um sie dem Mädchen um die Hüfte zu legen.

»Wirf sie ab, Turko!«

Sie küßte ihn nicht. Wie eine Schlange stieß sie zu. Ihr Mund öffnete sich, und Licht funkelte wie ein Stern auf ihren Zähnen. Sie biß Turko in die Lippen. Dann neigte sie den Kopf zurück. An Turkos Mund schimmerte Blut.

»Bei Erthyr!« rief Seg hinter mir. Ich sah die Spitze eines Dudinterpfeils an meiner Schulter erscheinen, auf das Mädchen gezielt, doch als Seg schoß, schlug ich den Pfeil nach oben und ließ ihn in die Decke knallen.

»Zum Teufel …«

»Schau dir Turko an. Die Rolle des Mädchens ist beendet.«

Wie üblich gab es nur noch eine winzige Chance.

Der Kuß des Dudinter...

Csitras gemeine Pläne trugen Früchte: Turkos Verwandlung setzte ein. Haare erschienen auf den Handrücken, an den Wangen. Er fuhr hoch, und in seinen Augen loderte das Entsetzen. Ich sprang vor.

Die ganjidbeschmierte Dudinterklinge schnitt ihm in den Mund. Er versuchte mir auszuweichen, doch ich hielt ihn fest. Ich nahm einen berühmten und befürchteten Khamorro in den Schwitzkasten und schnitt ihm in die blutende Lippe.

Seg und Nath waren zur Stelle und hielten Turko mit fest. Tief schnitt ich ihm in die Lippe und löste das Fleisch, dann saugte und spuckte ich in endlosem Rhythmus und erschauderte bis in die Tiefe meines Wesens.

Das Schneiden und Aussaugen und Ausspucken bringt meistens wenig, denn das Gift dringt sehr schnell vor und wirkt tief. Das Ganjid und der Dudinter aber brachten die Entscheidung. Turko sah schrecklich aus. Die Augenbrauen waren geschlossen und wirkten wie übereife Pflaumen. Er sank in unseren Armen zusammen. Wir trugen ihn zum Bett, wobei wir über die bewußtlose Floring hinwegsteigen mußten. Wir legten ihn nieder. Nach dem Nadelstecher brauchten wir nicht mehr zu schicken, denn Dolan die Pillen war uns in einem Voller gefolgt und eilte nun herein.

Mit kritischem Blick beobachteten wir das Haar auf Turkos Handrücken und im Gesicht. Langsam verschwand der Filz und schenkte uns den alten Turko wieder. Dolan gab dem Patienten eine seiner Pillen, die so berühmt und berüchtigt waren wie ein Khamorro — und Turko fiel in einen tiefen Schlaf.

»Beim Verschleierten Froyvil, mein alter Dom! Das möchte ich nicht noch einmal durchmachen!«

»Ich auch nicht, bei Vox! Ich auch nicht!« sagte Nath na Kochwold.

»Es wäre am besten, den Kov hier liegenzulassen, bis er sich ausgeruht hat«, sagte Dolan. »Dafür sollten wir das Mädchen fortschaffen.«

»Es ist nicht ihre Schuld«, sagte ich mit einigem Nachdruck. »Sie muß zu ihren Freundinnen zurück, bis wir einen Weg gefunden haben, sie von diesem Fluch zu befreien.«

Eine größere Wache wurde vor Turkos Zimmer in der *Süßen Gregarian,* in Gliderholme postiert. Als wir in den Hof hinaustraten, entdeckten wir Oby, der nachdenklich auf das Wrack des Vollers schaute, leise vor sich hin schnalzte und sich das Kinn rieb.

»Es gibt Leute«, sagte er bei unserem Auftauchen, ohne eine Person direkt anzusprechen, »die sollten mal lernen, wie man einen Voller fliegt.« Aber er wußte Bescheid — er wußte nur nicht, wie er seine Gefühle anders ausdrücken sollte.

»Sieh zu, was du machen kannst, Oby. Turko schläft und ist ganz der alte.«

»Dank Opaz!«

Während wir in der nächsten Sennacht unsere Vorbereitungen für den hoffentlich letzten Vorstoß abschlossen, trafen Meldungen ein, wonach die auf magische Weise beeinflußten Vennarer sich zum Widerstand massierten. Jhansi setzte einen Zauberer aus Murcroinim ein, einen gewissen Rovard den Murvish. Mit seiner klapperdürren Erscheinung, dem Leemschädel auf dem Kopf und der Montarch, die er energisch schüttelte, erzeugte er einen Eindruck ungeheurer Macht. Außerdem stank er. Ein Geruch nach Rasts und Abwässern umgab ihn in ziemlich großem Umkreis. Er hatte das Talent, sich ganz gewöhnliche Bürger vorzunehmen und in kreischende Fanatiker zu verwandeln, die kämpfen wollten, bis sie niedergemetzelt wurden.

Nachdem Jhansis reguläre Paktuns ihn verlassen hatten, stützte er sich nun wieder mehr auf Rovard den Murvish und seine gottlosen Hilfsmittel.

Turko hatte sich erholt und der Truppe wieder angeschlossen. Als er diese jüngste Nachricht hörte, sagte er nur: »Ich habe genug von der Zauberei. Laßt uns vorstürmen und sie niederschmettern. Die Zauberer, denen ich viel verdanke, werden tun, was sie können. Ich glaube nicht, daß es am Ausgang des Kampfes einen Zweifel geben kann.«

»Ganz meine Meinung«, sagte Seg.

Der bevorstehende Feldzug würde nicht einfach sein, kein Zuckerschlecken. Es beflügelte uns aber, daß wir die Plage der Werwölfe überwundem hatten. Die Zähne der Mädchen waren untersucht worden. Sie waren nicht ausgehöhlt worden. Das Virus — und ich wußte damals noch nicht, daß es sich um ein Virus handelte — war mit Hilfe der thaumaturgischen Kunst übertragen worden, sobald das Mädchen in die weichen Lippen ihres Geliebten biß. Die Zauberer aus Loh versicherten uns, daß die Vuvushis ganz geheilt werden und ein normales Leben führen konnten. Dies freute uns sehr.

Kurz bevor wir losmarschieren und losfliegen sollten, erschien ein Voller über unserem Lager. Wir schauten hinauf und erkannten das Schiff nicht, obwohl Korero und Oby der Ansicht waren, es sei in Balintol gebaut worden.

Khe-Hi trat eifrig einen Schritt vor.

Nun ja ... Sie sah aus, wie damals, als sie mich auf dem Spielfeld der Blauen und Gelben knapp aus dem Gherimcal ansprach, kurz vor dem gewaltigen Kampf gegen Prinz Mefto dem Kazzur. Ihr elfenbeinweiches Gesicht, die ruhigen blauen Augen, das aufgetürmte kastanienbraune Haar — dies alles entsprach meiner Erinnerung. Nun aber trat sie aus dem Voller, neigte grüßend den Kopf und ging auf Khe-Hi zu.

Er schien aufzuleben.

Die Lahals wurden gesprochen, und wir alle sahen

darin ein durchaus gutes Omen für den bevorstehenden Kampf.

Khe-Hi sagte: »Dray. Ling-Li möchte uns so schnell wie möglich sprechen.«

»Selbstverständlich. Ach, wann soll denn Hochzeit sein?«

»Wenn du gehört hast, was Ling-Li zu sagen hat, und entsprechende Entscheidungen gefällt worden sind — dann setzen wir ein Datum fest.«

»So schlimm steht es?«

»Noch schlimmer.«

Ich weigerte mich, besorgt zu sein. Seg, Turko, Nath und ich begleiteten Khe-Hi zu der Zusammenkunft mit der Hexe aus Loh. Ihr Zelt war elegant eingerichtet mit Dingen, die das Flugboot mitgebracht hatte. Ein kleines Gefolge sorgte für die Frau.

»Lahal, Sana. Teil uns deine schlechten Nachrichten mit.«

»Setz dich, Dray Prescot. Ihr übrigen auch. Wein! Hört zu, ich will euch nichts Böses; mir tut leid, was ich zu sagen habe. Aber wenn ich mit Khe-Hi in Vallia leben soll, dann muß ich mein möglichstes tun, um mir die neue Heimat angenehm zu gestalten.«

»Eine sehr vernünftige Einstellung«, sagte ich ernst.

Sie warf mir einen scharfen Blick zu, der zu fragen schien, ob ich mich über sie lustig machte. Sie griff nach einem Kelch Wein und fuhr fort: »Das ist wahr. Ich habe ein anstrengendes Leben gehabt. Ich war ein hilfloser Spielstein der Machenschaften Phu-Si-Yantongs und Csitras. Aber ich habe dazugelernt. Khe-Hi und ich sind zu einer Vereinbarung gekommen — oh, nicht im Fleisch, sondern durch unsere Künste —, und ich bin zuversichtlich, daß ich in Vallia mein Glück finden werde — wenn ...«

Ich wie meine Kameraden verzichteten darauf, ihr die Freude eines idiotisch nachgeplapperten ›Wenn ...?‹ zu machen.

Sie trank einen Schluck. »Du bist Csitras Plänen mit den Werwölfen auf die Spur gekommen. Damit steht ihr aber gerade erst am Anfang.«

Wieder blieben wir stumm.

»Ja, Deb-Lu«, sagte sie plötzlich und senkte mit einer schnellen, an einen Vogel erinnernden Bewegung den Kopf. »Du darfst eintreten.« Dann gab sie den förmlichen Ton auf und fügte hinzu: »Du bist uns sehr willkommen.«

Im gleichen Augenblick erschien Deb-Lus lupale Projektion im Zeltinneren.

Khe-Hi sagte: »Erzähl uns, was du über Csitras Pläne erfahren hast.«

»Sehr gern. Sie hat eine Verkündigung vorgenommen.«

Ich sah, wie Deb-Lu die Hand an den Turban hob und dann wie gebannt innehielt. Besorgt starrte er die Hexe aus Loh an.

»Mit aller gebotenen Zeremonie, mit vielen Menschenopfern, viel Blutvergießen, gewaltigen Qualen des Leibes und der Seele, hat sie Flüche verkündigt.«

Wir vier Sterblichen, die nicht Zauberer aus Loh waren, lauschten den weiteren Worten der Hexe, und wir waren wie betäubt und ausgelaugt, und die Sorge um die Zukunft erfüllte uns intensiver denn je.

»Okkulte Mächte sind angerufen worden. Wesen, die seit Tausenden von Perioden geschlummert haben, wurden geweckt. Der Gestank der Aschegruben, die Schreie der Sterbenden, das langgezogene Klagen der Gefolterten, die nicht sterben können — sie alle haben sich gegen euch erhoben. Denn Csitra, die Hexe aus Loh, hat die Neun Unsäglichen Flüche gegen Vallia verkündet.«

Schweigen trat ein. Es wurde stickig im Zelt. Die beiden Zauberer aus Loh waren überwältigt. Seg und Turko und Nath wußten nicht, wie sie reagieren sollten. Und — bei Krun! — mir ging es ebenso. Aber es hatte keinen Sinn, vor Schatten zurückzuweichen. Ich räusperte mich.

»Sana — Was bedeutet das aber?«

»Wer kann vorhersagen, welche Gestalt diese Flüche annehmen werden? Werwölfe — aber natürlich! Vampire, und nicht die Vampire aus Sabal, das kann ich euch versichern. Seuchen, Hungersnöte und Brände. Unsägliche Krankheiten und Zombies und Untote. Vallia ist neunmal verflucht. Ihr müßt euch auf alles gefaßt machen.«

»Morgen wollen wir in eine große Schlacht marschieren«, sagte ich. »Sobald wir den Feind besiegt haben, werde ich überlegen, was gegen Csitra und die Neun Unsäglichen Flüche gegen Vallia zu unternehmen ist.« Diese Worte sprach ich aus. Gleichzeitig dachte ich: »Es hört sich an, als wäre dies das letzte Kapitel, Dray Prescot. Ich weiß, was ich tun werde, ich weiß allerdings nicht, was meine Delia dazu sagen wird. Ich muß das Risiko eingehen, mich vielleicht zum erstenmal in meinem Leben gegen ihre Wünsche zu stellen. Aber ich weiß, was zu tun ist.«

So marschierten wir los, um gegen den Verräter Layco Jhansi und seine Armee magisch beeinflußter Untertanen zu kämpfen, und danach, so werden Sie erfahren, schmiedete ich meine Pläne und machte Vorschläge, was ich, Dray Prescot, tun würde. Aber, bei den übelriechenden Augäpfeln und der verwesenden Nase Makki Grodnos! Was ich vorschlug, was Delia vorschlug und was dann wirklich geschah, hatte wirklich nichts miteinander zu tun. Nicht das geringste, bei Zair!